AKTION KLAPSMÜHLE —
Marie und die Sieben Diebe

Für Eduard Wilhelm,

mit Freude

in Vimperk, 22.11.2015

Ohetaler Verlag

Herausgegeben mit freundlicher Unterstützung des Deutsch-Tschechischen Zukunftsfonds.

Deutsch-Tschechischer Zukunftsfonds
Česko-německý fond budoucnosti

Dieser Roman entstand im Rahmen eines Stipendiums des Literaturhauses Berlin.

Impressum

Autor
Martin Sichinger
Umschlaggestaltung
Milan Starý
Tschechischsprachige Version
65. POLE, ISBN 8088268893
Deutschsprachige Version
Übersetzer
Martin Sichinger,
Lektoren
Ossi Heindl und Hans Schopf
Layout
Hans Schopf

Wittelsbacherstr. 2 • 94481 Grafenau
www.ohetaler.de • info@ohetaler.de
ISBN 978-3-95511-197-7

Inhaltsverzeichnis

Die Personen

Marie Jandová, die Hauptperson.

Lida und Anna, ihre Schwestern.

Der schwerkranke Bruder **František**.

Wachtmeister Sejkora, Polizist.

Eva, die Frau von Sejkora.

Kristýna, deren Tochter.

Der **Vater** von Sejkora, ein ehemaliger Heger des Fürsten Schwarzenberg.

Borovec, der Polizeichef in Winterberg.

Kaňka und Cívka, Polizisten in Winterberg.

Cejka, ein Einzelgänger und Nachbar der Familie Janda.

Fučík, Heger in der Ortschaft „Die Sieben Diebe“. Nachbar der Familie Janda.

Tonda Hůlovec, ein alter Bauer, der der Kolchose nicht beigetreten ist.

Krymus, ein schrulliger Einzelgänger.

Juraj Kukura, Schauspieler, der nach München geflohen ist.

Mareš, ehemaliger Chefingenieur der Kolchose.

Maruška, Kellner in der Stammkneipe.

Vašek Nenadál, Vorsitzender der Kolchose.

Der alte Wenzel, Milizkommandant.

Der junge Wenzel, sein Sohn.

Milizionäre, paramilitärische Einheit der kommunistischen Partei, bestehend aus Arbeitern und Bauern.

Psychiaterin Fabiánova aus Winterberg, die viele ins Irrenhaus schickte.

Frau Doktor Cihakova, Psychiaterin in Dobřany.

Witwe Gagarin, Alkoholikerin, und Patientin in Dobřany.

Frau Turzovka, Patientin.

Karel Šebek, Dichter und Pfleger, jetzt Patient in Dobřany.

Michal, Hausmeister und seine Mutter.

Přerostova, Nachbarin

Svetlana, junge Krankenschwester.

AKTION KLAPSMÜHLE — Marie und die Sieben Diebe

Prolog – Juli 1980

Langsame Flucht

Auf dem Fernseher im Gemeinschaftsraum läuft etwas, das ich als Kind mit eigenen Augen gesehen habe. Ein schwarzhaariges Mädchen in einem silbernen Kleid tanzt auf Schlittschuhen auf dem Eis. Als wir Mädchen in Čkyně waren, gingen wir immer um den Teich herum, wo ein junges Paar Sport trieb; obwohl sie tschechische Namen hatten, nannten die Einheimischen sie Hans Schnell und Rosa Langsam.

Sie liefen, fuhren Ski, und eines Tages machte Rosa, die sehr schön war, auf dem Spielplatz einen Kreis und sie machte einen weiteren Kreis und stieß eine Kugel aus ihm heraus. Wir kannten den Sport Kugelstoßen nicht und verstanden daher auch nicht, was sie macht und warum. Es hieß, dass ihr Kinderwunsch bisher nicht in Erfüllung ging, daher hielt man wahrscheinlich Kugelstoßen für eine Übung, damit ihr durchtrainierter Körper leichter schwanger wird.

Im Winter schaufelte sie den Schnee vom zugefrorenen Teich, spannte ihre Schlittschuhkufen an und drehte sich auf einem Fuß vorwärts, auf dem anderen rückwärts, und sprang sogar auf ihren Schlittschuhen! Die Einheimischen waren überzeugt, dass sie völlig verrückt geworden war.

„Was ist das?“, frage ich Turzovka, die immer vor dem Fernseher sitzt, und wenn der Strom ausfällt, jammert sie und schlägt ihren Kopf gegen die Wand.

„Das ist Eiskunstlauf.“

„Und warum tut sie das?“

„Damit ihr alle zu Füßen liegen.“

„Und wieso eiskunstläuft sie im Sommer?“

„Das ist eine Aufzeichnung.“

Das hilft mir nicht viel, denn ich weiß nicht, was eine Aufzeichnung ist.

„Weißt du, dass das Katharina Witt ist?!“

Katharina Witt ist schön, aber ihr Rock ist so kurz, dass sie sich schnell erkältet. Rosa Langsam kleidete sich gut für ihre Läufe.

„Schön wie die Jungfrau Maria.“ Turzovka wurde in der Slowakei in dem Dorf geboren, in dem ihrem Onkel Matthias die Mutter Gottes erschien. Er erzählte seinen Nachbarn von ihr, sie zeigten ihn an und die Polizisten steckten sie in die geschlossene Anstalt.

Turzovka lief aus der Anstalt weg, um es ihrer Tante in Böhmen zu sagen. Als die Tante es den Nachbarn erzählte, wurde sie ebenfalls in die Klapsmühle geschmissen.

„Du bist von ihrer Schönheit hingerissen, was?“

Nein, ich stehe hier wie eine Statue, weil mir nach vielen Jahren dämmert, dass Rosa Langsam nicht verrückt war, sondern sehr wohl wusste, was sie tat.

Sie ist eiskunstgelaufen.

***

Wir bekommen Getränke nur zu den Mahlzeiten: zum Frühstück eine Tasse Wassertee, verdünnten Milchkaffee zum Mittagessen und Wasser mit Saft zum Abendessen. Es gibt die Glücklichen, die einen Besucher haben, der ihnen ein Getränk bringt, aber die meisten von uns haben niemanden, der vorbei kommt, also trinken wir lauwarmes Leitungswasser. Aber František kommt nicht bis zum Waschbecken, er liegt die ganze Zeit und stöhnt, und so bleibt mir heute nichts anderes übrig, als die Tasse zu stehlen.

„Du hast deine Medikamente nicht genommen," warnt mich die Krankenschwester, die wir Hexe nennen.

„Die sind nicht für mich."

„Doch sie sind für dich."

„Warum müssen wir diese Tabletten immer wieder einnehmen?", verteidigt mich die Witwe Gagarin.

„Um euch Mädchen schöner zu machen."

Das kann man der Hexe gut abnehmen, denn sie wünscht es sich für uns so aufrichtig wie für sich selbst. Ihr schütteres blondes Haar erinnert an die Augenbrauen, die sie sich auf die Stirn geklebt hat, um ihren großen wulstigen Augen etwas hinzuzufügen.

Sie gibt mir seit zwei Wochen neue Pillen. Letztes Jahr dauerte es drei Monate, bis man herausfand, dass die Tabletten für jemand anderen bestimmt waren.

Ich habe es aufgegeben zu erklären, dass mir niemand Tabletten verschrieben hat. In ein paar Wochen wird sich herausstellen, dass sie sowieso nicht für mich bestimmt waren, und dann werde ich gescholten, warum ich mir das Zeug reingestopft habe.

Wenn ich Tabletten schlucke, wird mir immer schlecht.

Aber ich werde für František um die Tasse kämpfen.

Im Garten sitzen chronische Alkoholiker, die bereits gefrühstückt haben. Ich kann ihnen nicht entkommen, sie werden mir wieder anvertrauen, wie sie gegen ihren Willen hierher geschickt wurden, eine falsche Diagnose erhielten und von allen wie Dreck behandelt wurden. Die Verwandten sind außer sich vor Freude, dass sie sie losgeworden sind, na ja, außer Opa und Oma, die schon seit Jahren tot sind. Die hätten so etwas nie zugelassen. Es geht um ein Haus, eine Wohnung, einen Garten, ein Grundstück oder eine ganze Erbschaft. Jeden Morgen höre ich mir geduldig ihre Klagen an, und heute kann ich der Witwe von Gagarin nicht entkommen, die eine Stoffmütze trägt, also hat sie sich wahrscheinlich wieder Läuse eingefangen. Sie fängt an, dass sie nicht schlafen kann, sie hat letzte Nacht einen Wolf gesehen, der im Garten herumlief und ein Kind riss, sie schrie, aber er hörte nicht auf. Dann verflucht sie ihren Mann, der sie wie ein Stück Dreck behandelt hat. Jetzt würde sie ihm Gift in den Kaffee gießen, sie versteht, warum das Theater über die tschechische Heldin Marysa immer ausverkauft ist. Die Frauen sehnen sich danach, ihren Mann zu sehen, wie er sich auf dem Boden windet, nach Luft ringt, Schaum vor dem Mund hat. Über ihre Schulter sehe ich am Zaun einen Grabengräber in Latzhose, der eine Spitzhacke in der Hand hält, den ich hier noch nie gesehen habe und ein Loch gräbt.

Den Korridor entlang kommt mir Frau Doktor Cihakova entgegen, die uns vor zwanzig Jahren aufgenommen hat, als wir eingeliefert wurden und nach den Injektionen aufgewacht sind. Sie ist Slowakin, und ich habe fast nichts von dem verstanden, was sie sagte, ich war mit Morphium betäubt, ich erinnere mich an eine Frage:

„Willst du dich bei uns umbringen oder nicht?"

Ich sagte ja, und das war das Ende unseres Gesprächs. Ich war froh, dass sie sich nicht für uns interessierte, bestimmt hätte sie wissen wollen, wie es ist, von Polizisten und Krankenschwestern mit einer Morphiumspritze in der Hand durch den Wald gejagt zu werden, während mich Kinder aus den Verstecken im Wald beobachteten.

Ich kann mich noch gut daran erinnern, wie dieser Polizist auf mir kniete und es genoss, mich zu packen und festzuhalten, es war ekelhaft und es passierte etwas mit ihm, er kniete auf mir, spuckte und sabberte und ich weiß, dass er es genoss.

Als wir eingeliefert wurden, sah Frau Doktor Cihakova Papa an und sagte: „Dein Vater wird es hier nicht länger als zwei Wochen aushalten, du solltest dich besser von ihm verabschieden."

Und Papa ist wirklich in genau zwei Wochen gestorben, man könnte also sagen, sie ist eine große Expertin.

Ich grüße sie, aber sie schwebt wortlos vorbei. Ich bin mir nicht einmal sicher, ob ich ihre Patientin bin. Als sie mich aufnahm, rief sie ständig irgendwo an und schrieb alles, was man ihr über unsere Familie erzählte, mit Bleistift auf ein zerknittertes Stück Papier, über das sie dann versehentlich Kaffee kippte.

Soll ich ihr sagen, dass sie mir wieder Pillen geben?

Aber sie möchte dann wissen, um welche Art es sich handelte, und wenn ich sagte, ich wüsste es nicht, würde sie mir antworten, dass ich es wieder erfunden hatte.

Ich gehe durch eine große Halle mit Metallbänken und Tischen, die am Boden befestigt sind. Mindestens dreißig Frauen sitzen vor dem Fernseher, die eine Hälfte schaut aus dem vergitterten Fenster, die andere starrt wie hypnotisiert auf die Biene Maja.

Ich schleiche in die Küche, um mir eine Tasse zu holen, aber da ist nur die dicke Köchin, die mich Heiligenschein nennt. Sie weiß wahrscheinlich, was ich vorhabe, also frage ich einfach: „Ist Turzovka nicht da?“ Und sie deutet auf die Tür, und wirft mich hinaus.

Im Pavillon Dreizehn werde ich von einer Vision heimgesucht, die mich seit Jahren verfolgt: die tote Kuh Matilda, die hinter der Tür liegt. Ein riesiger Fleischberg, den wir niemals bewegen werden. Wir werden eine Leiter holen und durch das Fenster im ersten Stock ins Haus klettern.

Ich nehme den Griff, und die Tür öffnet sich.

Auf dem Boden liegt nicht Matilda. Die Jungs ruhen in ihren Betten, die meisten von ihnen sind mit Tabletten ruhig gestellt. František ist der Einzige, der sich nicht wirklich bewegen kann.

Er seufzt, sein Mund ist offen und seine Augen sind so schwach blau-grau, dass sie aussehen, als hätte sie jemand mit Asche bestreut. Sie verfolgen etwas an der Decke, das ich nie sehen werde. Er ist geschoren und rasiert worden, aber in zwei Monaten wird er wieder wie unser Herr Jesus Christus aussehen.

„František,“ flüstere ich.

Sein Kopf lässt sich nicht einmal drehen. Wahrscheinlich hat er Fieber. Früher war ich die Erste, die zu Hause wusste, dass er die Grippe hatte.

Was hat die Hexe ihm gegeben?

Es ist meine Schuld. Ich hätte auf ihn aufpassen sollen.

Erkennt er mich überhaupt?

So tot waren die Augen meines Vaters und die Augen meiner Schwestern Lida und Anna, als sie hier getötet wurden.

Anna ist letztes Jahr gestorben, sie haben ihr versehentlich eine Woche lang Insulin gespritzt, ich hatte Fieber, ich konnte nicht auf sie aufpassen.

Wahrscheinlich ein Fehler im Papierkram, sagte die Krankenschwester, die daraufhin sofort entlassen wurde und innerhalb einer Woche einen Job in einer Geflügelfarm fand.

Ich beuge mich über František. Es ist, als ob sein Gesicht nicht aus leeren Augen besteht, sondern aus ertrunkenen Schmetterlingen.

Es gibt nur noch uns zwei, der Rest unserer Familie ist bereits verstorben.

***

Der Grabengräber in dem Loch am Zaun hat aufgehört zu graben und seine Latzhose ist völlig durchgeschwitzt. Er hört dem Pfleger zu, den wir Beckenbauer nennen, weil er immer über Fußball redet.

Heute
läufst
du
weg,

klingt es plötzlich in meinem Kopf und meine Hände zittern.

Was ist das für eine Stimme?

Das sind die neuen Pillen.

„BOMBE! BOMBE!“, ertönt Geschrei vom Zaun.

Witwe Gagarin schreit fürchterlich, der Grabengräber gräbt sich aus dem Loch heraus, wirft die Schaufel weg und sprintet zum Gewächshaus. Beckenbauer rennt auf die andere Seite. Während des Krieges warfen die Amerikaner Bomben über Dobřany ab, von denen einige nicht explodierten und um die Pavillons herum unter der Erde liegen. Natürlich darf man darüber nicht sprechen, schon gar nicht vor Patienten, die unter akuten Angstzuständen leiden.

Turzovka läuft auf dem Korridor rum.

„BOMBE! BOMBE!“, schreit sie wie eine Verrückte.

Die Patienten rennen natürlich zur Bombe hinaus, selbst der Leichnam, der auf der Trage in der Ecke des Ganges liegt, nimmt seine Beine in die Hand und läuft auch direkt dorthin.

Wo ist der Grabengräber hin?

Ist das Auto nicht am Hintereingang geparkt?

Marie,
lauf
weg,
jetzt!

Mein Kleid wurde schon längst verbrannt, ich nehme einen grauen Pullover und einen etwas helleren grauen Rock, die auf der Heizung trocknen. Turzovka trug sie auf ihrer ersten Flucht in die Slowakei und ich nehme sie, obwohl sie auf dem Bahnhof in Pilsen erwischt wurde.

Weder der Pullover noch der Rock sind schwer oder auffällig, und ich kann sie leicht unter einen Krankenkittel stecken.

In meiner Stoffgeldbörse habe ich ein paar Münzen, die ich in den Gängen aufgesammelt habe oder die ich bekommen habe, weil ich etwas für jemanden genäht habe.

Laufe ich wirklich weg?

Seit wann höre ich auf die Stimmen anderer Leute?

Und sind das wirklich die Stimmen anderer Leute, wenn sie in meinem Kopf sprechen?

Ein hellgrauer Lieferwagen parkt vor der seitlichen Ausgangstür der Anstalt. Zum Glück kennt der Grabengräber die Abkürzung durch den Flur der Wäscherei nicht, er muss ihn umgehen, und so kommt er nur wenige Augenblicke nach mir an, als ich mich bereits hinter dem Lieferwagen versteckt habe. Er wirft Schaufel und Spitzhacke in den Kofferraum und zieht sich eilig seine schlammigen Stiefel aus.

Auf der Autotür steht WEA und darunter in kleinen Buchstaben Westböhmische Wasser- und Abwasserwerke. Er schlägt den Kofferraumdeckel zu und geht zu einer rostigen Tür, die von Stacheldraht umgeben ist, entriegelt das Schloss an einer langen Kette und öffnet sie weit. Er steigt wieder ins Auto, lässt es an und fährt langsam davon. Mein Herz klopft, aber ich stolpere geduckt hinter dem Wagen her, und als er ein paar Meter hinter dem Tor zum Stehen kommt, hocke ich mich hin und drücke mich links gegen die Motorhaube, damit der Fahrer mich nicht sehen kann.

Die Motorhaube ist heiß von der Sonne. Der Fahrer stellt den Motor nicht ab. Ich höre, wie er die Tür öffnet und aussteigt und sie hinter sich schließt. Ich richte mich auf. Ich darf nicht rennen, ich muss ruhig und leise gehen. Der Grabengräber steht mit dem Rücken zu mir und schließt mit der Kette die Tür wieder ab, ich gehe weiter, und sobald ich in die Wand aus Dornen und Hagebutten trete, bin ich wie Christina die Wunderbare, von der Turzovka oft sprach. Sie hat sich immer für den dornigen Weg entschieden, obwohl sie auch den ausgetretenen Pfad hätte gehen können.

Ich stehe inmitten von Dornen und Hagebutten. Jetzt kann ich nur noch beten und hoffen, dass der Fahrer mich nicht gesehen hat. Schritte kehren zum Auto zurück, die Tür knallt zu und ich warte darauf, dass der Fahrer den Gang einlegt und losfährt.

Aber es dauert sehr lange.

In diesem Moment ertönen die Sirenen, und das reicht aus, um die Räder in Bewegung zu setzen. Das Auto fährt langsam über die kaputte Asphaltstraße nach Dobřany.

Vielleicht ruft der Typ jemanden an, aber zu der Zeit werde ich mit etwas Glück in einem Zug sitzen, der mich meiner früheren Heimat näher bringt.

Wer hätte je gedacht, dass mich eine amerikanische Bombe retten würde?

Ich schiebe mich durch die Stacheln am Zaun der Anstalt, die Dornen der Brombeeren graben sich in meine Waden, aber sie weichen einer Lichtung, auf der die Anstaltsarbeiter zwischen den Brennnesseln zerbrochene Dachziegel, graue Betonblöcke, undichte Blechtöpfe und verrotteten gelben Schaumstoff abgeladen haben. Ich ziehe mich im Schatten der Haselsträucher um und beobachte durch die Zweige die Felder und die Straße.

Ich werde die Anstaltskleidung unter den Deckel eines alten Topfes schieben. In einem dunkelgrauen Pullover und einem etwas helleren Rock sehe ich aus wie eine Vogelscheuche mitten im Juli. Der Pullover ist groß, aber wenigstens kann ich mich darin einkuscheln, wenn mir nachts kalt wird.

Der weite Kartoffelacker ist von Sonnenlicht überflutet. Bei uns zu Hause hatten wir früher zwei Felder mitten im Wald. Vielleicht gehören sie uns jetzt noch. Sie haben uns alles weggenommen, aber vielleicht haben ihnen unsere Nachbarn nichts von den zwei Streifen Land erzählt, die dem Fichtenwald entrissen wurden.

Die Erde hier ist weich, flach und fast frei von Steinen. Ich zerdrücke sie zwischen meinen Fingern. Sie riecht wie braunes, gesäuertes Mehl. Es fehlt der Geruch des Waldes.

Marie,
geh
nach
Hause.

Dieser Wahnsinn wird sich sicherlich an mir rächen.

Ich würde diese Stimme gerne in den Boden stampfen.

Aber wie, wenn sie in meinem Kopf lebt?

Der Lehm bedeckt meine Schuhe. Ich trete auf die Straße und in der Kurve taucht ein Auto aus Chlumčany auf. Ich weiß nicht einmal, in welche Richtung ich gehen soll. Es hat keinen Sinn, dass ich laufe, ich gehe und blicke in die Landschaft, als ob ich spazieren gehe und mir Orte anschaue, die ich gut kenne.

Aber ich werde mir das Auto auf jeden Fall ansehen.

Hinter dem Steuer sitzt ein Greis mit einer zerknitterten Mütze.

Er fährt vorbei und ich stoße einen Seufzer der Erleichterung aus, auch weil ich mir andererseits sage, dass ich jeden Moment den Bahnhof sehen sollte.

Turzovka sagte, sie braucht dahin nur ein paar Minuten.

Ein Motor heult auf, ein dunkelblaues Auto überholt mich, ich weiß nicht einmal, was für ein Auto, denn ich kenne keine Automarken, aber statt weiterzufahren, bleibt es am Straßenrand stehen.

Meine Knie zittern und dann erstarre ich.

Die Tür vorne rechts öffnet sich, der Kopf eines schwarzhaarigen jungen Mannes lugt heraus.

„Wohin gehen Sie?“

„Zum Zug.“ Ich bin mir sicher, ich spreche so leise, dass er mich nicht hören kann.

„Wohin?“

Ich strecke meine rechte Hand in die Richtung aus, in der die Gleise sein sollten.

„Steigen Sie ein!“

Ich weiß nicht, wie man die Tür öffnet, ich war noch nie in einem Auto, es sei denn, man zählt den Tag, an dem die Sanitäter uns mit Morphium vollgepumpt haben und die Polizisten uns in einen Krankenwagen gestopft haben. Aber dort haben andere Leute die Türen für mich geöffnet und geschlossen.

Glücklicherweise steigt ein schwarzhaariger junger Mann in einem weißen T-Shirt vom Beifahrersitz aus dem Auto, öffnet die hintere Tür und bückt sich, um leere Bierflaschen vom Rücksitz herauszuwerfen.

Ich setze mich hin. Das Auto riecht nach Zigaretten und abgestandenem Bier. Für chronische Alkis würde sich das wie das Paradies anfühlen.

„Angeblich brennt es im Irrenhaus," sagt der schmutzige Blondschopf hinter dem Lenkrad, die Zigarette im Mund baumelnd.

Ich starre ihn einen Moment lang an und sage dann: „Bombe."

„Was?" Jetzt dreht sich der andere junge Mann um.

„Sie haben eine Bombe gefunden." Ich bin froh, dass ich reden kann, dass ich ängstlich aussehe und dass alles, was ich sage, wahr ist.

„Sie arbeiten dort?", fragt er ein wenig misstrauisch, und ich weiß, dass ich wie jemand aussehen muss, der schon lange in Rente hätte gehen sollen.

„Ich bin berufstätig. Ich bin Krankenschwester."

Das stimmt nicht ganz, aber ich weiß fast alles darüber, was eine Krankenschwester ist.

„Fantastisch! Das dachte ich mir schon! Deshalb haben wir Sie mitgenommen!", ruft der junge Mann neben dem Fahrer, und ich weiß nicht, was er meint, und ich muss wohl das Gesicht verzogen haben, denn er fügt hinzu: „Weil Sie nett zu uns sein werden, wenn die uns reinbringen. Ich werde wahrscheinlich schon bald dort auftauchen, weil die Rekrutierer vom Militär mich nicht kriegen. Werden Sie sich an mich erinnern? Mein Name ist Milos, aber die Jungs haben mich Mila genannt."

Er wendet sich mir zu und lächelt ganz freundlich, und ich lächle zurück. Es ist so unmittelbar, es kommt mir ganz natürlich vor.

„In welcher Abteilung sind Sie tätig?"

„Chronische Alkoholiker," sage ich, weil ich die meiste Zeit mit Mädchen verbringe.

„Darauf müssen wir anstoßen!“ Er beugt sich hinunter und reicht mir eine Flasche.

„Bremsen, Alter,“ warnt ihn der Fahrer.

„Danke, ich mag jetzt keinen Alkohol,“ antworte ich, genau wie die Witwe Gagarin das zu den Ärzten sagt, obwohl ich wirklich nie Alkohol trinke.

„Sind die Ärzte da drüben nicht zu brutal? Wenden sie eine Elektrotherapie an?“

„Nicht wirklich.“

„Was ist mit den Kriegsdienstverweigererern? Sind welche dort?“

„Ja.“

„In welche Abteilung werden sie gesteckt?“

„Ich weiß es nicht. Ich arbeite in der Frauenabteilung.“

„Ist es möglich, aus Dobřany zu entkommen?“

Ohne ein Wort zu sagen, starre ich ihn an.

„Wohl kaum,“ antworte ich nach einem Moment, „ich meine, nicht unter normalen Umständen.“

„Und unter welchen?“

„Wie heute, als sie eine Bombe fanden.“

Ich muss aufgewühlt aussehen, denn Mila platzt heraus: „Keine Sorge, ich glaube nicht, dass Sie mir um jeden Preis zur Flucht verhelfen müssen, ich habe mich nur gefragt, ob dort ein hartes Haftregime herrscht.“

„Das glaube ich nicht.“

„Wohin fahren Sie?“, fragt der Junge am Steuer.

„Nach Hause.“

„Ja, aber wohin?“

„Nach Klattau“, sage ich überraschend schnell und bin froh, dass ich nichts verraten habe.

„Wann geht der Zug?“

„Gleich,“ murmle ich, obwohl ich keine Ahnung vom Fahrplan habe. Aber zwischen den Stämmen der Apfelbäume kann ich einen Blick auf das niedrige graue Gebäude erhaschen, das Turzovka beschrieben hat.

Ein gelbes Auto mit weißem Streifen fährt aus einer Kurve heraus. Darin sitzen zwei Männer in fast denselben Uniformen wie die, die uns damals zu Hause erwischt haben.

Das Zittern beginnt immer in den Knien, wandert zu den Oberschenkeln, erreicht die Hände und dann zittert meine Stimme.

Die Polizisten werden anhalten. Jeder kann sehen, dass ich aus der Anstalt fliehe.

Dies ist so klar wie die Sonne.

Doch der gelbe Wagen rast zur Anstalt, um nach der Bombe zu suchen.

Ich muss mich umdrehen, um sicher zu sein, dass er nicht langsamer wird.

„Wir sind hier," sagt der Fahrer und hält an.

„Ich weiß nicht, wie man die Tür öffnet," sage ich, und Mila steigt aus dem Auto und öffnet mir die Tür.

„Sie müssen mir nicht beim Weglaufen helfen, aber vielleicht könnten Sie mir ein paar Zauberpillen mitbringen," bittet er, und ich verspreche, mich an ihn zu erinnern, und versuche auch zu lächeln.

Ich zittere immer noch, sogar noch mehr als im Auto.

Aber das ist ihm wahrscheinlich egal.

***

Die Haltestelle Chlumčany bei Dobřany liegt weit außerhalb des Dorfes und besteht aus einem Bahnhofsgebäude und einem verlassenen Lagerhaus. Auf einem verbeulten Metallschild mit einem Pfeil glänzen zwei Worte: auf der einen Seite *Pilsen* und auf der anderen *Klattau.*

Zwei Mädchen im Alter von etwa zehn Jahren unterhalten sich an den Gleisen, nachdem sie ihre Schultaschen ins Gras geworfen haben.

Woher kommt der Zug? Was, wenn er nicht nach Klattau fährt? Witwe Gagarin sagte, dass der Bahnhof Pilsen voller Polizisten ist, die sogar in die Damentoiletten spähen.

Ich nehme den ersten Zug und steige vielleicht an der dritten Haltestelle aus, wenn es nur ein bisschen sicher aussieht.

Es muss da einen Wald geben.

Wie viel kostet ein Fahrschein?

Meine Stoffgeldbörse! Ich bin sicher, sie ist im Auto oder auf dem Feld herausgefallen. In purer Panik greife ich in meine Tasche.

Da ist sie, voll mit Kronen, zwei Kronen, Fünfzigern, Zwanzigern und Hellern. Beim ersten Mal zählen komme ich auf zweiundzwanzig Kronen und sechzig Heller, beim zweiten Mal auf neunzehn Kronen und zehn Heller.

Ich bin ziemlich wohlhabend.

Schade, dass ich keinen Ausweis habe. Aber andererseits hat niemand in unserer Familie jemals einen einzigen Ausweis gehabt, obwohl ich glaube, dass wir Taufscheine bekommen haben.

Ist der Fahrkartenschalter am Bahnhof nicht geöffnet?

Aber die Kassiererin wird sich daran erinnern, was ich anhatte und wohin ich wollte.

Ich werde mein Ticket im Zug kaufen. Die Mädchen werden mir zeigen, wie man die Tür öffnet.

Es ertönt ein kurzes Hupen. Ich drehe meinen Kopf, kann aber nicht erkennen, aus welcher Richtung. Ein weißes Auto erscheint auf der Straße, biegt in Richtung Bahnhof ab und hält auf der asphaltierten Straße neben den Gleisen.

Der Zug hupt wieder, die Mädchen nehmen ihre Schulranzen aus dem Gras.

Ein schwarzhaariger Mann in einem grauen Hemd und einer braunen Hose steigt aus einem weißen Auto aus.

Habe ich ihn irgendwo gesehen?

Wenn er mich ansieht, wird meine Kehle so klumpig, dass ich nicht einmal schlucken kann.

Was will er hier?

Zu meiner Erleichterung dreht er sich um und öffnet die Vordertür. Er ist nur hier, um jemanden abzuholen.

Der Zug erscheint auf den Gleisen aus Richtung Pilsen.

Ich fahre nach Klattau!

Die Schülerinnen gehen zu den Gleisen, also fahren sie mit mir.

Oh mein Gott, ich danke Dir so sehr!

Der Mann schlägt die Tür zu, greift in seine Tasche und bindet sich eine gelbe Binde um den linken Oberarm.

Dann geht er auf mich zu und starrt auf meine Füße.

Meine Waden sind mit langen, blutigen Rissen von Brombeerendornen übersät, und meine Schuhe sind mit Lehm bedeckt.

Das ist der Grabengräber aus dem Lieferwagen.

Er hat graue, hinterlistige Augen. Wenn ich sie vorher hätte sehen können, hätte ich vielleicht herausgefunden, wer er ist.

Auf dem gelben Band leuchten die blauen Buchstaben *Zivilwache*.

„Personalausweis," sagt er.

Ich habe keinen, weil ich nicht existiere, ich bin jemand, der von Leuten wie ihm um alles gebracht worden ist.

Und auch heute noch wird mir das niemand glauben.

* * *

Juli 1984, vier Jahre später

Montag

Uraltes Erbe

Papa saß im Garten an der Feuerstelle, die er selbst gebaut hatte. Manchmal machte er ein Feuer und warf Zweige und Fichtenzapfen hinein, die er auf seinen kurzen Spaziergängen gesammelt hatte. Zu Sejkoras Erleichterung erschien er draußen nicht mehr in seiner Schwarzenberger-Uniform, sondern in einem karierten Hemd und einer Leinenhose.

Er begrüßte Sejkora mit den Worten: „Wusstest du, dass ich das alte Grammophon der Prinzessin gefunden habe?"

„Papa, du warst auf dem Dachboden?"

„Ich habe nach einer Angelrute gesucht."

„Du gehst angeln?"

Papa antwortete nicht. Sein Kinn zitterte und seine hellblauen Augen schwammen im tiefen Wasser der verblassenden Erinnerungen. Aus irgendeinem Grund erinnerten sie Sejkora an die Glasmurmeln, mit denen er früher gespielt hatte, als sie noch im Hof des Winterberger Schlosses wohnten. Ihm fiel auch ein altes Schwarzenbergisches Jahrbuch auf, das in die Landwirtschaftszeitschrift eingelegt war, die sein Vater abonniert hatte, weil es komplizierte Kreuzworträtsel enthielt. Er beschäftigte sich lange Zeit damit, aber er konnte die Rätsel nie lösen.

„Papa, hast du etwas gegessen?"

„Ja."

„Und was?"

„Paprika-Gemüse."

„Das hat Eva seit einem Monat nicht mehr gemacht. Ich gehe und hole dir etwas zum Essen."

„Haben wir Lebkuchen?“

„Nein.“

„Und die Pilzsuppe?“

„Nein, wir haben nur die Tomatensoße.“

„Mit Knödeln?“

„Ja.“

„Die mag ich gerne.“

Sejkora ging in die Küche, um das Mittagessen zu holen, das Eva vorbereitet hatte und servierte es dem Papa.

„Ich werde dich füttern. Halte dich still.“

Sejkora nahm den Löffel mit der Soße in die Hand, Papa beugte sich vor, der Löffel traf sein Kinn und die Soße verteilte sich auf dem Tisch.

„Ich habe gesagt, du sollst dich nicht bewegen!“

„Ich habe mich nicht bewegt!“, schrie Papa.

„Kannst du dich nicht eine Weile ruhig hinsetzen?“

„Ich sitze. Und ich möchte lieber alleine essen, ich bin kein kleines Kind. Willst du mich auch noch wickeln?“

Sejkora seufzte und drehte sich um.

Die alte Frau Šraml ging auf dem Weg vorbei und starrte sie an. Morgen früh wird die ganze Stadt darüber reden, dass ich meinen Vater geschimpft habe. Warum bin ich so wütend auf ihn? Ist es die Angst, dass ich eines Tages auch so spinnen werde?

Oder ist es der Schnaps, der mich tollpatschig macht?

Die Kopfschmerzen, an denen seine Untergebenen, die Idioten Kaňka und Cívka, schuld waren, kamen wieder zurück. Er hatte es gestern wirklich übertrieben. Dabei hatte es ganz harmlos angefangen, sie waren nur für eine Mahlzeit in den Salon des Hotels Goldener Stern gegangen, aber dann hatte der Straßenbauer Mošna verraten, was er von seinen Verwandten in Bayern gehört hatte: die Nieren von Černěnko, dem Generalsekretär der Kommunistischen Partei der Sowjetunion, waren kaputt, also würde bald eine staatliche Trauer ausgerufen werden. Schon wieder, denn in den letzten drei Jahren ist ihnen bereits an vier Tagen

„der Schnabel sauber geblieben“, wie man zu sagen pflegte, wenn es keinen Alkohol gab; erst die Wahlen, das war ein ganzes Wochenende, dann haben Breschnew und Andropow die Löffel abgegeben!

In der Kneipe herrschte Hochbetrieb, und die Kellner kamen nicht mehr nach. Nach dem fünften Pils entdeckte Kaňka seinen Neffen und bat ihn, sein Musikinstrument aus der Tasche zu fischen.

„Es ist ein Casio-Minipiano“, erklärte Kaňka, denn sein Neffe sagte kein Wort. Er sah ganz verstört aus bei der Vorstellung, vor einem Haufen betrunkener Bullen zu spielen.

Doch schließlich erzeugte er durch das Drücken von Miniaturtasten Pieptöne, die von einem Lehrer der Volksschule und einigen anderen Einheimischen auf dem Flur gehört wurden.

Bis Mitternacht sang schließlich die ganze Kneipe.

Seit Jahren hat Sejkora die Einheimischen nicht mehr am Bullen-Tisch zusammenkommen sehen! Das heißt, bis auf die Milizionäre, die eine große Übung im Ballsaal mit Bezirksbeamten planten und sich deshalb nicht vollsaufen konnten.

Ja, dachte Sejkora, es war wirklich lustig gestern im Hotel!

Das Telefon klingelte und Sejkora nahm den Hörer ab.

„Du sollst zur Dienstelle kommen“, verkündete Kaňka.

„Es ist vier Uhr nachmittags! Wir haben Feierabend!“

„Ja, aber der Chef ist von der Bezirksversammlung zurück, und er brüllt wie verrückt.“

Sejkora schaute hinaus in den Garten, wo sein Vater wie wild Soße und Knödel verschlang. Ich werde nicht einmal Zeit haben, hinter ihm aufzuräumen, und Eva wird wütend sein. Was soll's, dachte er und ging zum Auto.

Frau Šraml war schon weg, aber auf dem Weg zum Krankenhaus tauchte Krymus auf, mit nacktem Oberkörper wie immer. Seine gebräunte Brust, sein langes Haar und sein grauer Bart waren der Sonne ausgesetzt. Er war ein sechzigjähriger Einzelgänger, der mit der Mörtelkarre zum Einkaufen nach Winterberg kam.

So würde ich auch gerne hausen, dachte Sejkora. Ich würde mit meinem Vater an einem abgelegenen Ort in der Nähe vom Kubany-Urwald leben, und mein Vater würde auf seine Tomaten kacken, so oft es ihm gefiel, und ich würde ihn bis zum Halleluja verfluchen.

Nur der Urwald würde uns hören. Ja, Krymus macht was er will, und nicht, was sein verrückter Vorgesetzter verlangt. Sejkora seufzte und machte sich auf den Weg zu dem weißen Auto, auf dessen Tür die großen schwarzen Buchstaben Polizei leuchteten.

Unsichtbares Kreuz

Wir essen eine Quarkspeise als Brotzeit. Die neue Schwester Alena wirft sie auf den Tisch, als wäre es für einen Hund. Ich hätte gerne einen Apfel, aber wo bekommt man in Dobřany so etwas Schönes wie einen Apfel?

Ich greife nach dem alten Brötchen. Witwe Gagarin bittet mich um meine Quarkspeise und stürzt sich so eifrig darauf, dass ein Strahl weißer Quarkmasse auf die Tischdecke spritzt.

Alena scheißt sie sofort zusammen. Als Krankenschwester ist sie völlig inkompetent. Jeden Morgen teilt sie Pillen aus, und sobald die Frauen sie in den Mund stecken, schreit Alena: „Spuckt sie aus! Das ist nicht für euch!“

Wenn noch etwas übrig ist, muss ich es schlucken.

Die Hexe wurde gefeuert, und schließlich wurde bekannt, dass sie Pillen an Kiffer verkauft hatte.

Ich stehe auf und gehe den Flur entlang. Gleich um die Ecke sitzt Turzovka, und sobald sie mich sieht, fängt sie an: „Hast du Breschnews Witwe auf dem Friedhof gesehen?“

Witwe Breschnew? Und wer ist das? Eine neue Patientin? Vielleicht ist sie mit der Witwe Gagarin verwechselt worden.

„Bei der Beerdigung machte sie mit der Hand ein Kreuz über dem Sarg von Breschnew. Verstehst du das?“

Ich verstehe nicht, was sie mir sagen will.

„In der Sowjetunion ist es verboten, sich zu bekreuzigen! Und sie hat es vor den Kameras getan! Und warum? Um uns allen zu sagen, dass Gott unsere letzte Hoffnung ist! Aber niemand, ich sage dir, niemand weiß davon, ich bin die Einzige, die es gesehen hat ...“

In der Tür zum Garten stehen Schwestern, die rauchen und mich freundlich anlächeln, weil ich ihnen nähe, was immer ihnen einfällt. Ich gehe nach draußen, die Wege laufen zwischen den Beeten bei einer Laube zusammen. Früher gab es hier einen Brunnen, der zerfallen ist, aber es ist auch möglich, dass die Alkis ihn erfunden haben, als sie von einem Ort träumten, an dem sie sich abends wenigstens eine gestohlene Bierflasche abkühlen konnten.

Am Zaun steht Karel Šebek, der als Krankenpfleger nach Dobřany kam und nach zwei Jahren wahnsinnig wurde, so dass die Ärzte ihm statt des Krankenpflegekittels eine Narrenuniform anzogen.

Seine Brille ist so fettig, dass er überhaupt nicht durch sie hindurchsehen kann, aber große verschwommene Flecken zu sehen, ist, wie er mir sagte, besser als Menschen zu sehen.

„Weißt du, was die Stimmen zu mir sagen?“, fragt er. Karel ist der einzige, dem ich von meinen erzählt habe. Meine Stimme hat mir seit meiner gescheiterten Flucht nichts mehr gesagt. „Sie flüstern, dass es ihnen in meinem Kopf gefällt, dass es dort warm und ruhig ist, dass sie vorher in einem Fuchsbau gelebt haben, in den ein Dackel seine Schnauze gesteckt hat und sie nicht einen Moment lang in Ruhe gelassen hat.“

„Und sind sie immer bei dir, Karel?“

„Das ist die Frage: Wenn die Stimme in deinem Kopf schweigt, bedeutet das, dass sie nicht da ist, oder will sie einfach nicht mit dir sprechen?“

„Was meinst du?“, frage ich.

„Sie ist immer noch da, und niemand wird sie vertreiben, nicht einmal du, und sie wird immer noch da sein, wenn wir die Radieschen von unten ansehen, sie wird immer noch da unten sein, tief in unseren Gräbern, und mit sich selbst flüstern, verstehst du?“

Ich möchte lieber nichts weiter sagen, der einzige Trost ist, dass wir nie ein Grab haben werden, in dem diese Stimme widerhallen kann.

Misslungenes Flunkern

„Ihr seid Arschlöcher! Ich kann nicht glauben, was für Arschlöcher ihr seid!“

Der Polizeichef war schon seit Monaten nicht mehr so wütend. Bei der Nachmittagssitzung in Prachatitz bekam er eine Abreibung.

Um was ging es?

Sejkora hatte keine Ahnung. Ihm war heiß. Der Polizeichef öffnete nie das Fenster, nicht einmal bei dieser Hitze. Sein Büro roch nach der Perücke, die er im Schrank aufbewahrte. Sie hatte einer Schauspielerin des Südböhmischen Theaters gehört, die vor Jahren gefasst worden war, als sie versucht hatte, die Staatsgrenze zu überqueren. Seitdem bewahrte der Chef die Perücke auf. Abgesehen von dem Gestank und der Hitze hatte Sejkora auch einen Höllendurst.

„Ich muss ständig auf euch aufpassen, als ob ihr eine Art Kindergarten wärt!“

Warum schimpft der Polizeichef mit ihnen?

Die Kriminalität war in letzter Zeit stark angestiegen. Das war zu viel für Sejkoras Männer. Die Präsidenten im Kreml fielen um wie die Fliegen und die Genossen im Prager Schloss, die früher den Bürgern das Paradies versprachen, waren ziemlich still geworden. Das war ein Fehler. Die Bürger spielten verrückt, und es häuften sich Fälle, die Sejkora und seine Männer nicht lösen konnten.

Zum Beispiel spielten die Dorfbewohner zu Weihnachten in der Kneipe Karten. Und als sie alles verspielt hatten, sagte Škopek aus Cejsice zu Hons, dem Fernsehtechniker.

„Ich habe wirklich keinen Heller mehr."

„Geh nach Hause."

„Ich komme nach Hause, meine Frau wird wach, und was soll ich dann mit ihr machen? Schau, meine alte Frau beschwert sich immer, dass Silvester im Fernsehen so langweilig ist, sie hat seit dem Jahr 1962 nicht mehr gelacht, aber die Leute sagen, dass im deutschen Fernsehen immer viel Spaß und Spiel ist ... Wenn ich also gewinne, bringst du mir bis spätestens Silvester einen Fernseher, den du vorher reparierst, und in dem das ZDF läuft."

In Ordnung, Hons hat zugestimmt und vier Spiele in Folge verloren.

Am Nachmittag des Silvestertages hielt er bei den Škopeks an und lud fünf Fernsehgeräte von einem Anhänger ab, der hinten am Auto befestig war.

„Was ist los?", fragte Frau Škopkova ihren Ehemann.

„Ein Geschenk wird geliefert."

„Der Weihnachtsmann war doch schon da."

„Der hier ist von Väterchen Frost, er ist spät dran im Sozialismus."

Sie schleppten die Fernseher ins Wohnzimmer, stapelten sie und nahmen alle in Betrieb, so dass die Škopeks nun sechs Fernseher in ihrem Wohnzimmer hatten.

Hons schaltete die zwei tschechischen Sender ein, und außerdem ARD, ZDF, Bayern 3 und den österreichischen ORF. Und dann ging er in die Kneipe.

Was ist daraus geworden?

Am Neujahrstag beklagte sich Škopkova, dass es in keinem der Programme etwas Gutes zu sehen gab. Und am Dreikönigstag kam die erste Denunziation.

Sejkora schlief auf der Dienststelle, und das erste, was er las, war eine von einem wachsamen Arbeiter-Genossen unterzeichnete Mitteilung, in der es hieß, die Polizei solle sich auf Cejsice konzentrieren, wo weit verbreitete staatsfeindliche Aktivitäten grassierten, die durch einen übermäßigen Konsum westlicher Hetzpropaganda angeheizt würden.

Sejkora fuhr Richtung Cejsice, es war eiskalt wie in Sibirien, die Straße war so rutschig, dass er nicht bis zum Dorf hinauffahren konnte, also kehrte er zur Dienststelle zurück und hat die Sache dann vergessen. Doch das Dorf Cejsice wurde weitum unter dem Spitznamen Sechskanäle bekannt und die Dorfbewohner wurden als die Sechskanäler verspottet.

Dann kamen Beschwerden vom Nationalen Komitee.

„Bitte Hons“, bat Sejkora, „fahre zur Familie Škopek und hole die Fernseher ab, sonst gibt es eine Sauerei und sie landen alle im Gefängnis“.

Hons antwortete: „Die Straßen sind sehr rutschig. Ich kann nicht nach Cejsice fahren.“

Die Fernsehgeräte liefen weiter.

„Können Sie die Kisten nicht zurück zum Fernsehtechniker bringen, Herr Škopek?“, versuchte es Sejkora von der anderen Seite.

Škopek antwortete genervt: „Und wie soll ich das schaffen? Bei diesem Glatteis komme ich den Berg nicht runter. Glauben Sie mir, ich habe es wirklich satt. Den ganzen Tag läuft das Fernsehprogramm. Ich kann keinen der Fernseher ausschalten oder leiser stellen. Die Kinder laden ständig ganze Banden von Schulkameraden ein. Neulich habe ich sie nachts um zwei Uhr erwischt, wie sie eine Shampoowerbung mit einer nackten Frau anschauten. Sie hatte kaum Schaum auf ihrer Haut!“

Wie durch ein Wunder erwärmte sich das Wetter, die Straße wurde befahrbar und die Fernseher gingen an Hons zurück. Und Hons gab sie an die Bürger zurück, für die er sie repariert hatte.

Aber die Psychiaterin Dr. Fabiánova, der vom Einfluss der westlichen Propaganda auf die Bürger besessen war, hörte von dem Fall Cejsice und ließ die alte Škopkova vorladen, untersuchte sie und wollte sie in die Irrenanstalt stecken!

Am Ende hat der Polizeichef das alles unter den Teppich gekehrt, weil er und Škopek zusammen zur Schule gegangen waren. Dies war ein Beispiel dafür, wie die Leute verrückt wurden.

Ab dem Moment, als der Generalsekretär des Zentralkomitees, Juri Andropow, den Löffel abgab, begannen die Leute eine Dummheit nach der anderen zu begehen. Sejkora fragte sich noch gestern im Hotel, wann endlich jemand etwas gegen das Regime unternehmen würde. Und er beschloss vorerst nichts gegen die Bevölkerung zu unternehmen. Denn der Polizeichef würde sich wegen einer Schlägerei oder eines Raubüberfalls im Bezirk nicht den Kopf zerbrechen.

„Es ist eine echte Qual, auch nur einen einzigen Arbeitstag mit Ihnen zu verbringen, ohne dass man sich aufhängen möchte," wütete sein Chef.

Die Beschimpfungen waren Sejkora eigentlich egal. Und er beschloss, sie zu ertragen, denn es war besser zu wissen, was vor sich ging.

Illegaler Grenzübertritt

Františeks langes Haar und sein Bart sind abgeschnitten, er sieht älter und hagerer aus, aber sein Blick hat immer noch etwas Kindliches und Unschuldiges. Und ich glaube immer noch daran, dass eines Tages ein Wunder geschehen wird, dass er mich anlächelt, meine Hand nimmt, aus dem Bett springt und schreit: Lass uns Pilze sammeln gehen, ja?

„Hättest du uns nicht sagen können, dass du auf die Toilette musst, du Arschloch?" Alena nickt den Pflegern zu, die ihn an den Armen und Beinen packen und zur Toilette tragen. Ich habe nur einen Moment Zeit, seine Haut unter dem losen Flügelhemd auf Wunden oder Druckgeschwüre zu untersuchen.

„Was machst du denn hier?" Alena schreit mich an. „Das ist die Männerabteilung!"

„Ich bin seine Schwester."

„Und wie bist du denn darauf gekommen?"

Überall in der Anstalt geht das Gerücht um, František sei Jesus. Alena passt auf ihn auf, schneidet ihm die Haare und rasiert ihn. Schuld daran ist Turzovka, die von František besessen ist. Sie sagt, er sei so heilig wie ihr Onkel Matthias, dem die Jungfrau Maria befahl, die Latten im Zaun zu ersetzen, und sobald er die neuen Latten angenagelt hatte, sagte sie ihm, wann und wie die Welt untergehen würde.

„Was stehst du da rum, du Schlampe!" Alena schreit mich an. „Verpiss dich!"

Ich kann mich nicht bewegen und kalter Schweiß läuft mir den Rücken hinunter. Die Hilflosigkeit, mich nicht wehren zu können, begleitet mich seit meiner Kindheit.

Ich stolpere auf den Korridor hinaus, wo die Witwe Gagarin bereits vor der Tür lauscht. Sobald sie mich sieht, ruft sie aus: „Du existierst gar nicht, du bist nur meine Vision!"

So bin ich hier also gelandet als ein Hirngespinst von einer chronischen Alkoholikerin. Aber ich wäre nicht der erste Mensch in Dobřany, den es nicht gibt.

Rosa war Österreicherin, in den fünfziger Jahren überquerte sie versehentlich die Grenze im Wald, unsere Grenzwache erwischte sie, und weil sie dachten, sie würde nur so tun, als wäre sie Österreicherin, brachten sie sie hierher. Sie saß in der Ecke des Pavillons zehn und wiederholte „Ich bin Rosa Grauber," und nach acht Jahren fanden sie heraus, dass sie sich das nicht ausgedacht hatte, und steckten sie wegen illegalen Grenzübertritts ins Gefängnis.

Sie bekam 15 Jahre. Aber hoffentlich hat sie ihre Strafe verbüßt und ist nach Hause zurückgekehrt, nicht wie ich, die seit vierundzwanzig Jahren hier festsitzt mit der Befürchtung, für immer zu bleiben.

Sie tragen František zurück in den Flur, Alena schimpft mit mir, und dann schnallt sie ihn auf das Bett, obwohl František sich nicht bewegen kann.

„Hier darfst du nicht mehr hinkommen!", schreit sie mich an.

Japanischer Schwachsinn

„Ihr seid gekrönte Analphabeten! Wie konnte ich euch nur die geheime Operation Diplomat vorbereiten lassen?“

Zur großen Erleichterung von Sejkora machte sein Vorgesetzter zwei Schritte auf Kaňka zu.

„Sie sagten, sie wird vom Prachatitzer Geheimdienst durchgeführt“, flüsterte Kaňka.

„Was? Kannst du nicht laut sprechen, du Idiot? Wie lauteten meine Anweisungen für die Operation Diplomat?“

„Sie wird vom Prachatitzer Geheimdienst betrieben“, antwortete Kaňka etwas lauter.

„Und was soll man tun, wenn ein Auto mit Diplomatenkennzeichen an der Grenze einen Unfall hat?“

„Wir sollten Prachatitz anrufen.“

„Und der Schweizer Diplomat, der aus München kam und bei der Ortschaft Kubohütten einen Unfall hatte? Habt Ihr das Diplomatenfahrzeug nicht erkannt?“

„Ich erkannte es“, wandte Kaňka ein. „Und ich habe die Prachatitzer Geheimdienstler angerufen.“

„Aber ich habe auch gesagt, du Schafskopf, dass du in diplomatischen Autos nichts anfassen sollst, und was habe ich noch gesagt?“

„Dass die Geheimpolizisten aus Prachatitz alles selbst stehlen werden.“

Das war das, was der Polizeichef ihnen stundenlang in den Kopf gehämmert hat. Die Geheimpolizisten nahmen Schokolade, Säfte, Parfüm, Spielzeug, Diktiergeräte, Kleidung und wertvolle Jagdgewehre mit, was Sejkora in einer schwacher Stunde vom Chef erfuhr.

„Ich habe nichts genommen.“

„Nein?“ Der Polizeichef stand nicht einmal mehr aufrecht, sondern stützte sich auf den Tisch, weil sein Knie wieder schmerzte, und das war kein gutes Zeichen.

„Sie haben das Casiogerät auf dem Dach meines Autos vergessen.“

„Und du wusstest nicht, was es war?“

„Ein Casio."

„Und was ist das?"

„So ein kleines Musikinstrument."

„Amerikanisch?"

„Japanisch."

„Die Japaner sind auch Imperialisten, wisst ihr das?"

„Ich weiß."

„Hast du dieses Ding hier?"

„Nein."

„Du gibst es morgen früh in der Dienststelle ab!"

Kaňka nickte unglücklich.

„Und du?"

Der Polizeichef wandte sich an Sejkora.

„Was ist mit mir?"

„Woher hat er die Schmuggelware?"

„Woher soll ich das wissen?"

„Findest du es nicht seltsam, dass dein Neffe in einem Hotel japanischen Scheiß vorführt?"

Sejkora öffnete seinen Mund, antwortete aber nicht. Das war das Schlimmste, was passieren konnte: Gestern im Hotel waren sie also von einem Einheimischen verpfiffen worden, weil nur die Einheimischen, wie er sich vage erinnerte, mit ihnen gefeiert hatten.

„Jetzt weiß jeder, dass du es gestohlen hast! Wie kann man nur so dumm sein und nicht an den Ruf unserer Dienststelle denken!"

Der Ruf der Dienststelle war absolut entscheidend für die Aussicht auf den Titel „Die beste Polizeidienststelle im Grenzgebiet".

„Was hast du da gemacht? Was für eine Sauerei!"

Der Montag war immer ein Tag der Probleme und die Dienstbesprechungen an Montagen sind nie gut ausgegangen.

„Ich werde euch alle entlassen und neue Männer einstellen! Und sie melden sich schon, weil sie unter meinem Kommando dienen wollen!"

Es war nie erwähnt worden, dass der Polizeichef bereits einen Ersatz für seine Polizisten hat. Ihre Kinnladen fielen herunter.

„Verschwindet."

Alle stießen einen Seufzer der Erleichterung aus.

„Du bleibst hier!"

Sejkora hob den Kopf und begriff, dass der Polizeichef ihn meinte.

Sie warteten darauf, dass die Kollegen die Tür von außen schlossen.

„Wir haben neue Aufträge."

„Das ist gut", antwortete Sejkora automatisch.

„Es gibt Sabotage in einem Bereich, in dem wir nachgelassen haben, und die Vorgesetzten sind sehr unzufrieden."

„Wir und nachlassen? Unmöglich! Und in welchem Bereich?"

„In der Landwirtschaft."

Sejkora war nicht der Meinung, dass er nachgelassen hatte. In diesem Jahr war er bereits sechsmal bei einem freiwilligen Arbeitseinsatz in den Wiesen um Außergefild unterwegs. Dort verbrachten er, die Feuerwehrleute und Milizionäre den gesamten Samstagmorgen damit, sorgfältig Steine aus dem Feld zu sammeln und unermüdlich auf einen Kipper zu werfen.

„Diese Verräter von Radio Free-Europe haben in den letzten Wochen geprahlt, dass unsere Landwirtschaft im totalen Niedergang begriffen ist."

Der Polizeichef sprach so, als würde er einen Artikel aus der Landwirtschaftszeitung zitieren. „Die Genossinnen und Genossen hören die Sendungen an und haben festgestellt, dass die Nachrichten gefährlich aktuell sind. Woher weiß man zum Beispiel in München, dass wir kein Heu haben? Und sie sind verdächtig gut darüber informiert, was in der größten Kolchose des Bezirks, in Čkyně, vor sich geht.

Vor zwei Wochen rutschte eine Kuh in eine Silagegrube. Die Arbeiter der Kolchose waren schockiert und bekamen fast einen Herzinfarkt. Einer nach dem anderen fiel bei den Bergungsversuchen hinein. Der Vorsitzende der Kolchose befahl, Silage in die Grube zu werfen. Diese türmte sich allmählich unter der Kuh auf, sodass sie wieder herauskam. Wie ich höre, muht sie nun glücklich und ist froh, dass ihr nicht das gleiche Schicksal widerfuhr wie der Kuh vor ihr."

„Das war äußerst schlau", sagte Sejkora mit aufrichtiger Bewunderung.

„Ja, aber eine Woche später war es überall im staatsfeindlichen Radio zu hören. Also hat jemand aus der Gegend gepetzt."

„Und wer?"

„Na, das ist doch ganz einfach, oder? Ein Bauer, der sich weigerte, der Kolchose beizutreten, und wir haben ihn nicht genügend unter Druck gesetzt."

„Aber solche Bauern gibt es hier nicht mehr", argumentierte Sejkora.

„Gleich da im Wald oberhalb von Čkyně, in einer Einöde, wohnt Hůlovec."

Sejkora wusste nicht viel über diese Gegend.

„Du wirst ihm ein Licht aufsetzen. Pass auf, er ist schlau, er hat ein gutes Gedächtnis, dafür ist er weitum bekannt. Er ist ein Hetzer gegen die Kolchosen und er ist im Besitz von illegalen Drucksachen. Du wirst sie beschlagnahmen."

„Hat ihn jemand vor Ort angezeigt?"

Auf diese Frage antwortete der Polizeichef nicht.

„Du wirst herausfinden, ob seine Verwandten noch leben, ob das Land oder der Wald zum Haus gehört, wer ihn besuchen kommt, und du wirst alles fotografieren."

Der Polizeichef legte eine Ledertasche auf den Tisch, die die goldene Aufschrift Kodak trug.

„Was ist es?"

„Eine Polaroid. Die macht Sofortbilder."

„Was soll das heißen?"

„Die Kamera macht das so, das die Filme nicht entwickelt werden müssen. Du drückst hier einen Knopf und ein Foto kommt raus. Kaňka wird dir zeigen, wie man sie benutzt. Und fahr raus, solange es noch hell ist."

„Es ist fast fünf!"

„Und? Ich wurde in Prachatitz gegrillt und du hast zu Hause gefaulenzt!"

„Was soll ich fotografieren?"

„Hůlovecs Bauernhaus und sein Grundstück. Du findest heraus, wie das Haus aussieht und vor allem, welche staatsfeindlichen Sachen er aufbewahrt. Es gibt sieben solcher Häuschen in dieser abgelegenen Gegend, und die Einheimischen nennen sie ‚die Sieben Diebe'."

Das ist genau der richtige Ort für uns, dachte Sejkora und bedauerte, dass er dem Kollegen Kaňka nicht zuzwinkern konnte.

Endlose Einöden

Im Korridor auf der Bank zeichnen die Alkis Rumflaschen in alte Zeitungen und schreien sich gegenseitig an.

Was, wenn Alena allen erzählt, dass ich nicht Františeks' Schwester bin?

Wird das jemand glauben?

Und was ist, wenn sie mich nicht mehr zu František lassen?

„Du hattest einen Anruf."

Svetlana ist die jüngste Krankenschwester, die in Dobřany dient, mit freundlichen blauen Augen, blondem Haar und einer Nase wie der Bommel an einer Kindermütze. Sie schreit nie und versteht es, jeden zu beruhigen, der in einen Streit verwickelt ist.

„Anruf?", flüstere ich überrascht, denn noch nie hat mich jemand angerufen.

„Ein alter Mann, er wird es in fünf Minuten wieder versuchen. Ich habe völlig vergessen zu fragen, wie sein Name ist. Und Marie, wenn du schon auf der Schwesternstation bist, könntest du bitte die Medikamentenlisten ausfüllen? Es ist schon wieder Monatsende."

„Gerne."

„Die Mädchen sind nach Hause gegangen, und falls jemand fragt, was du so spät noch dort machst, weiß ich Bescheid."

Sie fummelt einen Schlüssel mit der Aufschrift 11 B vom Ring und reicht ihn mir.

„Und schließ auf jeden Fall ab."

Das ist das erste Mal, dass ich allein auf einer Krankenpflegestation bin.

Auf dem Tisch steht eine Schachtel mit Spritzen, und ich erinnere mich daran, wie die Sanitäter die Glasspritzen aufgezogen haben und wie sehr das Stechen weh tat. Beim Anblick von Spritzen wird mir immer schlecht.

Das Telefon auf dem Tisch klingelt.

Soll ich den Hörer abnehmen?

Die Krankenschwestern nehmen ihn immer in die Hand und fangen sofort an zu reden.

Das Telefon bellt mich wieder an.

Ich greife nach dem Hörer und hebe ihn vorsichtig ab. Er ist kalt und schwer, und als ich ihn an mein Ohr halte, höre ich nur meinen eigenen Atem und das Summen in meinem Kopf.

Gibt es da nicht irgendwo einen Knopf zum Drücken?

„Marie, bist du das?" Die Stimme kommt aus großer Entfernung. „Oder Sie, Schwesterchen? Jedes Mal, wenn ich sage, sie sollen mich mit Marie Jandová verbinden, schimpft mich irgendeine Frau aus ... Marie, bist du das?"

Ich kann kaum atmen.

Ich kenne diese Stimme. Wem gehört sie? Ich suche vergeblich in meinem Gedächtnis.

„Du musst nach Hause gehen. Sie fragen nach dem Haus. Es gehört immer noch dir."

Es war, als ob die Stimme mit jedem Wort über die endlosen Weiten der Zeit näher kam.

„Komm nach Hause."

Etwas im Hörer klickt.

Ich höre nur meinen eigenen Atem und lege den Hörer erstaunt auf die schwarze Gabel.

Ich bekam einen Anruf. Oder habe ich nur geträumt?

Was, wenn es wieder eine Stimme in meinem Kopf war?

Böhmerwälder Gold

In einer Kurve unterhalb Čkyně fand Sejkora einen unmarkierten Weg und bog zwischen Schlaglöchern in den Wald ein. Die Fichten teilten sich, am Südhang tauchte ein schönes Hegerhaus mit einem riesigen Garten auf. Er erinnerte sich, dass er hier einmal mit seinem Vater war und fuhr den steilen Hang hinauf. Auf der linken Seite entdeckte er ein einstöckiges Haus mit heruntergekommener Fassade. Der steinige Weg war in einem so schlechten Zustand, dass er anhielt und zu Fuß weiterging.

Hinter dem Haus erstreckte sich ein Fichtenwald. Rechts stand eine Baumreihe mit verfaulten Pflaumen, links eine Reihe ebenso verfaulter Kirschen. Auf der rechten Seite warteten ein leerer Kaninchenstall und eine rostige Dreschmaschine. Eine gefleckte Katze sprang aus einem offenen Fenster und verschwand in der Stalltür.

Sejkora drückte auf den Auslöser der Polaroid, und da er zum ersten Mal mit diesem Ding fotografierte, wartete er nervös darauf, bis ein buntes, quadratisches Foto aus dem Boden der japanischen Box auftauchte, auf dem das Haus wie eine armselige kleine Hütte aussah. Er steckte es in die Tasche seiner Uniform und machte sich auf den Weg zur Tür des Gebäudes, über der ein rostiges Hufeisen hing. Eine Klingel war nirgendwo zu sehen. Die Tür stand einen Spalt offen.

„Ist jemand da?"

Im abgedunkelten Flur stand eine Kiste mit elf Bierflaschen. Alle waren leer, also konnte er nicht hoffen, ein leckeres Bier zu bekommen.

In der Spüle stapelten sich schmutzige Teller, Tassen, und Töpfe. Alte Zeitungen, Bücher und Papierstapel lagen auf dem Tisch, den Stühlen, dem Boden und den Fensterbrettern verstreut. Er sah in einer aufgeschlagenen Zeitung das Gesetz über die Übertragung landwirtschaftlicher Flächen, das im Mai 1947 von Landwirtschaftsminister Juris unterzeichnet wurde.

Ich sollte eigentlich nach illegalen Zeitungen suchen, fiel ihm ein, und er versuchte es mit einer vergilbten Landwirtschaftszeitung von 1972. Unter einem Artikel über eine außergewöhnliche Kartoffelernte fand er eine eingekreiste Anzeige:

Alleinstehender intelligenter Mann, 46 Jahre alt,
mit einem Bauernhof im Böhmerwald,
sucht eine intelligente Frau für eine mögliche Ehe.

Aber wenn man sich das Chaos ansah, schien es, als hätte der Hůlovec seit 1972 keine intelligenten Frauen mehr gefunden. In der Küche begann es, stark nach verfaulten Kartoffeln zu riechen. Eine Kuh muhte zu seiner Rechten, also ging er durch den Flur zum Stall. Er wurde von zwei Paar tiefbraunen, wunderschönen Augen der gefleckten Kühe begrüßt. Als Junge sah er sie in allen Höfen des Winterberger Schlosses, wo er geboren wurde.

„Hallo Kühe“, begrüßte er sie. „Wo ist euer Landwirt?“

„Grüß Gott, Herr Polizist“, kam es von hinten.

Ein weißhaariger, knochiger, sehniger Mann in einem dunkel gefleckten Hemd saß auf einem Schemel in der Ecke des Stalls, die auf einer Seite fast von einem Heuhaufen verdeckt war. Rote Lupinenflecken zogen sich um seine Nase, seinen Hals und seine Ellbogen.

„Sie sind Hůlovec?“

„Ja, mein lieber Herr, und das ist Tina und das ist Fina, mit vollem Namen Theophena und Filomena“, stellte er seine Begleiterinnen mit einer tiefen Stimme vor, die so gar nicht zu seiner mageren Figur passte.

„Gehört die Wiese vorm Haus Ihnen?“

„So ist es.“

„Haben Sie noch andere Grundstücke?“

„Ich habe ein Feld im Wald hinter meinem Haus und auch am Bach. Heute geht es also um meine Felder?"

Sejkora ließ diese Frage unbeantwortet. „Wem gehört das Hegerhaus, das unterhalb deines Hauses liegt?"

„Einer Pragerin."

„Welchem Wildhüter gehörte das Hegerhaus?"

„Dem Fučík."

Den kannte Sejkora ganz gut, er war letztes Jahr nach Winterberg gezogen, um seine Tochter zu besuchen, und natürlich kannte er seinen Vater, obwohl er nicht auf dem Gut Schwarzenberg diente, sondern auf dem Gut Lobkowitz.

Eine zerzauste Henne trippelte in den Stall und gackerte missmutig, dann drehte sie um und verschwand wieder, während Sejkora vergeblich überlegte, was er Hůlovec fragen sollte.

„Wie ich sehe, sind Sie verheiratet", nickte Hůlovec in Richtung von Sejkoras Ehering. „Wie lange schon?"

„Achtzehn Jahre."

„Durch eine Zeitungsannonce?"

„Auf keinen Fall."

„Und wie haben Sie die Auserwählte gefunden?"

„Ich habe sie betrunken gemacht", gab Sejkora zu.

„Mit Strakonitzer Bier? Das ist so herb, dass die Frauen es nicht mögen!"

„Wein ist besser."

„Früher habe ich Kirschwein gemacht, aber ich habe wohl nicht genug Zucker hineingetan, sie mochten ihn überhaupt nicht."

„Probieren Sie Böhmerwaldkräuterwein."

„Kräuterwein! Sie sind schlau! Aber nach den Streifen der Uniform zu urteilen, würde ich sagen, Sie sind nicht mal ein richtiger Polizeichef."

„Nein, bin ich nicht", lachte Sejkora. Und ich werde es auch nicht sein, dachte er. Ihm war klar, dass er den alten Mann in seinem Elend nicht fotografieren konnte und wollte. Alles an Hůlovec gehörte zu der Welt, in der Sejkora auf Schloss Winterberg mit alten rumänischen Slowaken aufgewachsen war. Diese hatten ihm beigebracht, wie man mit einem Zauber das Vieh gegen Vampire und Geister schützt.

„Na ja", sagte Hůlovec, „wissen Sie zufällig wo ich einen Regenwassertank bekommen könnte? Ich bin knapp an Wasser und muss immer mit einem Eimer zum Bach laufen ..."

„Mit den Tanks ist es schlimm ..."

Die Antwort wurde durch das Klingeln des Telefons unterbrochen und Sejkora war so erschrocken, dass er dachte, es sei nur ein Traum und er würde in der Dienststelle wieder aufwachen. Hůlovec schob einen Haufen Heu mit dem Fuß beiseite und griff nach dem Hörer.

„Das wird der Tierarzt sein, ich bekomme keine anderen Anrufe", sagte er entschuldigend und nahm den Hörer ab. „Ich habe mir schon gedacht, dass Sie anrufen, Herr Doktor. Nein, das Fieber ist gesunken und danke, dass Sie mich angerufen haben."

Er legte auf.

„Wissen Sie, ich verstecke mein Telefon, weil ich der Elektrizität nicht traue. Glühbirnen brennen einem mit der Zeit die Augen aus, Wissen Sie das? Ich habe das Telefon nur für Theophena, sie neigt zu Euterentzündungen."

Hůlovec seufzte und sah Sejkora zweifelnd an: „Los, sagen Sie schon, wer mich verpfiffen hat, damit ich weiß, woran ich bin, denn mir fällt niemand ein."

„Das ist gut, denn niemand hat Sie angezeigt."

„Aber irgendjemand muss etwas gegen mich in der Hand haben, denn warum sollten Sie eine solche Reise machen? Ermitteln Sie auch gegen Herrn Mach?"

„Gegen wen?"

„Herr Mach ist der Bauer aus Krušlov, der auch nicht in die Kolchose eingetreten ist. Und wie berühmt er ist!"

„Und wofür ist er berühmt?!

„Du hast den Film *Kassenknüller* gesehen?"

„Ja, den sah ich."

Sejkora war mit Eva und Kristýna ins Kino gegangen, um sich diesen Film anzusehen, aber nach zwanzig Minuten eingeschlafen.

„Wissen Sie, wie die Genossenschaftsmitglieder in Nahořany, wo der Film gedreht wurde, geflucht haben? Ein ganzes Jahr lang tun sie nichts, und plötzlich wollen die Filmemacher, dass sie vor der Kamera eine Ladung Mist auf einer Wiese ausbreiten! Können sie den Dung nicht aus dem Filmstudio mitbringen? Aber ansonsten war der Sänger Matuška ein kluger Kerl, und mit dem Schauspieler Kukura hatte ich die beste Unterhaltung, er sprach so lustiges Tschechisch ... Was haben wir mit den Leuten aus Nahořany gelacht. Aber das würden sie dir gegenüber nicht zugeben."

„Warum nicht?"

„Sie hassen die Polizei. In Nahořany war es früher hart. Komrska, ein gerechter und ehrlicher Bauer, war achtzehn Jahre lang Bürgermeister und wurde 1952 verhaftet. Er wurde zu vier Jahren Haft verurteilt, seine Familie verlor ihren gesamten Besitz und wurde auf Lebenszeit aus dem Bezirk Winterberg verbannt. Das möchte ich ehrlich gesagt vermeiden", er sah Sejkora in die Augen. „Das ist auch der Grund, warum ich mich zusammenreiße. Außerdem kenne ich meine Rechte und ich sage Ihnen ganz offen, dass es sich nicht lohnt, mich zu überreden, in die Kolchose einzutreten. Wissen Sie überhaupt, wie die Kolchose hier nach dem Krieg gegründet wurde? Zuerst haben sie sich alle geprügelt, weil sie auf der Seite der Nazis waren und sich fast gegenseitig erschossen. Dann schlossen sie Frieden mit der Idee, die Vergangenheit zu vergessen, aber einer von ihnen zog eine Waffe und hielt alle in Schach. Sie machten ihn zum Vorsitzenden. Sobald sie den Vorstand der Kolchose ernannt hatten, erklärten sie, dass alle – außer ihnen – während des Krieges kollaboriert hätten und dass sie enteignet werden müssten. Gleich danach plünderten sie das Gut Lčovice vollständig aus. Diese Bastarde sind jetzt zum Glück weg, die neuen in Čkyně sind ganz in Ordnung und ich verwette meine Rente darauf, dass mich keiner von ihnen angezeigt hat. Oder hat Sie das Pflegeheim geschickt, damit Sie mich überprüfen?“

„Nein.“

„Wer hat mich dann angezeigt?“

Sejkora zuckte mit den Schultern.

„Von Ihnen werde ich also nichts erfahren?“ Hůlovec hustete und die beiden Kühe drehten ihre Köpfe zu ihm.

„Können Sie für mich auf meine Mädchen aufpassen? Sie sind nicht gern allein, und ich muss pinkeln. Tina ist immer traurig, wenn ich nicht da bin, sie ist wie ein kleines Kind. Haben Sie sich schon einmal um Kühe gekümmert?“

„Das ist schon lange her.“

„Nun, Sie werden es schaffen und dabei das Gefühl haben, dass Sie für etwas gut sind. Und Sie werden mir nichts unterjubeln. Ich kenne jeden Heuhalm und jede Grille, die hier zirpt. Habe ich Ihr Wort?“

„Ja, Sie haben mein Wort.“

„Gut und wenn Sie nett zu mir sind, sage ich Ihnen, wo die Steinpilze wachsen. Sie möchten also etwas von mir erfahren, aber was genau? Mal ehrlich, was könnten Sie sonst von mir wollen?“

Hůlovec humpelte davon und beide Kühe muhten ängstlich.

Sejkora machte Fotos vom Telefon, den Kühen und dem verdächtig vielen Heu. In einer Ecke fand er einen Stapel Papiere und eine alte Landwirtschaftszeitung, die er unter seiner Uniform versteckte. Dann ertönte von draußen ein keuchender Husten.

Die beiden Kühe muhten zur Begrüßung von Hůlovec, und die Grille, die dort lebte, zirpte ihm zu.

Schlapper Schnurrbart

Habe ich wirklich den Hörer abgenommen?

Das Telefon liegt auf dem Tisch. Irgendwie weiß ich nicht mehr, wann und wie ich auf der Schwesternstation gelandet bin.

Was tue ich hier überhaupt?

Svetlana wollte, dass ich neue Arzneimitteltabellen ausarbeite.

Ich öffne den Schrank, hole die Papiere heraus und setze mich an den Schreibtisch. Manchmal ist es besser, wenn ich etwas zu tun habe.

Ich schreibe die angepassten Dosen von Chlorpromazin und Prothiaden auf und mache mich an die Tabellen, aber es gibt kein Lineal, und Tabellen an den Rand eines Notizbuchs zu kritzeln, das funktioniert nie. Ich öffne eine Schublade und finde einen Radiergummi, Bleistifte, eine Trinkflasche, Klebeband und eine Schachtel mit Büroklammern.

Briefpapier lugt aus einem blauen Notizbuch hervor.

Die saubere Handschrift stammt von Svetlana.

Ich bin sicher, du würdest mich den ganzen Monat verfluchen, wenn ich dir nicht sagen würde, dass sie wahrscheinlich in unseren Hausmeister verliebt ist. Ich weiß, er sieht nicht gerade wie Robert Redford aus. Er lebt hier in Dobřany bei seiner Mutter, aber wenn ich ihn um den heißen Brei herumreden höre, möchte ich ihm auf den Kopf schlagen ...

Es ist der dünne Kerl mit dem schlappen Schnurrbart, glaube ich. Svetlana denkt also darüber nach, zu heiraten.

Ich schäme mich, dass ich ihren Brief gelesen habe, und lege ihn zurück.

Wonach habe ich gesucht?

Lineal.

In der untersten Schublade finde ich eine Postkarte aus Medjugorje. Sie ist von jemandem unterschrieben, aber ich kann den Namen nicht lesen.

Und es gibt auch einige Zeitungsausschnitte:

Keiner von uns hat anfangs der Prophezeiung der Jungfrau Maria in Medjugorje viel Bedeutung beigemessen. Aber die Kommunisten glaubten sofort daran, und ich war wieder fasziniert davon, wie sie, genau wie die Nazis, völlig besessen von ihrem eigenen Ende waren, als ob sie sich um nichts anderes kümmerten, als wie ihr Regierungssystem zusammenbrechen würde.

Es ist sicher, dass die Muttergottes in Medjugorje im Sommer 1981 den Fall des Kommunismus vorausgesagt hat, der in einem Zeitraum von acht bis zehn Jahren stattfinden würde ...

Die anderen Papiere sind mit Linien und Wörtern bedeckt, die ich nicht verstehe, wie Aszendenten, Aspekte und transsaturnisch, und darunter stehen ein paar Worte, die Svetlana geschrieben hat:

Wann wird das alles zur Hölle fahren?

Doch eine Antwort bleibt sie schuldig.

Am Silvesterabend sagte die alte Frau Vrábel den Mädchen am Kartentisch, dass der Kommunismus in zehn Jahren fallen würde und dass die Parteimitglieder nicht über die Grenze in die Sowjetunion fliehen würden.

Im Flur sind Schritte zu hören, und ich schnappe mir die Papiere und lege sie übereinander in die Schublade zurück.

Eine große dunkle Gestalt taucht hinter der Tür auf.

Habe ich abgeschlossen?

Der Griff bewegt sich, aber die Tür lässt sich nicht öffnen.

„Svetlana?“, sagt eine Männerstimme.

Wo ist der Schlüssel?

Ich gerate in Panik, stehe auf und werfe meinen Stuhl um, aber zum Glück finde ich ihn in meiner Tasche.

Der neue Hausmeister hat große, traurige blaue Augen und sein Schnurrbart sieht aus, als hätte er ihn sich einfach ins Gesicht geklebt.

Aber er scheint ruhig zu sein, nicht wie die anderen, die immer betrunken sind, schmutzige Witze erzählen und über sie lachen.

„Sie sind also schon hier?“

Er sieht mich unbeholfen an, und mir ist klar, dass er etwas braucht und nicht weiß, wie er danach fragen soll.

„Brauchen Sie etwas Genähtes?“, frage ich ganz unverblümt.

„Können Sie Insulin spritzen?“

Ich nicke verblüfft.

„Meine Mutter hat Diabetes und meine Tante ist seit einer Woche zur Kur. Sie hat mir gezeigt, wie man es macht, aber ich traue mich nicht, eine Spritze aufzuziehen und sie meiner Mutter zu geben. Sie braucht auch jemanden zum Reden, also habe ich mich gefragt, ob Sie mit mir zu ihr kommen möchten.“

„Aber ich kann das Krankenhaus nicht verlassen.“

„Ich fahre Sie. Ich treffe Sie um sieben Uhr dreißig hinter dem Tor und setze Sie um zehn Uhr wieder ab. Und keine Sorge, niemand wird etwas bemerken.“

„Weiß Svetlana davon?“

„Ja. Ich habe Schuhe und Kleidung für Sie im Auto.“

Ich nicke und mein Herz rast. Die beiden arbeiten erst seit einem Jahr hier und wissen vielleicht nicht einmal, dass ich bereits versucht habe zu fliehen.

„Okay,“ flüstere ich, denn ich kann nicht nein sagen.

„Sieben Uhr dreißig am hinteren Tor.“

„Gut.“

„Sie brauchen keine Angst vor Mama zu haben, sie ist nett. Wie viel wollen Sie dafür haben?“

„Nichts,“ platze ich heraus.

„Wie wäre es mit Schokolade?“

Ich weiß, dass er nicht damit aufhören wird.

„Vielleicht ein Buch.“

„Klar, kein Problem, Sie bekommen es von meiner Mutter. So gegen halb acht, okay?“

Schlechtester Landwirt

Sejkora parkte auf dem Hof der Dienststelle und sah Herrn Mareš, den ehemaligen Chefingenieur der Kolchose, als dieser das Hotel auf der anderen Straßenseite betrat.

Er wurde als Leiter entlassen, nachdem sein Bruder nach Kanada emigriert war, aber er blieb trotzdem in seinem Häuschen, nicht weit von den Sieben Dieben entfernt.

Sejkora rannte über die Straße und erwischte ihn, als er im Ausschank saß.

„Herr Mareš, kennen Sie den Hůlovec?“

„Natürlich.“

„Er rebelliert nicht mehr gegen die Kolchose?“

„Er hat eingesehen, dass er das Regime nicht besiegen kann. Er hat auch aufgehört, nach einer Frau zu suchen, der arme Kerl.“

„Sie meinen die Kleinanzeigen?“

„Ja. Vor zwanzig Jahren lernte er eine Krankenschwester kennen. Sie war aus Písek, aus einer Bauernfamilie. Sie las seine Anzeige und kam zu ihm. Sie gingen spazieren, sie musste hinter einem Busch verschwinden und bat ihn, ihre Handtasche zu halten.

Hůlovec durchsuchte sie und fand Zigaretten. Was für eine Schlampe, dachte er und gab ihr den Laufpass, obwohl er zu diesem Zeitpunkt selbst rauchte wie ein Schlot.

Und doch mochte er die Frau, und noch Jahre später hoffte er, sie würde wieder auftauchen.“

„Das ist sehr traurig“, sagte Sejkora.

„Dann schrieb ihm eine Ingenieurin, dass sie kommen würde. Also lief Hůlovec zu seinem Nachbarn, erzählte es ihm und gemeinsam haben sie das Haus geputzt und geschmückt. Die Ingenieurin kam an, sie unterhielten sich eine Weile in der Küche, dann nahm sie eine Landwirtschaftszeitung von 1928 vom Küchenstuhl und sagte: *Diese Zeitungen sind ziemlich alt, kann ich sie in den Ofen werfen?*“

Rühr meine Zeitungen nicht an!, schrie Hůlovec und sie wurde wütend und lief davon. „Nein, ich sage Ihnen, er hat sich dieses einsame Grab mit eigenen Händen geschaufelt."

„Wie kann er dort überleben?"

„Ein mobiler Laden kommt einmal pro Woche. Dort erledigt er seine Einkäufe."

„Und was macht er beruflich?"

„Er transportiert Milch in Kannen zur Ankaufstelle in Waldhäusel. Es ist ein kurzer Weg durch den Wald, nur bergab."

„Hat er kein Auto?"

„Auto? Haben Sie seinen Rasenmäher gesehen? Das war mal ein so tolles Gerät, dass sich die Genossen dafür gegenseitig umgebracht hätten! Glauben Sie, er hat jemals damit gemäht?

Und die Sense? Er hat sie seit vierzig Jahren nicht mehr angefasst. Er melkt seine Kühe, aber sich um irgendetwas kümmern? Im Winter verzichtet er aufs Heizen der Wohnung. Stattdessen lebt er im Stall. Die Wärme der Kühe reicht ihm vollkommen aus. Letztes Jahr hat der Nachbar sein Holz gehackt und Hůlovec hat es verrotten lassen.

Unter uns gesagt, ist er sicher der schlechteste Landwirt im ganzen Böhmerwald, vielleicht sogar im ganzen Land. Aber er erinnert sich an alles. Nach dem Krieg war er Buchhalter und bis heute weiß er, wer welche Verwandten hat, wann sie geheiratet haben, wann sie geboren wurden. Er hat das Gedächtnis eines Elefanten, weil er Wasser aus dem berühmten Wunderbrunnen trinkt. Aber sonst ...", er winkte mit der Hand, „wissen Sie, wovon er träumt?"

„Nein."

„Dass er in Čkyně ins Pflegeheim kommt. Weil es dort heißes Wasser gibt, möchte er gerne hin. Aber er müsste sich mit einem Antrag ans Nationalkomitee wenden, und dazu ist er zu stolz. Ich bin sicher, er hat Ihnen gesagt, wie glücklich er in seinem Stall ist."

„Ja."

„Er hat Sie an der Nase herumgeführt. Was wollten Sie eigentlich von ihm?"

„Das übliche Geplänkel darüber, warum er nicht in die Kolchose eingetreten ist und so weiter."

„Ich habe gehört, Sie haben den alten Krymus in die Klapsmühle gesteckt."

„Wir stecken niemanden in die Klapsmühle", antwortete Sejkora automatisch. „Außerdem habe ich Krymus heute Morgen auf dem Weg zum Stadtplatz gesehen."

„Die Heger sagten, er wurde vor dem Mittagessen in seinem Haus in Gansau abgeholt. Könnten Sie ihn auf seine alten Tage nicht in Ruhe lassen?"

„Herr Mareš, fragen Sie nicht mich, sondern unsere Psychiaterin. Frau Doktor Fabiánova stammt aus einer berüchtigten Wildererfamilie, mit der sowohl mein Großvater als auch mein Vater seit Jahren zu kämpfen hatten. Sie hatte es auf meine Familie abgesehen und ich hatte kein Druckmittel gegen sie."

„Naja, sie wollten Ihren Vater auch ins Narrenhaus nach Dobřany schicken, nicht wahr, als er sich auf dem Stadtplatz entkleidet hat."

Sejkora nickte zögernd.

„Wie kommt es, dass Ihr Vater nicht auch nach Dobřany verfrachtet wurde? Haben Sie den verrückten Polizeichef dazu gebracht, die Dinge bei Fabiánova zu regeln?"

Jetzt nickte Sejkora nicht einmal mehr und wechselte stattdessen das Thema: „Können wir noch Regenwassertanks von den staatlichen Betrieben bekommen?"

„Nur Kolchosen können so etwas bekommen. Möchten Sie einen haben?"

„Nun, ich könnte einen in meinem Garten unterbringen."

„Ich werde meinen Schwager fragen."

„Danke."

Sejkora widerstand der Versuchung, den Kellner zu rufen und ein Bier zu bestellen. Statt dessen ging er zurück zur Dienststelle.

Sejkora schilderte dem Polizeichef die Details vom Bauernhof. Er sprach von der stumpfen Mähmaschine und dem leeren Kaninchenstall. Er erwähnte den Geruch verfaulter Kartoffeln. Der Chef betrachtete dabei stirnrunzelnd die Fotos von Hůlovecs Anwesen. Sejkora versuchte zu verdeutlichen: Dieser alte Mann litt unter Einsamkeit. Er rührte auf seinem Hof keinen Finger mehr. Er träumte von einem Pflegeheim. Ein solcher Mensch zählte kaum zu den gefährlichsten Bauern im Böhmerwald.

„Hat Hůlovec Kontakte mit jemandem?“

„Nein, er geht nirgendwo hin.“

„Und von wem weißt du das?“

„Von den Leuten.“

„Namen.“

„Mareš, zum Beispiel“, sagte Sejkora unglücklich, „Hůlovec kennt auch den Schauspieler Juraj Kukura“, fügte er hinzu, weil er Leute wie Hůlovec, die er kannte, schützen wollte.

„Den Schauspieler? Wie kann er ihn kennen?“

„Etwa einen Kilometer waldeinwärts befindet sich der Drehort des erfolgreichen Kinofilms *Kassenknüller*.“

„Hm. Hast du irgendwelche staatsfeindlichen Papiere in der Hütte gefunden?“

„Nein, nur einen Haufen alter Zeitungen.“

Sejkora hatte erwartet, dass sein Chef sich darüber beschweren würde, dass er nur Krimskrams mitgebracht hatte, aber die Landwirtschaftszeitung vom Februar hatte ihn seltsamerweise beruhigt.

„In Ordnung, das ist alles“, sagte er zufrieden, und Sejkora blickte erleichtert auf.

Gebeugte Greise

Alena ist in ihre Arbeit vertieft. Ich husche durch den Korridor direkt zu František. Er starrt an die Decke und die Heizung blubbert wie wild.

„František, ich werde zu unserem Waldbrunnen gehen, um Wasser zu holen, denn es wird dich heilen. Es ist unsere letzte Hoffnung. Ich muss heim gehen ..."

Was soll ich ihm sonst sagen? Ich weiß nicht, wie man aus einem Irrenhaus fliehen kann.

Ich möchte nicht tun, was diese innere Stimme mir sagt! Ich möchte auch nicht tun, was diese merkwürdige Stimme am Telefon sagte.

Aber so bin ich nun mal. Wenn jemand kommt und ein neues Hemd braucht, sage ich nie nein.

Die Witwe Gagarin drängt sich zur Tür herein. „Warum gehst du in das Zimmer eines Fremden!"

„František ist mein Bruder!"

„Ja? Und seit wann?"

„Weißt du was, frag Frau Doktor Cihakova."

„Du bist eine verlogene Schlampe, du weißt, dass Cihakova nicht mehr hier ist!"

„Was?"

„Sie ist heute Morgen in die Slowakei zurückgekehrt."

Ich hätte nie gedacht, dass ich es einmal bedauern würde, dass Cihakova die Anker gelichtet hat, aber jetzt wird mir niemand mehr glauben, dass ich die Schwester von František bin.

„Du brauchst Hilfe", bombardiert mich Gagarin. „Die Tatsache, dass du František für deinen Bruder hältst, kommt von deiner Krankheit. Ich werde dich heilen, wenn du mir eine Flasche Rum bringst."

„Wirst du dich um František kümmern?"

„Ich?" Und plötzlich hält die Witwe Gagarin die Klappe.

Als sie vor 20 Jahren eingeliefert wurde, war sie eine hübsche Frau. Jetzt ist sie ein buckliges Ungeheuer. Sie säuft seit ihrer Kindheit, das hat sie von ihrer Mutter, und dann hat sie Jurij Gagarin im Fernsehen gesehen und sich sofort verliebt. Sie sprach ständig von ihm, aber als Jurij sich umbrachte, sagte sie sich, dass sie ohne ihn nicht leben könne, sprang vom Balkon im dritten Stock, fiel in ein Blumenbeet und brach sich beide Beine. Als sie den Ärzten davon erzählte, schickten sie sie ins Irrenhaus nach Dobřany.

„Gibst du František immer etwas Wasser zum trinken, wenn ich nicht hier bin?“, wiederhole ich, und sie fängt sofort an, mich einen Niemand zu nennen. Und sie hat Recht.

Meine Schwestern Anna und Lida und mein Vater sind auch „Niemand“, deshalb wurden sie in eine Grube ohne Namen geworfen. Erinnert sich noch jemand daran, wie wir - Papa, Anna, Lida, František und ich - vor vierundzwanzig Jahren hierher geschleppt wurden? Vielleicht Frau Dr. Kraus, aber ich habe sie seit Jahren nicht mehr gesehen. Was ist, wenn sie mich nicht zu František lassen?

***

Die Alkis genießen die letzten Sonnenstrahlen, ihre blassen, hageren Gesichtszüge und mageren Gliedmaßen strecken sich nach der Sonne aus.

„Die Stimme ist wieder da und will, dass ich weglaufe“, sage ich Karel Šebek, weil ich ihm vertrauen kann. „Wirst du dich um František kümmern?“

Karel nickt, obwohl ich nur ein schmieriger Fleck hinter den Gläsern seiner Brille bin. Aber er ist Krankenpfleger, auch wenn die Ärzte ihn zum Patienten gemacht haben.

„Kannst du mir Zigaretten besorgen?“, fragt er.

„Ja, bestimmt.“

„Und wie willst du weglaufen?“

„Das weiß ich noch nicht, und ich werde vermutlich erwischt.“

„Hast du einen Plan?“

„Ja.“

„Ist es der Plan deiner Stimme?“

„Natürlich.“

„Hast du Angst?“

„Immer.“

„Gibt es nur eine Stimme, oder gibt es mehrere?“

„Nur eine.“

„Hast du das Gefühl, dass sie dich bedroht, oder ist sie eher dein Freund?“

„Das weiß ich nicht.“

„Beschreibt und kommentiert sie alles, was du tust?“

„Nein.“

„Das ist gut, das wäre ja schizophren. Erinnert sie dich an jemanden aus deiner Familie?“

„Nein.“

„Stell dir ein Gehirn vor. Es schwimmt im Wasser in unserem Schädel und plötzlich gibt es einen Ton von sich, den es in eine Stimme verwandelt, und diese Stimme überwältigt uns. Wie kann das Gehirn mit sich selbst sprechen?“

„Das weiß ich nicht!“ Karel grübelt vor sich hin. Ich bin völlig verzweifelt und er fragt mich sowas?

„Ich glaube nicht, dass du es vermasselst, wenn du auf die innere Stimme hörst. Und denk an die Zigaretten. Die besten sind die Betas.“

Er wendet sich wieder ab und beachtet mich nicht mehr.

Na und? Ich werde einfach wieder weglaufen.

Schöne Abendvorstellung

Im Hotelsalon saßen Frauen aus dem staatlichen Unternehmen Šumavan, und auf dem Tisch vor ihnen stand ein riesiger Rosenstrauß. Sejkora legte schnell den Rückwärtsgang ein. Das bemerkte zum Glück nur der einzige Mann im Salon. Es handelte sich um den Sohn des örtlichen Milizenführers Wenzel. Dieser arbeitete als Hausmeister beim Unternehmen Šumavan. Genau wie Sejkora wollte er offenbar schnell von hier verschwinden. Sejkora fand seine Kollegen Kaňka und Cívka in der Schankstube.

„War im Salon kein Platz?“

„Dort haben sich die Frauen bereits verschanzt.“

„Was ist mit dem Tanzsaal?“

„Dort sind die Milizionäre und bereiten sich auf eine Übung vor. Wir bleiben hier, vielleicht können wir herausfinden, wer uns an Borovec verraten hat“, sagte Kaňka.

„Gibst du die Casio zurück?“

„Damit das klar ist, ich habe sie nicht. Leute, glaubt mir das bitte.“

„Keine Sorge, wir verstehen dich, wir haben auch Kinder“, sagte Sejkora. Der Kellner, der von allen Maruška genannt wurde, kam mit dem Bier, und sie tranken endlich und hatten noch nicht einmal ihre Gläser abgestellt, als Kaňka rief: „Der Polizeichef kommt!“

Sie drehten sich zum Fenster.

Ein grauer Lada bog in den Hof der Dienststelle ein, und aus ihm trat ein dicker, kleinerer Geheimpolizist, und mit ihm ein dünner, der in Winterberg als Soldat gedient hatte und der seine Mitbürger so oft denunzierte, dass die Kreis-Geheimpolizei ihm einen Job anbot.

Polizeichef Borovec humpelte auf die beiden zu. Sie schüttelten sich die Hände, scherzten zur Begrüßung und verschwanden in der Dienststelle.

„Habt ihr euch überlegt, wen er meinte, als er sagte, er habe einen Ersatz für uns?“

„Er fantasiert einfach.“

„Das glaube ich nicht“, wandte Sejkora ein. „Und mal ganz unter uns: Weißt du etwas darüber, wer Krymus in die Narrenanstalt gebracht hat?“

„Nein. Aber die sind auf sein Haus scharf.“

„Warte mal, was meinst du damit?“

„Du weißt, was los ist, sogar der alte Kuneš hat sein Haus verkauft, das er von seinem Großvater geerbt hatte.“

„Was? Diese alte Baracke, die am Nordhang steht und in die jedes Frühjahr das Schmelzwasser hineinfließt. Seine Töchter wollten da nicht mehr wohnen, auch wenn er ihnen mehrmals ein halbes Wildschwein als Draufgabe anbot."

„Ja, aber ein Prager Typ kam in die Kneipe und bot ihm fünf Riesen an."

„Fünf Riesen für so eine Ruine?!", rief Sejkora aus. „Und in dieser Einöde? Da ist nur was los, wenn einmal im Jahr die Feuerwehr vorbeikommt und versehentlich die Sirene auslöst."

„Aber die Prager sehen das anders. Das Leben im Böhmerwald ist für sie ein Traum, und sie kaufen Hütten auf, für die unsereins keinen Heller bezahlen würde."

„Wirklich?"

„Ja", nickte Kaňka. „Ursache sind die Filme."

„Welche Filme?"

„Sie haben Titel wie *Wandervögel, Sonne, Heu, Erdbeeren* und so. Ich bin neulich an einem Kino vorbeigegangen, die Leute standen Schlange vor der Kasse. Der Regisseur namens Troška ist auch aus der Gegend. Kennst du ihn nicht?"

Sejkora kannte nur Troška aus Obermoldau, der berühmt wurde, weil er zwei gestohlene Motorräder in zwei Tagen zu Schrott fuhr.

„Und mit dem Haus der Familie Krymus", so Kaňka weiter, „wird es ähnlich sein."

„Willst du damit sagen, dass Krymus wegen seines Hauses in die Klapsmühle gebracht wurde?"

„Oh ja, er hatte keine Verwandten, also ist das Haus jetzt frei verfügbar."

„Moment! Versorgt unsere Dr. Fabiánova die Prager mit den Häusern der Leute, die sie nach Dobřany schickt, oder täusche ich mich da?"

„Das ist sonnenklar, mein Freund."

Kaňka übertreibt, dachte Sejkora. Wahrscheinlich hat er schlechte Laune, weil er morgen früh das Casio-Instrument zurückgeben muss. Die Ärztin Fabiánova hätte die komplette Familie Krymus nicht so einfach ins Irrenhaus verfrachten können.

Aber warten wir mal ab, wer nach den Krymus einzieht, dachte er, ließ seine Sorgen Sorgen sein und blies den Bierschaum ab.

Dienstag

Schwieriger Auftrag

In der Küche roch es wie in einer Kneipe, denn Sejkora hatte Hemd, Hose und Mantel, in denen sich der Zigarettenrauch des Hotels festgesetzt hatte, auf einem Stuhl liegen gelassen. An den Fettresten am verschmierten Teller in der Spüle war zu erkennen, dass er nachts noch etwas gegessen hatte. Er wärmte die übrig gebliebene Rinderbrust vom Mittagessen des Vortags auf. Dann legte er sich ins Bett. Nachdem er aufgewacht war, schleppte er sich zum Tisch und goss einen Filterkaffee auf. Der tschechoslowakische Rundfunk spielte das Lied von Michal Tučný aus dem *Kassenschlager*-Film, der in der Nähe von Sieben Dieben gedreht wurde:

„Wenn ein Kind ein Streichholz anzündet,
wenn ein Kind ein Streichholz anzündet,
was wird dann passieren?“

Kaum hatte er nach der gestrigen Zeitung gegriffen, kam Eva von ihrem Nachtdienst heim und ging in die Küche. Wie jeden Morgen nach einem feuchtfröhlichen Abend verspürte er den Wunsch, ihr seine Liebe zu beweisen. Er wollte sie davon überzeugen, dass er ab heute weniger Alkohol trinken würde. Das Hindernis war die Unordnung. Die wartete heimtückisch in der Küche, bis Eva eintrat. Dann begann sie sich so üppig zu schichten, dass Sejkora sich nicht wehren konnte und sie nicht in den Griff bekam.

Armer Hůlovec, dachte er. Er wird in dem Schlamassel allein dastehen.

„Warst du wieder in der Kneipe?“ Eva wartete nicht auf seine Antwort. Sie wusch sich die Hände und begann das Geschirr zu spülen. Die Teller und Bestecke klirrten und klapperten in der Küche wie ein wildes Orchestrion.

„Schläft Papa noch?“

„Ich glaube nicht“, murmelte Sejkora, denn bei einem solchen Lärm ist es unmöglich, sich auszuruhen.

„War er noch nicht beim Frühstück?“

Eva wischte sich die Hände an einem Handtuch ab und öffnete die Tür zum Zimmer seines Vaters.

„Er ist weg!“, rief sie aus.

„Was?“

„Hast du gestern Abend nach ihm gesehen?“

„Nein, ich dachte, Kristýna ...“

„Kristýna ist seit Sonntag im Zeltlager!“

„Verdammt, ja.“

Er hatte seine Tochter völlig vergessen. Als er aus der Kneipe zurückkam, hatte er nicht an seinen Vater gedacht. Er sprang auf und stürmte verzweifelt zum Fenster, aber von seinem Vater war keine Spur zu sehen.

Eva hörte und bemerkte ihn nicht. Das beunruhigende Knarren der Schranktür auf dem Flur durchbrach die kurze Stille.

„Die Schwarzenberger-Uniform ist weg!“, rief sie.

„Hat er auch das Gewehr mitgenommen?“

„Weiß ich nicht!“

Sejkora eilte die Treppe hinab. Er entdeckte den leeren Wandschrank, wo bisher die Uniform des alten Schwarzenberger-Hegers hing. Auch Jagdstiefel, Gürtel, Rucksack und Hut fehlten.

„Und Hilda?“, fragte Eva von oben herab.

„Sie ist da!“

Hilda von Luxemburg, nach der Verehelichung Fürstin zu Schwarzenberg, kam bei ihrer letzten Reise nach Winterberg. Ein großer Maler verewigte sie auf dem Stadtplatz. Das prächtige Porträt befand sich zum Glück im Keller. Sejkora ging zurück in den Korridor, wählte die Nummer der Polizeidienstelle und betete, dass nicht sein Chef Borovec abheben würde.

Mein Vater hat sich nach seinem Zusammenbruch, der ihn völlig unerwartet traf, wieder aufgerappelt, dachte er sich. Ein Zusammenbruch bedeutet in seinem Fall eine schwere psychische Krise mit Angstzuständen und Depressionen. Er läuft dabei in seiner alten Uniform weg und findet nicht mehr heim. Jetzt beginnen seine Ausbrüche wieder von vorne - er verliert die Kontrolle über sein Verhalten. Die Psychiaterin Fabiánova, eine strenge Ärztin mit jahrelanger Erfahrung in der Behandlung schwerer psychischer Erkrankungen, wird vor Freude springen, wenn sie ihn nach Dobřany in die psychiatrische Klinik schicken kann. Dobřany ist auf die Behandlung akuter psychischer Störungen spezialisiert und die Patienten stehen unter strenger Aufsicht.

„Polizei, Dienstelle Winterberg", meldete sich Kaňka.

„Mein Vater ist verschwunden, der Chef darf nichts davon wissen ..."

„Zu spät, man hat deinen Vater schon gesehen."

„Wo?"

Im Hintergrund schrie der Polizeichef: „Der Faulpelz soll sich aufraffen und sofort in die Arbeit gehen!"

„Du hast dich sofort zum Dienst zu melden!", übersetzte Kaňka.

***

Der Chef empfing ihn auf einem Stuhl, den er in die Tür seines Büros geklemmt hatte, damit Sejkora keine Zeit hatte, mit Kaňka oder Cívka zu sprechen.

„Wo ist Papa?", rief Sejkora atemlos.

„Heul nicht, setz dich hin und atme erstmal tief durch."

„Ich kann nicht atmen, wenn ich es nicht weiß ..."

„Am Morgen rief die alte Frau Markytan an, sie habe Ihren Vater um 6.30 Uhr im Wald oberhalb des Krankenhauses gesehen. Sie war überrascht, als sie sah, dass er die alte Uniform der Schwarzenberger trug. Diese Uniform hatten wir doch letztes Jahr offiziell beschlagnahmt."

„Wo ist Papa jetzt?"

„Ich habe schon die Förster, die Feuerwehr und die Heger angerufen, mach dir keine Sorgen um Papa. Du hast eine wichtige Aufgabe vor dir.“

Borovec zog eine vergilbte Landwirtschaftszeitung vom November 1982 mit der Schlagzeile *Tod unseres ewigen Genossen, Präsidenten Leonid Iljitsch Breschnew*, hervor, die Sejkora gestern bei Hůlovec gesehen, aber nicht mitgebracht hatte.

„Diese Zeitung wirst du bei Hůlovec platzieren.“

Borovec entfaltete sie und zeigte auf die eingelegte Ansichtskarte mit einem Bild des Münchner Fernsehturms. Sejkora drehte die Ansichtskarte um und las laut:

„Servus, Herr Hůlovec,

danke für die Nachricht, ich werde Äpfel und einen Mantel schicken, aber die Hauptsache ist, dass das alte Schwein weg ist.

Ihr J. K.“

Mein Gott, dachte Sejkora angewidert, das ist so primitiv! Aber die Denunzierung dieses braven Bauern liegt in meiner Hand. Mein Chef denkt, ich sei primitiv. Die klugen Bürger arbeiten längst woanders.

„Wer ist J.K.?“, fragte er.

„Du hast selbst gesagt, dass Hůlovec einen Freund hat“, erinnerte ihn sein Vorgesetzter. „Weist du wirklich nicht, wer dieser J. K. ist?“

„Nein.“

„Es ist der Schauspieler Juraj Kukura! Lege die Zeitung bei Hůlovec auf den Küchentisch oder irgendwo in die Nähe des Tisches, damit er sie leicht findet. Du hast gesagt, er sitzt den ganzen Tag im Kuhstall, also wird es einfach sein.“

„Soll ich ihm das anhängen?“

„Ja, wir schließen uns der von Bratislava geführten Kampagne an. Der Schauspieler Juraj Kukura ist nach München geflohen, wo er Pornos dreht und unsere landwirtschaftliche Produktion verleumdet. Jetzt wissen wir, woher er seine Informationen hat. Wir haben Zeugen, wie zum Beispiel Mareš, die bestätigen, dass Hůlovec in einer Kneipe in Nahořany mit ihm zusammengekommen ist!“

„Aber was ist, wenn Mareš nicht gegen Hůlovec aussagt?“

„Er muss nicht aussagen! Es reicht, wenn er zugibt, dass er Hůlovec mit Juraj Kukura gesehen hat. Das war's, wir müssen keinen Druck auf ihn ausüben. Kukura hat die einfachen Bürger verprellt, ist über die Grenze geflohen und hetzt jetzt gegen das tschechische Volk. Außerdem dreht er Pornos und wird in D-Mark bezahlt. Sie wollen doch nicht, dass auch Mareš dafür büßen muss. Es wäre nicht richtig, wenn er mit Hůlovec verhaftet würde. So klappt unser Plan perfekt. Sie geben die Zeitung gegen neun Uhr ab, und dann läuft alles wie geschmiert.“

„Was läuft denn da wie geschmiert?“

„Keine Sorge, wir werden Hůlovec nicht auf die Straße setzen. Wir werden ihn irgendwo hinschicken, wo er zu Essen und zu Trinken bekommt. Dort wird er medizinisch versorgt und schön gepflegt.“

„Sie wollen ihn in das Pflegeheim in Čkyně schicken?“

„Das Heim, das ich meine, übertrifft das Pflegeheim in Čkyně in allen Punkten.“

„Das werde ich nicht tun.“

„Ach komm schon. Weist du noch, wie ich Dr. Fabiánova die Hölle heiß gemacht habe, als sie Papa in die Narrenanstalt Dobřany schicken wollte?“

„Ja, daran erinnere ich mich“, gab Sejkora unumwunden zu.

„Das freut mich. Es wäre wirklich schlimm, wenn dein Vater so enden würde wie der alte Krymus. Ich verspreche dir, ich werde das mit Dr. Fabiánova klären und Papa kann mit dem Schwarzenberg-Jahrbuch im Garten sitzen und so tun, als würde er Kreuzworträtsel lösen. Unser Einsatz muss glatt laufen, dann bekommen wir auch viel Lob von oben.

Geh zu Hůlovec und machen ein paar Fotos, die gut aussehen. Die Geheimpolizisten aus Prachatitz werden sehen, dass wir ihnen nicht irgendeine Ruine anbieten, sondern ein sehr schönes Häuschen. Lege die Zeitung in der Küche ab und rufen Sie dann gleich an: Befehl erledigt. Das wird klappen wie am Schnürchen, keine Sorge!"

Gepuderter Guglhupf

Die scharfen Metallstacheln an den verrosteten Gartentoren sind Stauden, die nicht einmal gegossen werden müssen. Es ist ziemlich hässlich, wenn jemand an ihnen hängt. Das ist mir im Laufe der Jahre schon zweimal passiert. Es ist halb acht und der Hausmeister schließt das Tor auf. Ich habe das Klirren der Kette seit vier Jahren nicht mehr gehört. Damals war der Alarm falsch, man fand keine Bombe im Boden, sondern eine rostige Metallwanne.

„Ich bin Michal."

Der Hausmeister schüttelt mir die Hand.

„Keine Sorge, niemand wird uns bemerken."

Damit ermutigt er sich hauptsächlich selbst. Er geht um den hellgrünen Lieferwagen herum, öffnet mir die Tür, und ich steige ein. Drinnen riecht es nach Benzin und eine Keksverpackung raschelt unter meinen Füßen.

Auf der linken Seite, jenseits des Gatters, liegt der grüne Gürtel aus Dornen und Büschen, durch den ich damals gelaufen bin. Das Feld, das sich bis zur Straße erstreckt, scheint kleiner zu sein als noch vor Jahren.

Er reicht mir eine Tüte mit Kleidern vom Rücksitz, stellt sich an den Rand des Feldes und zündet sich eine Zigarette an. Das hellgrüne Kleid sieht aus wie eine Schürze, aber es passt mir ganz gut, also hat Svetlana es ausgesucht. Es hat zwei Taschen, und ich stecke die Packung mit dem Medikament Rohypnol hinein, die ich auf der Schwesternstation abgeholt habe. In der Tasche befinden sich auch weiße Schuhe und ein grauer Schal mit Mohnblumen.

Mir ist kalt. Ich hätte an den Pullover denken sollen. Ich befürchte, dass ich nachts in unseren Bergen erfrieren werde.

„Sie sehen unauffällig aus", sagt er zufrieden, und ich platze fast heraus: „Unauffällig - das kann ich gut."

Während der Fahrt schwärmt Michal von der Kneipe und nickt dem Schild zu, das neben der Kirche leuchtet: KONDITOREI.

„Das Vanilleeis schmeckt fantastisch."

Soll ich etwas sagen? Dass ich dort noch nie war? Ich schätze, deshalb schweige ich, denn alles, was ich sage, klingt unpassend. Woher weiß man überhaupt, wann man etwas sagen soll?

Vom Platz aus biegen wir zwischen grauen, dreistöckigen Wohnhäusern ab, und Michal parkt vor dem ersten Haus. Auf dem Balkon sitzt niemand, also weiß noch keine Menschenseele von mir.

Die Mutter des Hausmeisters ist zierlich, strickt in ihrem Sessel einen dunkelblauen Pullover und sieht aus wie ein glücklicher kleiner Vogel in einem gemütlichen kleinen Nest.

„Mama, das ist unsere Krankenschwester."

Ich werde sofort rot. Zu sagen, dass ich keine Krankenschwester bin, ist mir natürlich nicht möglich.

„Ich habe etwas für Sie vorbereitet."

Die Dame hebt zügig eine weiße Serviette. Auf dem Porzellantablett erscheint ein Guglhupf, der mit feinem Puderzucker bestreut ist. Wann hat das letzte Mal jemand etwas für mich gebacken? Ich bin sicher, dass Mama es getan hat, und das ist schon sehr lange her.

„Ich hoffe, es schmeckt Ihnen, Schwesterchen. Und nehmen Sie nicht die Ränder, die süßesten Kirschen sind in der Mitte."

„Danke."

Wir überließen František immer das Mittlere vom Kuchen, er war unser ganzer Stolz, ein gut aussehender junger Mann, der bei allen Mädchen in der Nachbarschaft beliebt war. Die Dame erklärt mir das Backen und ich probiere den Guglhupf. Er ist zart und süß. An den Fenstern hängen Vorhänge, so dass man vom gegenüberliegenden Wohnhaus nicht hineinsehen kann.

„Soll ich Tee machen, oder mögen Sie lieber Kaffee?"

„Tee“, sagt Michal an meiner Stelle und holt die Schachteln mit dem Insulin und den Spritzen heraus. „Mein Freund Kamil wird Sie zurückfahren, das habe ich mit ihm schon ausgemacht. Macht Ihnen das was aus?“

„Nein“, sage ich verlegen.

„Kannst du das Schwesterchen nicht selbst fahren?“, fragt seine Mama.

„Ich muss in der Werkstatt etwas Wichtiges erledigen. Kamil wird um zehn Uhr kommen. Wir sehen uns später!“

Er verabschiedet sich fröhlich, alles ist erledigt und er kann gehen.

„Dann machen wir uns mal an die Arbeit“, sagt die alte Frau, als die Tür hinter Michal zufällt und sie die Schachtel mit den Medikamenten in die Hand nimmt. „Wissen Sie, ich hätte nie gedacht, dass ich Diabetes bekommen würde. Niemand in meiner Familie hatte es, nicht einmal meine Tante, und sie wurde fast hundert Jahre alt.“

Ich bin froh, dass sie plappert, und packe die Spritze aus. Es wäre für mich einfacher, wenn ich ihr etwas nähen könnte. Die ältere Dame würde ein handgeschneidertes Kleidungsstück sicher sehr zu schätzen wissen. Aber zum Glück kann ich ihr auch die Spritze geben. Sie krempelt ihren Ärmel hoch, ich spritze ihr die Dosis und lege die Medikamente in die Schachtel zurück. Dann ertönt ein Schrei und ich zucke zusammen.

Was war das?

„Das hat aber lange gedauert! Es ist mein Peppi! Er ist immer beschäftigt“, lacht die Dame. „Gehen Sie und sehen Sie nach, wie sehr es ihm Spaß macht!“

Sie deutet auf die Tür. Ein gelb-grüner Vogel hüpft in einem Käfig auf dem Flur herum. Ist es ein Papagei? Oder ein Kanarienvogel? Oder ein Wellensittich?

Es gibt so viel, was ich noch nie gesehen habe. Wie können sie ihn nur im Käfig halten?

Er fliegt auf das Gitter und krallt sich daran fest. Am Boden des Käfigs befindet sich eine kleine graue Plastikplatte mit Wasser.

„Würden Sie den Fernseher für mich einschalten?“

Jetzt geht's los. Das falsche Bild der Krankenschwester platzt wie ein Luftballon. Zögernd halte ich vor einem schwarz glänzenden Kasten mit einem silbernen Schild.

„Der Knopf am unteren Rand.“

Ich strecke meinen Finger aus. Ich habe noch nie einen Fernseher eingeschaltet.

„Keine Sorge, das wird Ihnen nicht wehtun.“

Ich drücke auf den Knopf. Der Kasten raschelt und die Bildschirmoberfläche wird in ein helles Licht getaucht, in dem eine schimmernde Gestalt erscheint. Ich vermute, das wird die Schönheitskönigin sein.

Ein Feuerwehrmann steht auf dem Dorfplatz. Seine Freunde singen hinter ihm beim Auto. Ich erkenne den Dorfplatz und glaube, ich bin verrückt geworden.

Ausgeführter Befehl

Sejkora war wütend. Werde ich für immer ein Sklave von meinem Chef sein? Von dieser Kreatur?

Ich kündige. Ich werde als Auslieferungsfahrer für einen Schnapshändler arbeiten, und dann werde ich meine Ruhe haben. Schaffe ich es, hektoliterweise Böhmerwaldkräuterwein zu transportieren und dabei keinen Alkohol zu trinken?

Aber ich müsste kündigen, wenn ich ein gutes Gewissen haben will. Und ich denke, mein Gewissen stellt sich nur die Frage, ob ich heute Abend ein paar Pils trinke oder nicht. Weil ich in Wirklichkeit kein Gewissen habe.

Am Ende werde ich dem alten Bauern Hůlovec die Zeitungen unterjubeln. Denn falls ich es nicht tue, wird Borovec meinen Vater in die Irrenanstalt Dobřany schicken, Eva wird aus ihrem Job entlassen und Kristýna aus der Schule.

Ich bin falsch an alles herangegangen, dachte er und verließ die Dienststelle: Ich wollte kein Heger werden wie mein Vater. Die Schulen lehnten mich ab. Dies traf auch auf die anderen Kinder früherer Schwarzenberger Wildhüter zu.

Bei meiner Ausbildung zum Elektriker landete ich direkt an der Moldau-Talsperre, wo ich ganz unten in der Staumauer arbeitete. In den endlosen, schlecht beleuchteten, unterirdischen Gängen wurde mir übel, und nach drei Monaten kündigte ich meinen Job und wartete auf die Einberufung zum Militärdienst. Kaňkas Vater trank mit mir ein Bier und erzählte von den Polizisten. Diese müssen nur für einige Monate zur Armee und erhalten danach eine gute Arbeitsstelle.

„Immer mit der Ruhe. Keine Sorgen", sagte er.

Bis heute war alles ohne Sorgen. Ich hatte eine Polizeiauto und konnte so weit fahren, wie ich wollte. Und ich konnte jeden jedem anhängen, was ich brauchte. Bisher war das ein schönes Leben. Aber jetzt ist es nur noch eine Sackgasse.

Mit der Hand am Lenkrad sah er sich in der Stadt um. Wo ist Papa? Was, wenn der Chef gar nicht nach ihm sucht? Vielleicht hat er die Behauptung, dass die alte Frau Markytan meinen Papa heute früh gesehen hat, erfunden, um mich in seinen Fängen zu halten. Wenn Papa sich im Wald versteckt, sind wir aufgeschmissen. Er kennt den Kubany-Urwald wie seine Westentasche. Er kann sich bis Weihnachten auf einem Hochsitz verkriechen, den er vor Jahren gebaut hat. Er wird den Weihnachtskarpfen und den Salat vermissen. Also kehrt er zurück, als ob nichts geschehen wäre, und wird sich wundern, warum wir mit ihm schimpfen und so wenig Geschenke für ihn haben.

Sejkora fuhr durch die Orte, an denen Papa öfter war, und es entging ihm nicht, dass an diesem Morgen überall Arbeiter zu sehen waren, die auf wundersame Weise alte deutsche Häuser abrissen, die Straße asphaltierten, Gras mähten, Rohre schweißten, Zäune strichen und Gerüste aufstellten. Sogar die Tauben kämpften so eifrig um ein Stück Brot, dass sie eine Plakette der sozialistischen Arbeiterbrigade verdient hätten. Schmetterlinge flatterten. Was tun Schmetterlinge? Machen sie irgendetwas? Sie müssen etwas tun. Sie können nicht einfach umsonst leben. Niemand lebt umsonst. Nur ich. Außerdem richte ich nur Schaden an. Denn Tonda Hůlovec wird in der Irrenanstalt

Dobřany nicht lange überleben. Ich werde ihn umbringen, damit mein Vorgesetzter zufrieden ist und die Geheimpolizisten aus Prachatitz oder ihre Freunde ein billiges Häuschen bekommen.

Sejkora war es gewohnt, hin und wieder Männern etwas unterzujubeln, die ihre Frauen schlugen, anständige Bürger denunzierten oder mit etwas davonkamen, wofür sie eigentlich ins Gefängnis gehört hätten. Das war der Teil seiner Arbeit, mit dem er kein Problem hatte. Soll er wirklich einem einsamen, hilflosen alten Mann etwas unterjubeln? Um ihn seiner Kühe und seines Hofes zu berauben? Der Ärmste hatte sein Leben lang kein Glück, auch nicht bei Frauen.

Auf dem Bürgersteig grüßte der Bäcker Stočes den Sprengmeister Penzes. Der Glasschleifer Pankratz und der Drucker Vácha zeigten sich gegenseitig die letzte Seite der Zeitung. Wahrscheinlich waren es die Ergebnisse von Wimbledon, denn das war überall Gesprächsthema. Die einheimischen Deutschen jubelten Boris Becker zu, die Tschechen Ivan Lendl. All diese Leute, dachte Sejkora, sind für irgendetwas gut. Sogar dieser Arbeiter da drüben mit dem Presslufthammer. Es sah so aus, als könne der Presslufthammer mit ihm ziemlich gut umgehen. Früher hat er im Wald gearbeitet und sich darüber beschwert, dass er die ganze Zeit allein war und dass es so still war. Jetzt hat er einen Presslufthammer und Lärm ohne Ende.

Wofür bin ich gut?

Für Nichts.

Was hat Hůlovec gestern im Stall zu mir gesagt?

Ich gehe pissen, und nicht, dass Sie mir etwas unterjubeln, Herr Polizist.

Er wusste sofort, was ich wollte. Er kann in meinen Kopf sehen, wie mein Vater. Dieser hat nie akzeptiert, dass ich der Polizei beigetreten bin.

In der entgegengesetzten Richtung tauchte ein Konvoi von Schaustellern auf. Oh, ja, es wird ein Volksfest geben. Ich könnte mit den Schaustellern gehen, die nehmen jeden mit. Aber Eva würde das Nomadentum nicht gefallen.

Ein Lastwagen kam um eine Kurve und fuhr auf ein Sägewerk zu. Im letzten Moment wich er vor einer schwarzen Müllkippe aus, die neben der Straße aufgeschüttet war. Verdammt, ich muss mich beruhigen, wiederholte er sich selbst, und die Worte des Chefs hallten in seinem Kopf nach:

Mach einige Bilder, die sehr schön aussehen.

Er hielt an der Müllkippe und stieg aus dem Auto.

Schöne Lieder

„Das ist die Ortschaft Nahořany", flüstere ich, als einige Bauernhäuser über den Fernsehbildschirm flimmern.

„Sind Sie aus dem Böhmerwald? Haben Sie den Film *Kassenschlager* gesehen? Das ist ein wunderbarer Film, nicht wahr? Hören Sie, gibt es noch freie Häuschen von den früheren Deutschen im Böhmerwald? Michal hackt sehr gerne Holz."

Das Häuschen, das wir zurückgelassen haben, liegt am schönsten Ort der Welt, an einem Bächlein mit einem Brunnen. Meine Tränen, wo sind sie?

„Wir sind einmal nach Vacov und dann hinunter nach Stachau gefahren, und auf dem Dorfplatz wuchsen wunderschöne Pilze", erklärt sie mir, während ich auf den Fernseher mit dem Dorfplatz von Nahořany, mit seinen Hügeln und dem Kubany-Berg am Horizont starre.

Und mir wird klar, dass ich nicht weglaufen werde. Ich werde diese alte Dame nicht mit Pillen vollpumpen.

Sie hat doch niemandem etwas getan.

František
muss
gesund
werden,

klingt es in meinem Kopf.

Die alte Frau erzählt weiter „Aber wir haben sie nicht gesammelt, wir hatten sowieso schon einen Korb voll, wer hätte sie geputzt ..."

Ich stelle mich an den Küchentisch und hole die Pillen heraus. Ich weiß genau, wie viel ich dosieren muss. Ich greife nach einem Glas und denke dann, dass eine Tasse besser wäre. Es ist zehn vor neun. In zwanzig Minuten wird die Dame hoffentlich schon schlafen. Kamil wird um zehn Uhr ankommen, dann habe ich über eine halbe Stunde Zeit, um zu verduften. Vielleicht wird sie sich nicht einmal daran erinnern, dass ich ihr Tabletten gegeben habe, wonach sie müde wurde und ein kleines Nickerchen gemacht hat. Ich stelle ihr die Tasse vor die Nase.

„Glauben Sie, dass der Schauspieler Juraj Kukura wirklich so schön singt?"

Ich weiß nicht, wer Juraj Kukura ist, aber ich nicke vorsichtshalber.

„Kommen Sie und setzen Sie sich zu mir."

Wir sitzen zusammen auf der Couch und hören uns Lieder aus dem Film *Kassenschlager* an. Ein Haufen Mist explodiert auf dem Bildschirm. Einer reißt sich das Hemd vom Leib und flucht, während die Dame friedlich schläft, und ich freue mich über die Explosion als Beweis dafür, dass sie tief schläft. Und all diese glücklichen Sänger singen fröhlich auf einem Feld in der Nähe von Nahořany, nicht weit von dem Ort entfernt, an den ich in Kürze zurückkehren werde.

Revolutionäres Erbe

Die Sonne schien am Julihimmel und ein Schwarm Krähen saß auf dem taufrischen Gras der Wiese neben der Straße. Ich sollte meinen Vater suchen, aber stattdessen lungere ich am Fluss herum, dachte Sejkora.

Aber wie kann ich ihn vor der Psychiaterin Fabiánova retten? Nur der Polizeichef hat die nötigen Druckmittel und kann das machen.

Er hob einen Stein auf und warf ihn nach den Krähen. Sie krächzten und flogen weg. Er schob die Zweige der Haselnuss-Staude beiseite. In einer Grube voller Schlamm, Brennnesseln und Düsternis gab es alte Reifen, kaputte Öfen, verschimmelte Matratzen, und wie in allen Müllhalden gedieh das Unkraut. Wenn der Polizeichef Bilder haben will, soll er welche bekommen. Er drückte auf die Taste des Polaroid-Fotoapparates und wartete darauf, dass das Bild langsam herausrutschte.

Es war viertel vor neun.

Normalerweise konnten Aufgaben auf unbestimmte Zeit verschoben werden, aber jetzt ging das nicht. Er wusste, dass es übel war, Tonda Hůlovec die Zeitung mit der Ansichtskarte unterzujubeln. Eine große graue Ratte steckte ihren Kopf aus dem Bach und sah ihn verächtlich an. Er wollte gerade seine Dienstpistole ziehen und sie erschießen, als es im Gebüsch raschelte. Ein Reh, dachte er, doch dann sah er eine Gestalt, die in der rechten Hand ein Gewehr und in der linken einen dreschflegelartigen Stock hielt.

Papa!

Aber es war nicht ein so schwerfälliger Mann wie Papa, und sein Kopf war nicht mit einer Schwarzenbergischen Mütze geschmückt, sondern mit einer Mütze mit rotem Stern, unter dem sich Augen in einem Gesicht voller Schlammflecken befanden. Sejkora erkannte den alten Wenzel und verstand, dass die schlammige Uniform zur Volksmiliz gehörte und der Dreschflegel eine rote, mit Schlamm bedeckte Milizfahne war.

Wenzel kämpfte sich mit Hilfe seines Gewehrs und der Flagge durch die Büsche, während ein schwarzer Schwarm von Mücken wild um seinen Kopf herumschwirrte. Er diente als Heger in den staatlichen Wäldern und war mit meinem Vater befreundet, bevor er zur Miliz ging. Damals verfluchte ihn Sejkoras Vater mit Hilfe von zwanzig Bieren und zehn großen Rumgläser öffentlich in allen Kneipen von Winterberg und beschimpfte ihn als den miesesten Verräter, den der Böhmerwald je gesehen hatte.

„Was machen Sie hier, Herr Wenzel?“

„Wir sind dabei, eine Geländeaufnahme für den Regio-Wettbewerb vorzubereiten. Dieser soll auf einer Wiese hier in der Nähe vom Volyňka-Fluss stattfinden, aber irgendein verdammter Bauer aus der Kolchose hat sie kaputt gemacht! Der Mistkerl muss es heute Nacht gemacht haben, denn ich habe sie mir erst gestern Abend angeschaut.

Wir marschieren hier um halb sieben ein, gehen von der Hauptstraße aus in eine Kampfstellung im Feld und verteidigen dann die Bahnlinie gegen Saboteure. Ich befehle: *Einheit, vorwärts!* Die Regionalverwaltung beobachtet uns mit Ferngläsern von ihren Hochsitzen aus, wir klettern bis zum Feldrain, und dort erwartet uns ein frisch gepflügtes Feld, so ein Unfug: Tiefpflügen! Mitte Juli?“, rief Wenzel verzweifelt aus und fügte dann hinzu: „Es ist gut, dass du diesem Unfug nachgehst; außerdem ist das keine gewöhnliche Wiese, sondern sie versperrt den Zugang zu einem wichtigen historischen revolutionären Erbe.“

„Welches Erbe?“

„Weißt du nicht, dass Genosse Johann Hus dort bei der tausendjährigen Linde gepredigt hat?“

Sejkora wusste, dass er als Schuljunge bei Schulausflügen mehrmals auf die Wiese zur Linde geschleppt worden war.

„Bisher hat das niemand gemeldet, ich untersuche diese illegale Müllkippe“, erklärte er.

„Auch eine wichtige Aufgabe, dieser Scheiß“, der Milizkommandant zeigte auf die blauen Scherben, „sie wurden wahrscheinlich von alten deutschen Glasmachern hierher gebracht, und zwar nach acht Uhr gestern Abend, weil ich um sieben die Gegend erkundet habe.“

Sejkora merkte an Wenzels erschöpftem Seufzer, dass er mit seinen siebzig Jahren schon am Ende seiner Kräfte war.

„Wissen Sie was, ich werde Sie nach Hause fahren.“

Er wird nicht Tonda Hůlovec versenken, sondern einen erschöpften Milizionär retten, eine schöne und edle Lösung, die auch die Genossen bei der Prachatitzer Geheimpolizei verstehen werden, weil sie Wenzel gut kennen.

„Auf keinen Fall! Mein Befehl lautet: Kehren Sie zur strategischen Hauptstraße zurück und rücken zum Hauptquartier auf der linken Seite der Straße vor."

„Keine Sorge, Herr Wenzel, niemand wird Sie sehen, Sie können sich hinten ins Auto setzen, da passt die Fahne auch rein."

„Ich kann meinen Auftrag nicht verweigern! Ich werde weiter auf der Hauptstraße vorrücken und meine Einheit wird sich mir koordiniert anschließen!"

Auf der Wiese mit den vielen Pfützen saßen Krähen, ansonsten hat Sejkora dort niemanden gesehen. Wahrscheinlich packte der Trupp bereits zusammen und ging den Waldweg oberhalb der Bahnlinie hinauf zum Hotel Kubany. Dieses öffnete um neun Uhr und in einem riesigen Kessel voller fettiger Brühe schwammen heiße Würstchen, die mit scharfem Senf und manchmal Meerrettich serviert wurden.

Darf er den alten Milizionär mit der Fahne herumlaufen lassen? Und sollte er ihn nicht warnen, dass er auf eine Schwarzenberg-Uniform stoßen wird, in der sein Vater in der Nähe der Stadt herumläuft?

Er konnte nur hoffen, dass es nicht zu einem Duell zwischen zwei Vollidioten kommt, alten Freunden, die vielleicht im Herzen des Böhmerwaldes aneinandergeraten.

„Ehre die Arbeit!", verabschiedete sich Wenzel und stapfte weiter durch den Schlamm entlang der Volyňka.

Milizionäre militarisieren, Sejkora hatte zu polizieren.

Sauberes Blatt

Es ist halb neun, die Dame atmet regelmäßig. Ich ziehe sie zum Bett, sie ist schwerer als mein Bruder František, der jetzt knapp vierzig Kilogramm wiegt.

Was habe ich getan?

Ich habe nur der Stimme zugehört. Ich spüle die Tasse aus, um sicherzugehen, dass keine Spuren der Pillen mehr darin sind, und erst dann bemerke ich das Kreuz an der

Wand. Die Mädchen in unserer Irrenanstalt sagten, dass niemand mehr so etwas zu Hause aufhängt, aber als ich ein Kind war, hatte jeder so etwas, und im Wald hingen Bildstöcke mit der Jungfrau Maria. Ich schaue aus dem Fenster. Ein blonder junger Mann in einem schwarzen T-Shirt bastelt an einem blauen Motorrad herum. Ich finde zwei große, dicke Pullover, einen grauen und einen braunen, die eindeutig von Michal sind.

Die könnte ich nachts gebrauchen.

In einem Weidenkorb neben dem Schuhregal liegen Postkarten von Verwandten. Sie zeigen ein Foto vom Heiligen Berg bei Příbram. Niemand schreibt mir jemals, obwohl ich manchmal, wenn ich etwas nähe, eine Postkarte von Krankenschwestern mit einer Briefmarke bekomme. Früher habe ich sie an Tonda Hůlovec oder Jana Přerostova geschickt, aber es kam nie etwas zurück. Wir fanden heraus, dass sie die Postkarten und Briefe im Krankenhaus unterschlugen und wegwarfen.

Im Kühlschrank stapeln sich über zwanzig Becher mit Erdbeerjoghurt, die Michal vermutlich in der Anstalt geklaut hat. Ich fische ein Brötchen aus einer Tüte auf dem Küchentisch und bedaure, dass es keinen Apfel gibt. Der Film *Kassenschlager* ist vorbei, der Abspann läuft. Ich kann den Fernseher nicht ausschalten, also lasse ich ihn laufen. In der Schublade ist eine Geldbörse aus Leinen versteckt, aber ich klaue sie nicht. Ich habe mein eigenes kleines Vermögen. Auf dem Tisch neben dem Fernseher liegt ein leeres Blatt Papier und ein schwarzer Stift steckt in einer Tasse.

Ich musste gehen.
Vielen Dank für den Guglhupf.
Er war sehr gut.

Was soll ich noch schreiben?

Hilflos lege ich den Stift weg und bleibe vor der Tür stehen, wo ich wieder an unsere tote Kuh Mathilda denke, die daheim im Flur liegt. Aber ich werde trotzdem hier abhauen.

Die Tür lässt sich nicht öffnen.

Michal hat mich eingesperrt.

Dunkle Straße

Auf dem Bürgersteig vor dem Kramerladen in Čkyně rauchte eine Gruppe von Kolchosenbauern, gestikulierte heftig und kicherte über irgendetwas. Sejkora sah keine Zigeuner oder Rumänen unter ihnen, wie er es von den staatlichen Kolchosen gewohnt war. Keiner sah aus, als wäre er gleich am Morgen betrunken, wie Lakaš aus Lipka, der einen Traktor fuhr und sofort nach dem Aufwachen einen Liter Kräuterwein in sich hineinschüttete.

Sejkora blieb vor dem Laden stehen. Ich werde Bier für Hůlovec kaufen, für den Bauern der sich weigert, der Kolchose beizutreten, dachte er. Ich könnte sogar sein Freund sein, wenn ich nicht so ein Miststück wäre.

***

Heute wählte er die Route über Nahořany, von wo aus er langsam zu den Sieben Dieben aufstieg. Es war kurz nach halb neun und der Geruch von Pilzen lag in der Luft. Er parkte an der Forststraße und nahm einen kaum sichtbaren Pfad durch die Fichten den Hang hinauf. Dieser führte zur hölzernen Überdachung des Brunnens, neben der ein Eisenkreuz mit der Aufschrift INRI und der Jahreszahl 1868 stand.

Er schöpfte Wasser mit einem Porzellantässchen, dessen Dekor aus Kornblumen bestand.

So eiskaltes Wasser hatte er schon lange nicht mehr getrunken. Es schmeckte wie Eisen. Er füllte sein Tässchen noch zweimal und folgte dem Bächlein, das vom Brunnen durch das hohe Gras floss.

Nach ein paar Schritten sah er einen vernachlässigten Garten, der nicht einmal von einem Zaun umgeben war. An einem umgeknickten Pflaumenbaum hing ein hölzernes

Vogelfutterhäuschen, und hinter den Stämmen der Apfelbäume stand ein Haus mit blassgelbem Putz, der an vielen Stellen von den Wänden abfiel, als hätte man dem Gebäude die Haut abgezogen.

Fünf Steinstufen führten zur Tür. Er sah nirgendwo eine Klingel oder einen Briefkasten. Dann stellte er fest, dass die Türe verschlossen war.

„Ist jemand da?"

Er öffnete das Stalltor, und eine Schwalbe flog an seinem Kopf vorbei. Der Stall war leer, kein einziger Grashalm lag auf dem Boden. Er ging um das Haus herum und kletterte auf den Hügel, der sich direkt neben dem Haus befand, so dass er durch das Fenster in den großen Raum im Erdgeschoss sehen konnte. Es gab keine Vorhänge am Fenster und kein einziges Möbelstück im Zimmer. Nur in der Mitte der Wand befand sich ein Schatten, den er in den verlassenen Wohnungen und vielen Gehöften des Dorfes gesehen hatte.

Der ewige Schatten des Holzkreuzes.

Die Landwirtschaftszeitung wartete auf dem Rücksitz mit einem verräterischen Gruß. Er wollte gerade einsteigen, als rechts von ihm etwas durch die Fichten schimmerte. Ein blauer Zetortraktor stand am Straßenrand, seine riesigen Räder waren mit getrocknetem Schlamm bedeckt, in dem etwas Blaues glitzerte.

Als er die Schlammkruste schrubbte und den Staub wegblies, stellte er fest, dass es sich um eine leuchtend blaue Glasscherbe handelte, wie man sie im Bereich der Glasfabrik von Winterberg findet.

„Was machst du denn hier?"

Die Stimme kam von hinten. Ein grauhaariger Mann um die sechzig in Latzhose trat auf die Straße aus dem Wald.

„Sie versperren die Straße. Und woher nehmen Sie überhaupt den Mut, hierher zu kommen, nachdem, was ihr den Leuten hier angetan habt? Waren Sie nicht derjenige, der diesen unglücklichen Mädchen Morphium gespritzt hat?"

Sejkora verstand überhaupt nicht, was der Mann ihm sagte.

„Du drückst dich hier herum, oder?", fuhr der Kerl fort, und Sejkora brauchte einen Moment, um wieder zu sich zu kommen: Musste er sich von dieser Landpomeranze beschimpfen lassen?

„Und was machen Sie hier?"

„Das geht dich nichts an."

Der Zorn, der für Autorität steht, kehrte in Sejkoras Stimme zurück. „Wer sind Sie?"

Die Antwort kam prompt: „Ich bin der Vorsitzende der größten Kolchose im Bezirk, und wenn ich dich dabei erwische, wie du dich dafür einsetzt, dieses Haus den Politbüro-Bonzen zu überschreiben, werde ich mich über dich beschweren. Du bist aus Winterberg, nicht wahr? Ich habe dich in Prachatitz noch nie gesehen. Und meide dieses Haus", sagt der Mann nachdrücklich.

„Wem gehört es?"

„Warst du nicht gestern bei Hůlovec? Wenn du bei ihm rumschnüffelst, bricht dir jemand die Beine, ist das klar?"

Der Typ war sehr mutig. Er musste jemandem, der in der Hierarchie der kommunistischen Partei weit oben ist, wirklich gut kennen.

Er wartete Sejkoras Antwort nicht ab, sondern zwängte sich ins Führerhaus, startete den Traktor, und hupte, um zu signalisieren, dass der Winterberger Bulle ihm aus dem Weg gehen solle.

Altes Weib

Ich habe nicht gehört, dass Michal den Schlüssel gedreht hat.

Ich starre hilflos auf den hellen Lack der Tür.

Und dann greife ich in meine Tasche und fühle meine Schlüssel!

Ein Wunder ist geschehen! Aber nein, da ist ein weißes Schild dran, das sind die Schlüssel für das Schwesternzimmer. Der Wellensittich schimpft, als ob er mich für meinen Stolz verfluchen würde. Michal hat herausgefunden, dass ich eine Betrügerin bin.

Marie,
du
wirst
entkommen.

Wenn die Stimme mir nur sagen würde, wo Michal seine Schlüssel aufbewahrt!

Ersatzschlüssel könnten im Flur liegen. Es ist dunkel hier drin und ich brauche einen Moment, um den Lichtschalter zu ertasten. Auf dem Schuhregal befinden sich ein Schuhlöffel, Schuhcreme, eine Schachtel mit alten Socken und ein kleiner Wimpel von der Stadt Dobřany.

Ich werde die Mäntel durchsuchen. Die Schlüssel hängen an einem Haken.

Erleichtert nehme ich sie in die Hand, aber keiner passt ins Schloss. Was nun? Soll ich warten, bis dieser Kamil kommt und ihm sagen, dass Mami schläft?

Ich öffne die Badezimmertür.

Ich bin hier allein, das passiert mir in der Anstalt nicht, denn täglich um sieben Uhr kommt der Befehl: Baden! Und dreißig Frauen rennen in die Duschen.

Es ist jemand da!

Direkt vor meiner Nase!

Tiefe Falten und schwarze Kreise ziehen sich unter den Augen, und langes, ungekämmtes Haar gleicht Aschesträhnen. So sieht mich das Spiegelbild an. In Dobřany gibt es keine Spiegel, damit die Mädchen sie nicht zerbrechen und sich an den Scherben schneiden können. Gelegentlich erhaschte ich einen Blick auf mich selbst in der Spiegelung der Fenster, aber dort sah meine Gestalt genauso hager aus wie vor Jahren, also redete ich mir ein, dass sich nicht viel verändert hatte.

Pah - ich bin ein altes Weib!

Auf dem Rand des Waschbeckens stehen rosa Seifen. Und wie herrlich sie duften! Ich habe zum ersten Mal in Dobřany an Rosen gerochen, in unserem abgelegenen Dorf wuchsen keine Blumen. In Čkyně hatten die Einheimischen sie nur hinter den Zäunen ihrer Gärten. Der Ort, an dem ich die Welt kennengelernt habe, ist die Klapsmühle von Dobřany.

Ist das nicht zum Verzweifeln?

In dem blauen Becher befindet sich ein brauner Kamm und eine Haarbürste, im roten Becher eine nagelneue blaue Zahnbürste und rosa und weiße Zahnpasta. Haarspangen. Handcremes.

Wie herrlich es hier riecht.

Marie,
such
die
Schlüssel!

Ich werde hellwach, fange an zu suchen und finde in der Tasche einer dunklen Jacke einen Schlüsselbund mit sechs Schlüsseln und einem rot-weißen Schlüsselring mit der Aufschrift *Bayern München*. Meine Hände zittern. Der erste Schlüssel passt nicht, der zweite auch nicht, aber der dritte passt in das Schloss.

Der Wellensittich kreischt.

Ich öffne die Tür.

Jetzt schreit der Vogel, als würde er von einer Katze angegriffen. Ich habe Angst, dass die Tür der Nachbarn auffliegt, aber der Flur ist immer noch leer, nur der Fernseher läuft rechts, ich meine sogar das Lied wieder zu hören:

Wenn ein Kind ein Streichholz anzündet ..., aber das ist wahrscheinlich mein kranker Kopf, der mir etwas vorsingt.

Im Treppenhaus riecht es nach Katzen. Ein leerer, grauer Kinderwagen und ein rosa Kinderfahrrad stehen im Erdgeschoss. Ich habe meinen Korb oben vergessen.

Ich renne die Treppe hoch und schließe wieder auf. Der Vogel kreischt, als würde er zum Schlachthof gebracht werden. Ich schnappe mir den Korb und schließe wieder ab.

Was soll ich mit den Schlüsseln machen? Wo soll ich sie lassen?

Marie,
öffne
die
Tür!

Guter Mann

Hůlovec drehte sich auf seinem Schemel von den Kühen weg, und kaum hatte er die Biere gesehen, lächelte er und sagte: „Sie sind ein echter Schatz und sollten Ernährungsminister werden. Was bin ich Ihnen schuldig?“

„Nichts.“

„Trinken Sie ein Bier mit mir?“

„Nein, ich bin mit dem Auto hier.“

Sejkora setzte sich ins Heu und schaute zu Hůlovec hinüber; der zog einen Flaschenöffner aus seiner Tasche, öffnete eine Bierflasche und trank einen Schluck. „Können Sie das Bier irgendwo kühlen?“

„Ja, unten im Bach. Aber gehen Sie nicht dorthin, ich mache das selbst. Und danke für den Regenwassertank, den Sie bei meinem Schuppen abgestellt haben. Ich wusste, dass Sie ein guter Mensch sind.“

„Was für ein Tank?“, wunderte sich Sejkora.

„Ach kommen Sie schon, Sie sind wirklich bescheiden und schnell und entscheidungsfreudig. Ich habe Ihnen nicht zugetraut, dass Sie mir einen Regenwassertank besorgen.“

„Ich habe keine Ahnung von einem Tank“, gab Sejkora zu.

„Sie haben ihn mir nicht gebracht?“

„Nein.“

„Wer dann?“

„Ich weiß es nicht.“

„Ich werde Ihnen etwas erzählen, aber Sie werden mir nicht glauben. Es betrifft mein wunderschönes Heu, das alle in der Umgebung bewundern.

Ich habe bemerkt, dass Sie es auch bewundernd ansehen. Aber es ist nicht wirklich meins. Ich gehe ins Bett, schlafe ein, und ich schlafe wirklich wie ein Toter, dann wache ich auf und das Heu ist in der Scheune. Und in der Stube liegen Zeitungen.“

Hůlovec nickte in Richtung des Zeitungsbündels, das verschnürt zu seinen Füßen lag. „Glauben Sie, ich bin so reich, dass ich jeden Tag die Zeitung kaufen kann? Woher sind sie gekommen? Die Einheimischen kommen nicht hierher, ich habe nur einen Briefkasten in Nahořany, der an einem Kuhstall befestigt ist. Ich weiß wirklich nicht, wer sie hierher bringt. Glauben Sie mir das?“

„Nein“, gab Sejkora zu.

„Ich sagte, Sie würden mir nicht glauben. Hören Sie zu, es ist einerseits nett von Ihnen, mir Bier zu bringen, aber andererseits ist mir völlig klar, dass sie den Befehl haben, mich hier wegzuschaffen.“

Hůlovec richtete seine hellblauen Augen auf Sejkora.

„Sie sollen einen Teufelszauber an mir vollführen, nicht wahr?“

„Wie kommen Sie darauf?“

„Kennen Sie jemanden, der einem Freund eine Kiste mit Bier bringt und dabei nicht einmal lächelt? Nein, mein lieber, ich spüre ganz deutlich, dass es etwas gibt, das Sie bedrückt.“

Sejkora seufzte, ihm fiel keine schlüssige Antwort ein.

„Sehen Sie", fuhr Hůlovec fort, „Sie können sich über die Urkunden und Papiere nicht hinweg setzen, die ich im Haus habe. Ich kenne die Gesetze dieses Landes auswendig, und sie besagen eindeutig, dass ich das Recht habe, mit meinem Hof zu machen, was ich will."

Es wurde Sejkora wirklich peinlich, und er sagte: „Es gibt ein Haus mit Brunnen, genau oberhalb deines Hofes. Ist es verlassen?"

„Ja."

„Will es denn niemand haben?"

„Kein anständiger Mensch möchte dort leben."

„Warum nicht?"

„Jeder weiß, was dort passiert ist. Und wer weiß, vielleicht sind Sie ja einer von denen, die die Mädchen geschnappt und verhaftet haben."

„Welche Mädchen?"

„Ach, Sie waren wahrscheinlich doch nicht dabei, Sie sind noch jung und es ist vierundzwanzig Jahre her. Aber ich habe mich schon lange gefragt, wann jemand auftauchen würde."

„Und wer sollte auftauchen?"

„In letzter Zeit kommen die neureichen Prager immer öfter hierher. Seit ein Fernsehfilm lief, der den Böhmerwald in seiner ganzen Schönheit zeigte, sind alle wild auf ihn. Wahrscheinlich weil sie in der Großstadt so wenig Natur haben. Der Film heißt Heu, Hitze, Kartoffeln oder so ähnlich. Sagen Sie mir, erfinden die landwirtschaftlichen Genossenschaften solche Geschichten und machen dann Filme daraus?"

„Nein, das machen nur Filmemacher", belehrte ihn Sejkora.

„Nun, wie ich schon sagte, die Prager sind verrückt danach. Gerade gestern schnüffelte ein Großstadtbazi hier herum und am Montagmorgen ein Beamter des Landwirtschaftsministeriums. Du wirst ein richtiger Schlaumeier sein, dachte ich mir. Wissen Sie, was er als erstes zu mir sagte? *Ich möchte Ihr Haus kaufen. Sie können weiterhin hier wohnen, aber Sie müssen einen Vertrag unterschreiben, dass Sie innerhalb von fünf Jahren sterben.*"

„Was haben Sie zu dem Schlaumeier gesagt?"

„Dass ich einen verheirateten Sohn in Prag habe. Der ist Bauingenieur, und sobald ich das Zeitliche segne, wird er dieses Haus erben und renovieren."

„Sie haben einen Sohn?"

„Schauen Sie mal, ich habe noch nie in meinem Leben eine Frau erobert, woher soll ich also einen Sohn haben? Sie sind ein Polizist, ich kann Sie nicht anlügen, Sie würden mich einsperren, und mir würde es in Ihrem Gefängnis nicht gefallen, weil die Kühe dort nicht muhen und die Grillen nicht zirpen. Sagen Sie mir, wie haben die Leute in Prag von mir erfahren? Die Einöde der *Sieben Diebe* ist nur auf einer uralten Landkarte verzeichnet, und eine Reise von Prag in den Böhmerwald kostet doch ein paar Heller, oder?"

Sejkora zuckte mit den Schultern. „Warum sagen Sie mir nicht, wer in dem Haus mit dem Brunnen gewohnt hat?"

Erste Fahrt

Endlich bin ich draußen, niemand rennt hinter mir her und niemand steigt in ein Auto, um mich zu verfolgen. Aber das habe ich mir bei meiner letzten Flucht auch gedacht. Was ist, wenn dieser Kamil mich sieht? Ich weiß nicht einmal, wie er aussieht!

Im schlimmsten Fall sage ich, dass ich Angst hätte, zu spät in die Anstalt zu kommen. Der blonde Mann im schwarzen T-Shirt repariert immer noch das blaue Motorrad. Eine Mutter mit einem schönen blauen Kinderwagen geht auf mich zu. In unserem abgelegenen Dorf wurden Babys in Körben getragen und auf ein Stück Stoff ins Gras gelegt. Dann schaute das Baby in den blauen Himmel - über ihm schwebten zahlreiche Kohlweißlinge wie Engel durch die Luft.

Ich schaue unauffällig zurück. Keiner beobachtet mich von den Balkonen aus. Die Welt dehnt sich wie eine Blase in alle Richtungen aus, Autos sausen hin und her, Hunde und Menschen rennen herum, nur der blaue Himmel ist sich seines Platzes hoch über der Welt sicher. Nirgendwo gibt es einen Zaun mit Stacheldraht, an dem Patienten schwer verletzt hängen.

Ich gehe weiter, ich will nicht anhalten, viele Einheimische arbeiten im Krankenhaus und sie könnten mich erkennen, auch wenn ich einen Schal trage. Zwei Frauen sehen sich eine Tube mit irgendeiner Creme an, und ich weiß nicht mehr, in welche Richtung mich der Hausmeister gefahren hat.

Was ist, wenn ich versehentlich wieder zurück in die Anstalt gehe?

Ich marschiere in flottem Tempo weiter. Jetzt kommt die Hauptstraße mit Autos, die in beide Richtungen rasen. Auf der einen Seite des Wegweisers heißt es: Pilsen 14 km und auf der anderen Klattau 28 km.

Zwei Rentner warten an der Bushaltestelle am Ende der Straße. Im Gras liegen Zigarettenstummel, Spatzen hüpfen rum und die Luft riecht, als wären alle Gifte auf einmal freigesetzt worden.

Ein blauer Bus mit der Aufschrift Plzeň-Merklín taucht hinter der blauen Allee auf. Die Fahrgäste an der Haltestelle stellen sich auf, und im letzten Moment kommt ein Mädchen im weißen T-Shirt angelaufen. Der Bus hält, die Frauen steigen ein. Ich setze meinen Fuß auf die erste Stufe und wanke etwas. Ich fühle mich wie ein Kind, das seine ersten Schritte macht, das Kleingeld in der Hand hält und nicht weiß, ob es reichen wird.

Der Fahrer ist ein Mann um die fünfzig mit einem richtig dicken Bauch.

„Wachsen die Pilze?“, fragt er mich und nickt in Richtung des Korbes. Die Frage bringt mich so sehr aus dem Konzept, dass mir die Münzen aus der Hand fallen.

Ich bin ein Tollpatsch.

„Wohin?“

„Nach Merklín“, murmle ich und sammle das Geld vom zertrampelten Teppich.

„Vier Kronen.“

Zum Glück habe ich so viel, aber es ist klar, dass der Fahrer sich an mich erinnern wird. Ich gehe den Gang entlang, den Korb in der Hand, und alle sehen mich an. Zum Glück gibt es überall freie Plätze an den Fenstern. Zum ersten Mal in meinem Leben sitze ich in einem Bus. Dobřany sieht völlig unschuldig aus, nirgends eine Spur von Wahnsinn und Verrücktheit. Die Uhr auf der Straße zeigt zehn vor neun. Weiß jetzt jeder, dass ich geflohen bin, oder bin ich so unscheinbar, dass es niemandem auffällt?

Gefährliche Flammen

„Die Jandas“, sagte Hůlovec und nahm einen Schluck von seinem lauwarmen Bier, „waren eine alte Bauernfamilie. Arme, ehrliche Leute. Der Vater war ein guter und kluger Bauer. Leute baten ihn, Babys zu entbinden, wenn sie keinen Arzt finden konnten. Er war so nebenbei eine männliche Hebamme. Die Jandas hatten drei Mädchen, Lida, Anna, Marie, und einen Sohn, František. Sie bauten Kartoffeln an, züchteten Kühe, Schafe, Hühner und Kaninchen, verkauften Milch, und sammelten Pilze, Heidelbeeren, Himbeeren und Brombeeren. Davon konnten sie bescheiden leben und die Verkaufserlöse legten sie in einen Sparstrumpf. Sie hatten keine Dokumente, nur Taufscheine. Dann beraubte der Diebstahl, den man Währungsreform nannte, sie ihrer Ersparnisse. Es waren mehr als zweihunderttausend Kronen. Auch die Mitgift der Mädchen war dadurch plötzlich weg und sie waren arm wie Kirchenmäuse. Ein Jahr später starb die Mutter, der Vater wurde schwer krank, und im Frühjahr 1955 fegte ein heftiger Sturm die Dachziegel vom Haus. František kletterte auf eine Leiter, um die Dachziegel zu reparieren, aber er fiel herunter und verletzte sich am Kopf. Dann lag er nur noch da und stöhnte die ganze Zeit, es war schrecklich …

Also kümmerten sich die Mädchen um ihren Vater und ihren kranken Bruder. Und dann, im November siebenundfünfzig, ging alles den Bach runter."

„Was ist passiert?"

„Die Decke im Stall stürzte ein und sie konnten sie nicht reparieren. Papa ging es schlecht und František auch. Ich glaube, den Mädchen war es zu peinlich, um Hilfe zu bitten, und eine Kuh, die sie Mathilda nannten, begann zu kalben. Sie schleppten sie aus dem Kuhstall in den Hauseingang, aber irgendetwas muss beim Kalben schief gegangen sein, denn sie starb. Das tote Tier war so schwer, dass sie es nicht bewegen konnten, es versperrte den Flur und stank fürchterlich.

Jetzt konnten sie den Eingang des Hauses nicht mehr benutzen. Also kletterten sie die Leiter zum ersten Stock hoch und benutzten das Fenster als Hauseingang. Und von da an ging es mit ihnen immer mehr bergab; ihre Kleidung löste sich in ihre Einzelteile auf, die Mädchen waren erschöpft und ständig nervös, aber das war kein Wunder: Vater und Bruder dem Grab nahe und eine tote Kuh im Flur, deren Gestank sich überall verbreitete. Der Gestank drang durch das ganze Haus und raubte ihnen den Atem.

Ich frage mich manchmal, warum Gott gute Menschen so sehr bestraft?

So eine tote Kuh kannst du nicht im Flur deines Hauses verstecken. Es sprach sich bald herum und wurde im Stadtausschuss in Winterberg besprochen. Zum Glück hatte die Polizei von Winterberg viele Feinde: Deutsche, Schmuggler, Emigranten, Wilderer, Schwarzenberger Wildhüter ... so dass sie keine Zeit für ein paar Mädchen am Waldrand bei Čkyně hatte.

Haben Sie schon von den Sieben Dieben gehört?"

„Nein", gab Sejkora zu.

„Die Sieben Diebe sind eine Einöde im Wald, die aus sieben Häusern besteht. In den sechziger Jahren wurde der Bezirk Winterberg aufgelöst, wir fielen unter Prachatitz, und das war das Ende, denn Prachatitz hatte nur noch einen Feind: rebellische Bauern, die wussten, wie man

Landwirtschaft richtig betreibt. Nicht so wie die Kolchosen, deren Arbeiter das Heu bei Regenwetter wendeten, weil es auf dem Arbeitsplan stand.

Aber ich glaube, jemand hat nachgeholfen."

„Sie meinen, dass jemand Familie Janda angezeigt hat?"

„Aber sicher, mein lieber Herr. Sie wurden in die Irrenanstalt gebracht, und das war's."

„Wer hat sie verhaftet?"

„Tun Sie nicht so, als wüssten Sie es nicht."

„Ich habe wirklich noch nie etwas davon gehört."

„Eines Morgens kamen zwei Krankenwagen und zwei Polizeiautos an. Bevor sie sich die unbefestigte Straße zu den Sieben Dieben hinauf plagten, wurden sie von Kindern empfangen, die gerade auf dem Weg zur Schule waren. Sie ließen ihre Schulranzen fallen und folgten den Krankenwagen wie einem Zirkus.

Die Polizisten und die Pfleger fingen die Mädchen ein, spritzten ihnen Morphium und brachten sie in die Klapsmühle Dobřany. Dort verschwanden sie und wurden nie mehr gesehen. Einen Monat später schrieb mir Marie, dass ihr Vater gestorben sei, und bat mich, mich um den Brunnen zu kümmern. Das war das letzte, was ich von Familie Janda hörte."

„Sind keine Verwandten aufgetaucht?"

„Die sind alle längst tot."

„Und dann hat niemand mehr nach den Jandas gesucht?"

„Keine lebende Seele hat diese Fragen gestellt. Sie waren Einzelgänger, wie alle hier. Und dieses Haus macht mir wirklich Kopfzerbrechen, nicht anders als dir. Warum hat es niemand genommen? Die Deutschen wurden alle zusammengetrieben und weggebracht, und das schöne Haus und der Garten bleiben vierundzwanzig Jahre lang leer?"

„Was ist mit den Nachbarn? Zum Beispiel das kleine Haus unterhalb, in der Fučík, der Heger, gewohnt hat?"

„Er verkaufte es an eine Pragerin und zog nach Winterberg, um seine Tochter besuchen zu können. Und im nächstgelegenen Haus oberhalb der Jandas, mitten im

Wald, lebt Cejka, ein Einzelgänger. Können Sie sich das vorstellen, er heizt den ganzen Winter nicht ein?

Jeder hier lebt in seiner eigenen Welt und hat keine Zeit für Denunziationen. Wir wissen nicht einmal, wie wir das machen sollen. Müsste es nicht eine Steuer für solche Denunziationen geben, damit der Staat immer seinen Teil davon bekommt?“

„Hatten die Jandas ein Stück Land?“

„Ja, vier Hektar, die wollte die Kolchose nicht haben, weil sie fast unzugänglich sind. Ich glaube nicht, dass einer der Einheimischen das Haus überhaupt haben wollte, denn die Jandas waren wirklich nett. Die Mädchen haben wunderbar genäht und das fast umsonst. Man gab ihnen nur ein paar Kartoffeln oder Pilze und schon hatte man ein tolles Hemd.“

„Deines haben sie auch gemacht?“

„Ja, klar, und ich trage es seit ... oh Gott, das ist schon fünfunddreißig Jahre her.“

Das Hemd war in einem schrecklichen Zustand, aber das lag wahrscheinlich daran, dass Hůlovec es seit Monaten oder gar Jahren nicht gewaschen hatte. Aber die Nähte hielten und es fiel nicht auseinander, also haben die Janda-Mädchen es wirklich gut genäht.

„Sie waren auch in der Gegend bekannt, weil sie etwas verwirrt waren. Sie brachten warme Suppe auf den Friedhof in Čkyně und gossen sie auf das Grab ihrer Mutter und Großeltern.“

Hůlovec seufzte. „Aber was nützt das alles, ich glaube, die armen Leute in Dobřany sind längst im Jenseits. Papa hat das Haus der Jüngsten, Marie, überlassen, sie war die Einzige, die nicht für geschäftsunfähig erklärt wurde. Er dachte, sie könnte sich um František kümmern, und das nicht nur, weil sie die Jüngste war. Sie schien so unbesiegbar zu sein, und ihre Schwestern bewunderten sie. Sie hatten nichts dagegen, dass er ihr das Haus überließ ... ich habe versucht, Marie im Irrenhaus anzurufen, aber sie stellten mich immer zu jemandem durch, der sagte, sie hätten dort drei Personen mit Namen Janda, aber keinen aus unserer Gegend. Sie stellten mich von Station zu Station durch, also denke ich, dass sich die Jandas schon im Jenseits befinden. Es heißt immer, dass sie sich in der Anstalt gut um die Patienten kümmern, aber sie sagen nicht, dass sie mit Pillen vollgestopftt werden. Oder dass man chloriertes, lauwarmes Wasser trinken muss. Sie gaffen den ganzen Tag in den Fernseher und sie sagen, er hat schon zwei Programme!“

Was ist denn das für ein Schwachsinn? In der Klapsmühle ist das Leitungswasser ziemlich kalt, manche Zimmer haben nicht einmal einen Fernseher, eines davon hat einen Blick auf den Fluss ...

Hůlovec hustete. „Könnten Sie mir einen Kaffee machen? Eine braune Kanne steht neben dem Herd.“

„Wollen Sie Zucker?“

„Ich habe keinen Zucker mehr. Aber es ist sehr nett von Ihnen. Dann bin ich nicht mehr so böse, wenn Sie mich hier rausschmeißen.“

Sejkora seufzte und richtete sich auf. Der Geruch von verfaulten Kartoffeln empfing ihn in der Küche. In einem Korb neben dem Herd lagen zerknüllte Zeitungen und im Schuppen fand er ein paar Holzscheiter. Von einer Axt war nichts zu sehen. Die Äste, Zapfen und Zweige im Wald hinter dem Haus waren vollständig abgeholzt worden. Nur hoch oben am Hang brach Sejkora ein paar dürre Fichtenzweige ab und sammelte sie auf.

Er ging zurück in die Bauernstube, wickelte ein paar dünne Zweige in die Landwirtschaftszeitung vom August 1932 und stopfte sie in die Ofentür. Die Landwirtschaftszeitung erinnerte ihn wieder an seine unangenehme Aufgabe.

Endlich entdeckte er die Streichhölzer, die in der Tischschublade lagen und zündete die Zeitung an. Die dürren Zweige brannten sofort lichterloh. Als er nach draußen ging, sah er einen Eimer mit Wasser - er füllte dieses in einen Kessel und schob ihn auf den Herd; danach legte er Holz in den Ofen. Dann verließ er das Haus und blickte neidisch auf den Regenwassertank, der grau und riesig vor ihm stand, während seine Augen den Spuren folgten, die ein Traktor tief ins Gras gegraben hatte.

Hůlovec behauptete, dass er fest schlief, aber dass ihn nicht einmal ein Traktor aufwecken würde? Andererseits befand sich der Schuppen auf der anderen Seite des Gebäudes. Sejkora ging zu seinem Auto, öffnete die Tür und nahm die Landwirtschaftszeitung heraus, die ihm sein Chef gegeben hatte.

Es war eine Minute nach neun, und die gefälschte Postkarte vom Schauspieler Juraj Kukura wartete auf ihre Gelegenheit. Er machte sich auf den Weg zum Haus. In der Küche hob er die Papiere auf dem Stuhl an, um die Zeitung dazwischen zu legen. Dann bemerkte er die Schlagzeile „Asoziale Elemente ernähren sich vom Müll in unseren Wohnsiedlungen“ und sah im Geiste Krymus, wie er sich über die Mülltonne beugte und darin nach Essbarem suchte. Kann ein Mann mit einer Flasche in der Hand nicht eine Schubkarre durch die halbe Stadt schieben, wenn das alles ist, was er besitzt?

Ich sollte Krymus verteidigen.

Ich bin der Polizist.

Ich bin die Gerechtigkeit.

Aus dem Stall hörte er, wie Hůlovec den Kühen Theophena und Filomena etwas erzählte, und die Stimme von dem Lied aus dem Film *Kassenschlager* hallte in seinem Kopf wider:

Wenn ein Kind ein Streichholz anzündet,
wenn ein Kind ein Streichholz anzündet,
was wird dann passieren?

Er öffnete die Ofentür und warf die Landwirtschaftszeitung mit der Postkarte von Juraj Kukura hinein. Die Ränder der Seiten wurden schnell schwarz, und die Flammen verschlangen gierig die Botschaft von Juraj Kukura, die er nie geschrieben hatte.

Es ist vorbei, dachte Sejkora: Ich habe gerade meinen Vater nach Dobřany in die Klapsmühle geschickt, Eva wird von ihrem Job gefeuert und unsere Tochter Kristýna von der Schule.

Aber er muss einen schrecklichen Fehler gemacht haben. Irgendetwas im Herd war verstopft, denn es rauchte wie verrückt. Er griff nach dem Schürhaken, der so sehr voller Pech war, dass er fast an seiner Handfläche klebte. Dann stocherte er im Feuer herum, und der Schürhaken traf auf etwas Hartes. Er erinnerte sich daran, wie einmal im Frühjahr ein Marder in seinen Ofen gekommen war. Er war wahrscheinlich alt und krank, hatte ein wenig Wärme gesucht und war schließlich im Ofen verendet.

Er stieß den Schürhaken etwas fester an, und das hätte er nicht tun sollen. Die Rückseite des Ofens war kaputt; Glut fiel heraus, landete in einem Stapel mit Zeitungen und steckte eine nach der anderen in Brand.

„Was treiben Sie da?!“ In der Küchentür stand eine Frau um die sechzig, die ein dunkles Kleid und ein Kopftuch trug.

„Helfen Sie mir beim Löschen!“, schrie Sejkora sie an.

„Ich hole Wasser!“ Ohne abzuwarten, was sie sagen würde, rannte er aus dem Haus, holte einen Eimer unter der Hausbank hervor und schüttete Wasser auf den brennenden Zeitungsstapel und den Herd. Die Rauchwolke war so dicht, dass beide gleichzeitig husteten, aber Sejkora schaffte es noch, den Ofen mit dem rechten Fuß gegen die gemauerte Wand zu drücken.

„Sie haben das Haus angezündet!“, schrie die Frau entrüstet, als sie das Fenster öffnete. „Ich habe Sie gesehen! Sie haben eine Zeitung aus dem Auto geholt, etwas daraus entnommen, dann haben Sie auf Ihre Uhr geschaut, die Zeitung unter der Uniform versteckt und sind hierher gelaufen. Sie wollten das Haus in Brand stecken, nicht wahr?“

Hůlovec erschien in der Tür. „Wo ist mein Kaffee? Und was ist das für ein Rauch?“

Gute Figur

Der Bus hat sechsmal angehalten und nähert sich nun einer Kreuzung mit mehreren Häusern, an der ein Holzkreuz steht. Zwei Arbeiter mit Schaufeln und ein Rentner mit einer Einkaufstasche warten dort. Die Straße windet sich zwischen Feldern in die Ferne, und gleich hinter dem Dorf, dessen Namen ich nicht kannte, erstreckt sich ein großes Waldgebiet.

Ich nehme all meinen Mut zusammen und erhebe mich aus dem Sitz. Der Fahrer wird sich daran erinnern, dass ich eine Fahrkarte nach Merklín gekauft habe. Aber wer weiß, wie groß die Stadt Merklín ist und wohin mich mein weiterer Weg in den Wald führen wird.

Dann steige ich aus, schaue mich kein einziges Mal um und gehe die Straße hinunter. Ich warte darauf, dass der Fahrer mich anruft oder anhupt, aber der Bus fährt vorbei, kein anderes Auto taucht auf, und bei jedem Schritt, den ich Richtung Wald mache, breitet sich ein unbändiges Glücksgefühl in mir aus. Ich spüre, wie meine Freude immer größer wird und sich ganz frei und ungezähmt anfühlt.

Leuchtend orangefarbene Pilze wachsen aus Baumstümpfen, die von Maiglöckchen umgeben sind. Zu meinen Füßen sehe ich Pilze, die wir als Kinder Täubchen genannt haben - wir haben sie zwar fleißig gepflückt, aber meine Mama wollte sie nie für uns zubereiten. Sie hatte vor allem Angst, genau wie ich. Der Waldboden ist weich, bedeckt mit Nadeln und Zweigen. Ich setze mich auf einen Baumstumpf. Neugierige rote Ameisen krabbeln auf meine Beine und Arme. Ich lasse sie krabbeln, solange sie nichts sagen und mich nicht um etwas bitten.

Die kleinen Tautropfen funkeln wie winzige Diamanten auf den grünen Grashalmen. Ich betrachte sie ganz genau und freue mich, wie friedlich und ruhig sie einfach daliegen - kein Wispern, kein Rascheln, nichts. Sie leuchten still und geheimnisvoll in der Morgensonne.

Und dann brach ich in Tränen aus.

Die Bäume rauschen, die Vögel singen und ich weine.

Marie,
bitte
weine
nicht!

„Lass mich in Ruhe, du kennst mich doch gar nicht!", rufe ich der inneren Stimme zu und heule wie verrückt.

Witwe Gagarin nahm sich richtig viel Zeit für mich und stand eine ganze Stunde mit mir im Krankenhausflur. Sie wollte mir unbedingt beibringen, wie ich am besten meinen Arm hebe, wenn ich später mal per Anhalter fahre. Entschlossen stelle ich mich an den Straßenrand. Das Gras auf der Wiese kräuselt sich und Bläulinge flattern über den Fingerhüten im Straßengraben. In der Kurve erscheint ein rotes Auto. Hinter dem Lenkrad sitzt ein finsterer, brillentragender Greis. Ich hebe meinen Korb an und hoffe, dass er mich für eine Pilzsammlerin hält, die ihm ein paar Pilze überlässt.

Das Auto hält nicht an, aber es kommt ein weiteres, gefolgt von noch zwei anderen! Jedoch werden sie alle von Männern gefahren, und ich weiß schon im Voraus, dass das nichts bringt.

Ob ich zurück nach Dobřany fahren soll?

Die Bushaltestelle ist nicht weit. Und ich muss nicht zugeben, dass der Hausmeister mich aus der Klinik rausgeschmuggelt hat und Schwester Svetlana ihm geholfen hat. Ich könnte einfach behaupten, dass ich den Verstand verloren habe.

Das ist es, was Dummköpfe und sehr kranke Leute tun würden.

Eines Tages drehen sie durch und hören plötzlich Stimmen. Ich würde mich am Empfang in der Klapsmühle Dobřany melden und sagen: *Hier habt ihr mich wieder*.

Dann geht mir durch den Kopf: Aber ich kann doch nicht verrückt sein, wenn ich sowieso nicht existiere. Was habe ich mir nur dabei gedacht, wegzulaufen, wenn ich ein Niemand bin? Was ist, wenn ich nicht nach Dobřany zurück finde? Was werde ich dann tun?

Marie,
dein
Brunnen
wartet.

Ich spreche endlich mit der Stimme, so wie sie es verdient: „Kannst du nicht für eine Weile schweigen!
Warum lässt du mich nicht in Ruhe?"

Du
musst
wiedergeboren
werden.

Was für eine verrückte Idee!

Wie könnte ich denn wiedergeboren werden?

Ein blaues Postauto erscheint auf der Straße. Ich wende mich dem Wald zu, als ob ich von der Straße aus nach Pilzen suchen würde. Ich bin sicher, die Bullen werden den Briefträgern Fragen stellen! Kaum ist der Lkw vorbeigefahren und der Motor verstummt, ertönt hinter mir ein Quietschen. Ein bärtiger Mann tritt in die Pedale seines Fahrrads, und als er in meiner Nähe ist, schreit er:

„Wo willst du hin, Mädchen? Du hast eine gute Figur, wenn ich zwanzig Jahre jünger wäre, würde ich dich auf den Gepäckträger setzen und du könntest mitfahren!"

Und er tritt in die Pedale und fährt fröhlich weiter. Männer wissen immer, was sie sagen sollen. Niemand kann sie überraschen, sie wissen, welchen Blödsinn sie von sich geben müssen, und sie werden es immer wissen.

Ein graues Auto kommt um die Kurve.

Bettlers Drehorgel

Er trank mit Tonda Hůlovec auf der Hausbank ein Bier, während die Frau die Küche putzte. Sejkora wusste nicht, ob Hůlovec tatsächlich glaubte, dass er sein Haus absichtlich in Brand setzen wollte. Seit etwa einer Viertelstunde erzählte er Sejkora, wie er sich dank des Wassers aus dem Wunderbrunnen an alles erinnerte.

„Kann ich Ihr Telefon benutzen?"

„Ja, aber passen Sie auf, dass mein Stall nicht abbrennt, meine Kühe sind nicht sehr feuerfest."

Sejkora blies den Heustaub vom Telefon und hob den Hörer ab, wählte die Rufnummer der Dienstelle und war froh, dass Cívka sofort antwortete: „Wo bist du? Der Chef faucht von Wut. Du hättest mir Bescheid sagen sollen, dass es Neuigkeiten gibt ..."

„Sag ihm, er soll niemanden schicken. Es hat einen Unfall gegeben, die Zeitung ist verbrannt."

„Da wird sich der Chef aber ärgern."

„Natürlich! Was ist mit meinem Papa?"

„Noch nichts."

„Verdammt! Hör zu, ich muss alles über die Familie Janda herausfinden, die in dem abgelegenen Gebiet oberhalb von Čkyně lebte, versuch mal, es unter Záhoříčko zu suchen."

„Weißt du die Hausnummer?"

„Es ist ein Haus über Hůlovec, also entweder Nummer zwölf oder vierzehn. Besorge bitte auch Informationen über den Vorsitzenden der Kolchose in Čkyně."

Ich werde mich an diesem aufgeblasenen Kerl rächen, dachte Sejkora.

Cívka legte auf, und Sejkora bückte sich, um den Hörer wieder aufzulegen. Als er sich aufrichtete, sah er, dass die Frau ihn von der Tür aus beobachtete.

„Sie interessieren sich also für den Vorsitzenden der Kolchose und für die Familie Janda", sagte sie. „Und Sie suchen nach Ihrem Papa...“, dabei sah sie ihn forschend an. „Er ist doch Heger, nicht wahr?“

Sejkora nickte und machte sich auf eine schreckliche Geschichte aus dem Leben seines Vaters gefasst, doch die Frau fuhr freundlich fort:

„Wir waren einmal auf dem Winterberger Schloss, um Ihren Vater zu besuchen. Sie waren noch ein kleiner Junge und hatten einen Holzlöffel in der Hand und einen Helm auf dem Kopf.“

Sejkora erinnerte sich an den alten Nazihelm, mit dem er fotografiert wurde. Nach dem Krieg fanden Kinder sie überall auf dem Schloss, weil dort die Wehrmacht stationiert gewesen war. Als er und sein Vater diesen Helm fanden, machte sein Vater ihm Tee aus Schnee und Tannennadeln, um ihm beizubringen, wie man im Winter in der Wildnis überlebt.

„Sie sind das, nicht wahr!“

Sejkora nickte unbeholfen. „Hören Sie, Frau ...“

„Přerostova.“

„Frau Přerostova, ich wollte das Haus nicht abbrennen. Ich weiß, es sah seltsam aus, aber Sie müssen mir glauben, um Papas willen.“

„Jeder Schuft kann sich auf einen anständigen Vater berufen. Was machen Sie überhaupt hier?“

„Ich habe Hůlovec Bier gebracht. Und Sie?“

„Ich komme gelegentlich um nachzusehen, ob er etwas braucht.“

„Kommt jemand, um ihn zu besuchen?“

„Keine Menschenseele.“

„Hat er noch andere Verwandte?“

„Nein, es gibt hier eine Menge Hůlovec, aber keine Verwandten von ihm. Warum interessieren Sie sich für den Vorsitzenden der Kolchose?“

„Ist er von hier?“

„Vašek Nenadál? Ja, er ist ein guter Kerl. Ich kenne ihn, unsere Familie hatte früher ein Grundstück direkt neben dem seinen, unten an der Volyňka, wo die Johann-Hus-Linde steht."

„Kannten Sie die Jandas?"

Sie warf ihm einen verblüfften Blick zu.

„Ob ich die Jandas kannte? Die Janda-Mädchen waren die nettesten Menschen, die man sich vorstellen kann. Ich saß mit Marie in der Schulbank. Sie war klug, aber sie durfte nicht auf eine höhere Schule gehen, sie hat eine Ausbildung als Schneiderin gemacht. Die Leute kamen mit ihren Stoffen zu ihr nach Hause, und sie hat diese auf der Türschwelle entgegen genommen – wissen Sie, sie haben wegen František niemanden reingelassen – und sie hat sich alle Maße sofort eingeprägt. Die Mädchen aus der Umgebung kamen zu ihr mit Fotos aus Modezeitschriften; die zeigten, was gerade in Prag an Kleidung modern war. Sie baten darum, ihre abgetragenen Röcke und Blusen umzuarbeiten - besonders neue Kragen sollten es sein. Keine andere Person beherrschte diese Arbeit so gut wie Marie. Und alles, was sie dafür wollte, waren nur ein paar Kartoffeln oder ein Stück Fleisch.

Für mich waren die Janda-Mädchen so etwas wie Heilige. Es wurde öfters erzählt, dass beim Brunnen, den sie hinter ihrem Haus hatten, die Jungfrau Maria zu erscheinen pflegte. Vor dem Krieg führte der Pfarrer von Čkyně aus Prozessionen zu diesem Brunnen. In einer Hütte lebte auch eine Heilerin, zusammen mit ihrer Ziege. Die kranken Leute gingen zu ihr, und sie half ihnen mit ihren Heilkräutern, gesund zu werden. Meine Großmutter hielt viel von ihr."

„Hat Marie aus Dobřany an Sie geschrieben?"

„Ja, einmal, einen Monat nachdem sie erwischt wurden."

„Was hat sie geschrieben?"

„Sie bat mich, den Brunnen zu pflegen."

„Und dann?"

„Danach kam nichts mehr."

„Glauben Sie, dass jemand die Jandas angezeigt hat?"

„Ja."

„Wer?"

„Das sollten eigentlich Sie wissen, weil Sie hier der Gendarm sind."

Sejkora erinnerte sich an die Anzeigen, in denen der schrullige Einzelgänger Krymus denunziert wurde und in denen stand, dass es ihm in der Anstalt besser gehen würde. Und auch die alte Frau Fiedler aus Winterberg, die ihren Sohn vor dem Militärdienst retten wollte, schrieb an den Nationalausschuss in Prag, dass ihr Sohn Drogen nahm. Sie steckten ihn für drei Monate in ein Sanatorium und schickten ihn dann zur Strafe für zwei Jahre in die schlimmste Einheit, die es in der Tschechoslowakei gab, die sogenannte Eisenbahnarmee. Er musste Schienen verlegen und verlor dabei zwei Finger an der rechten Hand.

„Vielleicht", sagte er, „hatte jemand Mitleid mit František, wollte den Jandas helfen und hat gar nicht daran gedacht, dass sie die ganze Familie verhaften und in die Klapsmühle nach Dobřany bringen würden."

Kaum hatte er an diese Möglichkeit gedacht, wurde ihm klar, dass sehr wahrscheinlich die Psychiaterin Fabiánova darin verwickelt gewesen sein könnte. Wie alt könnte sie damals gewesen sein? Um die dreißig?

„Oder es kam von oben", sagte Přerostova, „sie wollten die Bauern in der Gegend dazu zwingen, ihre Höfe der Kolchose anzugliedern und wählten die Jandas als Abschreckung. Die Polizisten und die Ambulanz trafen ein, als die Kinder auf dem Weg zur Schule waren, sie suchten nach dem Haus der Familie Janda und fragten Leute aus der Nachbarschaft, wo es ist.

Ist es nicht seltsam, dass sie eine so große Sache daraus machten? In der Nachbarschaft hat man jahrelang darüber gesprochen. Damals gab es viele Bauern, die nicht in die Kolchose wollten, die Černýs, die Kučeras ..."

„Aber die Polizisten, die kamen, um die Familie Janda zu verhaften, stammten aus Prachatitz. Wahrscheinlich kannten sie den Ort hier oben wirklich nicht."

„Vielleicht", gab sie zu.

„Tonda Hůlovec sagte mir, dass die Jandas keine Dokumente haben."

„Nur die Taufscheine. Hůlovec brachte sie nach Čkyně, wo Frau Markova sie im Büro entgegennahm. Der Gemeinderat wollte, dass die Taufscheine vernichtet werden, damit die Jandas vergessen werden. Sie hat diese aber nicht vernichtet, denn sie hat mir neulich gesagt, dass sie die Taufscheine noch hat."

„Wie haben die Jandas hier überhaupt überlebt?"

„Sie verkauften Milch und hielten auch Schafe, jedes hatte einen Namen, und die Mädchen sprachen mit ihnen. Eines hieß die Gähne, sie grüßten sie immer mit Hallo Gähne! Die Schafe wurden von der Polizei wirklich gut behandelt."

Sie schaute angewidert auf seine Uniform.

„Sie zogen ihre Pistolen und peng!, die Gähne lag am Boden. Und sie haben nicht aufgehört, bis alle Schafe tot waren, und dann haben sie sie noch ein bisschen getreten. Ich werde nie die toten Schafe vergessen, die am Waldrand im Gras lagen, und den Flaum, der über ihnen schwebte, als würden sich ihre Seelen von der Wiese verabschieden. Und wissen Sie, dass dort am Ende neun Gänseblümchen wuchsen? Für neun weiße Schafe."

Sie holte tief Luft, wahrscheinlich um ihre Tränen zu unterdrücken.

„Und ich werde nie vergessen, wie die Polizisten und Sanitäter es genossen haben, diese Mädchen auf den Boden zu werfen und dann auf ihnen zu knien! Das war wirklich eklig, wir Kinder haben das vom Wald aus beobachtet und uns vor Entsetzen geschüttelt.

Warum haben sie die Jandas ausgewählt? Sie haben alle Irren in der Nachbarschaft in Ruhe gelassen. Pavlicek zum Beispiel, der als Kellner in der Kneipe aushalf, sie nannten ihn Nocheinbier, weil er nichts anderes sagen konnte. Oder Cyril, der trug immer zerfledderte Kleidung, und wenn er von jemandem etwas Besseres bekam, zerriss er die neue Kleidung auf der Stelle.

Und Manka spielte stundenlang im Wald auf der Drehorgel und auf der Teufelsgeige. Wenn man diese Leute in ein

Irrenhaus stecken würde, würde niemand ein Wort sagen. Wie ich schon sagte, die Janda-Mädchen" – sie winkte hilflos mit der Hand – „waren die nettesten Menschen auf der Welt. Tonda Hůlovec schrieb einen Brief an den Nationalausschuss, in dem er reklamierte, dass es illegal sei, so gegen Menschen vorzugehen. Er sprach nie darüber – er war immer bescheiden. Aber ich erfuhr, dass er vor ihrer Deportation nach Dobřany seine schmale Essensration mit den Jandas teilte."

„Befinden sich noch Möbel im Haus?"

„Es war alles noch drin, aber irgendwann haben die Leute es geplündert. Jemand kam vorbei, sah, dass das Haus leer war, ging hinein, nahm die Nähmaschine, Tische und Stühle einfach mit, und eines Tages war das Haus leer."

„Hat jemand einen Schlüssel zum Haus?"

„Nein. Sie wollen das Haus einem Parteibonzen zuschustern, nicht wahr?"

Sie starrte ihn unerbittlich an, und er konnte nicht anders, als zu nicken.

„Ich habe mich schon gefragt, wann es so weit sein würde", sagte sie resigniert. „Aber derjenige, der Jandas Haus bekommen wird, ist nicht derjenige, der sie angezeigt hat, oder? Versprechen Sie mir, dass der Schurke, der diese unbescholtene Familie in die Klapsmühle brachte, nicht hier einzieht."

„Ich verspreche es", sagte er, obwohl er sich nicht sicher sein konnte.

„Wissen Sie, in den Raum, in den man vom Fenster am Hang aus sehen kann, sollte ein Kreuz zurückkehren."

„Was war in diesem Raum?"

„Dort befand sich Jesus", sagte sie, und Tränen schossen ihr aus den Augen.

Schönste Strecke

Weiße und graue Hennen gackern in Käfigen auf den Rücksitzen. Ich hätte nie gedacht, dass man sie mit dem Auto transportieren kann, aber in unserem abgelegenen Ort hatte niemand ein Auto. Vielleicht fahren die Leute die Hühner im Auto herum, damit sie herumlaufen und einen guten Happen zu fressen bekommen, ich weiß es nicht.

Der Fahrer ist ungefähr so alt wie ich. Sein Haar ist dicht und weiß wie Schafwolle, die an seinem Schädel klebt. Sein kariertes Hemd ist mit weißen und grauen Federn besetzt, der Kragen ist ausgefranst und die Ärmel sind voller Löcher. Hätte er mir eine Schere, einen Faden und eine Nadel geliehen, hätte ich es sofort für ihn genäht, denn er ist ein guter Mann, weil er mich mitgenommen hat.

„Wohin fahren Sie?"

Ist es möglich, dass ich an diese Frage gar nicht gedacht habe? Früher habe ich an alles sofort gedacht. Der löchrige Sack, aus dem mein Kopf geworden ist, stammt von Pillen, die nicht einmal für mich bestimmt waren.

„Nach Winterberg", denke ich mir schließlich aus. Der Heger Fučík ist immer mit dem Zug gekommen, wenn er seine Tochter besucht hat. Also werde ich auf jeden Fall von Winterberg aus nach Hause finden.

„Das ist eine ganz lange Strecke, aber ich werde Sie ein Stück mitnehmen. Woher kommen Sie?"

Warum wusste ich nicht, dass die Leute danach fragen werden.

„Ambulanz..."

Ich spreche nicht wirklich, ich werfe nur Worte aus, und zwar Lügen.

„Hat Sie der Krankenwagen hierher gebracht?"

„Nein, der ist von uns aus nach Merklín gefahren."

„Was meinen Sie mit ‚von uns'?"

„Aus der Anstalt in Dobřany."

„Aus der Klapsmühle? Sind Sie eine Krankenschwester?"

Ich nicke unmerklich, unglücklich darüber, dass ich immer noch lüge.

Eine Schafherde weidet im Garten neben einer Hütte. Es war, als würde ich mein Schaf Gähne sehen. Es gähnte immer. Als es einen Frosch im Gras entdeckte, erstarrte es, bis wir das Tier aufhoben und in den Wald trugen.

Ich erinnere mich nur flüchtig an das, was sich auf der Wiese abspielte, als die Polizisten ankamen. Vielleicht haben unsere Schafe überlebt und sind verwildert.

Aber selbst wenn es so wäre, ist es schon so lange her, dass sie sich im Schafhimmel befinden.

„Wen habt ihr in Merklín erwischt?"

Ich schlucke hilflos. „Sie nennen uns keine Namen."

„Wer sind sie?"

„Bullen", denke ich mir, aber das klingt nicht einmal wie eine Lüge, denn so etwas machen die Polizisten.

„Ich wette, es war der alte Herr Vlásak. Armer Kerl."

Der Mann bekreuzigt sich, was ich nicht erwartet hätte, schon allein deshalb, weil das Auto nach Zigaretten stinkt und auf dem Boden eine leere Flasche rollt, die nach Wodka aussieht. Sie hat einen Schraubverschluss wie eine Rumflasche, und so eine Flasche könnte ich für unser heilkräftiges Brunnenwasser gut gebrauchen.

Aber kann ich ihn fragen, ob er sie mir überlässt?

Ich kann nicht einmal richtig sprechen. Ich kenne die modernen Wörter nicht. Bevor die Beamten der Kolchose kamen und uns Papiere mit Begriffen wie Konsolidierung, Mähdrescher, Agronom und Melioration unter die Nase hielten, die wir überhaupt nicht verstanden, hatte ich höchstens ein paar Worte mit meinen Nachbarn gewechselt. Dabei ging es um Dinge des täglichen Lebens, zum Beispiel um zu erfahren, wer gestorben und wer geboren war und wessen Kühe gekalbt hatten, wessen Bäume viele Äpfel getragen hatten und ob Pilze und Himbeeren wuchsen. Das ist alles, worüber ich reden kann.

Alle meine Worte wuchsen aus der Erde und gehörten zu ihr wie Kartoffeln oder Kräuter. Ich weiß nicht, was ich sagen soll.

Außerdem bin ich nicht gut darin, um etwas zu bitten.

Schönster Junggeselle

Wachtmeister Sejkora wusste nicht, wie er Přerostova trösten sollte. Sie weinte laut, und obwohl sie sich die Augen abwischte, kam ein weiterer Anfall.

„Tut mir leid."

Sie zog ein Taschentuch hervor, putzte sich die Nase und trocknete sich die Augen.

„Das macht nichts", flüsterte er.

„Als ein Hagelsturm ihr Dach zerstörte, kletterte ihr Bruder František hinauf, um es zu reparieren, stürzte aber von der Leiter und schlug sich den Kopf auf. Von da an ..."

Sie seufzte erneut.

„Lida und Marie brachten ihn in einem Zimmer im Erdgeschoss unter. Da sie das Bett nicht von oben herunterholen konnten, machten sie ihm auf dem Fußboden ein Bett aus Stroh und Ästen.

Stellen Sie sich nun vor, dass die Kinder der Prager, die hier Ferien machten, kamen, um František anzusehen. Die Janda-Mädchen hatten einen Zaun gebaut, aber es waren nur Holzpfosten und Latten, und die Kinder kletterten darüber. Die Janda-Mädchen wehrten sich und wollten sie vertreiben. Ich half ihnen, und wir bewarfen die Bösewichte mit Tannenzapfen. Je mehr wir das Haus verteidigten, desto mehr Spaß machte es ihnen.

Die Mädchen räumten die Möbel aus dem Zimmer, damit František sich nichts antun konnte, und tünchten es. Er lag unter einem Kreuz auf den Ästen und im Stroh, in einem langen hellen Hemd. Den ganzen Tag starrte er an die Zimmerdecke. Sie konnten ihn nicht einmal rasieren oder ihm die Haare schneiden. Als er die Kinder vor dem Fenster sah, die ihn beobachteten, sprang er aus dem Bett und rannte vor Wut durch das Zimmer, schrie und schlug mit den Händen gegen die Wand. Dabei lief ihm die Spucke aus dem Mund, und das ganze Haus bebte. Die jüngeren Kinder vor dem Fenster schrien vor Angst, und für die älteren wurde es zu einer Mutprobe.

Die Janda-Mädchen nahmen es ihnen übel. Sie konnten nicht verstehen, wie Kinder so bösartig sein konnten. Sie hörten auf, sich die Haare zu kämmen, nahmen ab und wurden immer dünner."

„Wie alt war František, als ihm das passiert ist?"

„Zwanzig. Er war der schönste Junggeselle in der Gegend", sagte sie so traurig, dass Sejkora befürchtete, sie würde wieder weinen.

„Wollen Sie ein Stück mit mir mitfahren?"

„Ich komme nicht mit", antwortete sie ohne zu zögern, und er erkannte, dass sie selbst mitten im Wald Angst hatte, mit einem Polizisten gesehen zu werden. Die Leute könnten vermuten, dass sie jemanden denunziert hat.

Echter Prophet

Es ist seltsam, gefahren zu werden. Die Landschaft zieht so schnell vorbei, als hätte man ihr Räder verpasst. Wir kommen in ein Dorf, in dem ein Mann das Dach repariert. Wenn ich jemanden so hoch oben sehe, wird mir schlecht.

Wenn ich um eine Flasche bitte, will der Fahrer dann, dass ich sie mit ihm austrinke?

Was ist, wenn er ein Alkoholiker ist? Das kann ich bei Menschen auch nicht erkennen.

Vielleicht gießt er zum Beispiel Wodka auf das Hühnerfutter, wie es die Witwe Gagarin gerne tat, um zu sehen, ob sie wackeln.

Ich schaue mir die Käfige noch einmal an. Aber dann müsste ich die Hennen rauslassen, um zu sehen, ob sie wackeln oder nicht.

„Haben Sie zu Hause auch Hühner?"

Endlich eine Frage, die ich ohne Zögern oder Schuldgefühle beantworten kann. „Schon lange nicht mehr."

„Haben Ihre Hennen keine Eier gelegt?"

„Unsere Hennen wurden von Füchsen und Falken geholt."

„Wirklich? Und kommen Sie aus Winterberg oder aus der Wildnis des Böhmerwaldes, aus den Gefilden zum Beispiel? Oder aus Fürstenhut?"

Wenn ich sage, dass ich aus dem Böhmerwald stamme, fragt mich jeder nach den geplünderten Gütern, den von den Deutschen hinterlassenen Schätzen und den zerstörten Dörfern.

„Ich komme aus Čkyně."

Ich glaube nicht, dass das ein guter Hinweis ist. Wir überqueren eine Bodenwelle mit Bahngleisen, das Auto springt und die Hennen gackern, als ob sie sich gegenseitig zurufen würden: Mädels, das war toll, was? Was für ein Sprung!

„In Ihrem Irrenhaus gibt es einen Dichter, nicht wahr?"

„Dichter?"

„Karel Šebek."

Es hört sich an, als wolle er sich vergewissern, dass ich nicht lüge, und ich rufe sofort aus: „Das ist mein Freund", denn zum ersten Mal seit Jahren fragt mich jemand nach jemandem, den ich kenne.

Soll ich sagen, er hört auf die Stimmen? Ich würde gerne über meine sprechen. Was, wenn sie von anderen Leuten kommen und niemand außer Karel Šebek und mir darüber spricht?

Aber bevor ich die Stimmen erwähne, fragt der Fahrer:

„Sie wissen, dass Karel aus der Wohnung im vierten Stock gesprungen ist?"

„Nein."

„Er hatte mit seinem Trabant-Auto einen Unfall und hat es völlig zerstört. Hat er Ihnen jemals erzählt, dass er mit dem Auto auf das Gleis gefahren und mit der Lokomotive zusammengestoßen ist? Er ist ihr nicht ausgewichen, als sie direkt auf ihn zukam."

Wenn ich daran denke, werde ich wahnsinnig. Wem habe ich anvertraut, dass er sich um meinen Bruder František kümmert?

Aber wenn Karel Šebek beim Selbstmord so ungeschickt ist, wird er vielleicht auch weitere Versuche überleben.

„Er war immer ein richtiger Prophet", fährt der Fahrer fort. „In Klattau gibt es eine Straße, die Leninstraße heißt. Einmal standen wir direkt unter dem Schild und Karel sagte: ‚Vergiss nicht, Béďa, in der Leninstraße säuft sich jeder einmal im Leben ein wie ein Proletarier.' Und ich habe dort wirklich zwei Jahre lang wie ein Tier gekotzt", lacht er.

Und ich glaube, er wird als Alki enden. Er wird sich stundenlang mit den Ärzten streiten, dann wird er kein Essen mehr mögen, abnehmen, irgendetwas murmeln, wie ‚Gebt mir nicht immer diese fadenscheinigen Pyjamas', und dann wird er einfach dasitzen und in die Luft starren.

So schlecht habe ich gelernt, Menschen einzuschätzen.

„Können Sie Karel ein Geschenk von mir geben?"

Aus seiner Tasche zieht er eine schwarz-weiße Zigarettenschachtel mit der Aufschrift BT, das heißt Bulgarischer Tabak.

„Und von wem?"

„Das wird er schon selbst herausfinden, ich heiße Peter Trnka, wir sind zusammen zur Schule gegangen."

„Wissen Sie, dass er mich gebeten hat, ihm genau die BT-Zigaretten zu bringen?"

„Ich weiß, es ist seine einzige Freude. Abgesehen von den Gedichten, meine ich."

„Wollen Sie, dass ich Ihr Hemd repariere?"

In diesem Moment höre ich zu meinem Erstaunen etwas, das ich seit Jahren nicht mehr gehört habe.

In meiner Stimme schwingt Freude mit.

Null Finderlohn

Sejkora parkte im zweiten Schlosshof, der bis auf zwei deutsche Touristen, die das Baugerüst fotografierten, leer war. Es stand dort, seit Sejkora zur Schule gekommen war, aber niemand hatte jemals etwas daran repariert. Es wurde nur gebaut, damit der Staat so tun konnte, als würde er sich um das Erbe kümmern, das den Feudalherren entrissen und dem Volk übergeben worden war.

Er stieg aus und streckte sich. Er suchte in allen Dörfern unter dem Kubany-Urwald, fragte die Einheimischen, aber sein Vater blieb spurlos verschwunden. Er betrat den Flur zum ehemaligen Schlossmusikzimmer, in dem er geboren wurde. Das Schloss in Winterberg war jetzt bewohnt von Landarbeitern, Rumänen und Ungarn, die nach dem Krieg gekommen waren.

Er holte den Schlüssel heraus, den er schon längst hätte abgeben sollen, und wappnete sich gegen die Nostalgie, die ihn in die Knie zwingen könnte, bevor er die Wohnung betrat, in der er als Kind gelebt hatte.

Im Musikzimmer wohnte Juraj Čurea, ein Angestellter der Staatsforsten, der, wenn er zu Hause war, seine Stiefel vor der Tür stehen ließ. Aber da sie heute nicht da standen, war er wahrscheinlich in der Kneipe.

Er machte sich nicht die Mühe, aufzuräumen, aber andererseits bewahrte er auch keine Zeitungen und Dokumente auf, so wie Hůlovec das machte. Die Unordnung bestand nur aus leeren Bierflaschen und Dosen voller Zigarettenstummel.

Von seinem Vater war nichts zu sehen, und Sejkora schaute aus dem Fenster, von dem aus er als Junge den aus dem Wald zurückkehrenden Heger und seine Mutter beim Schleppen von Einkaufstüten beobachtet hatte. Sie saß oft am Fenster und jammerte: *Was habe ich mir nur dabei gedacht, in ein Schloss zu diesen Drecksäcken zu ziehen?* Sie mochte es, sauber gekleidet zu gehen, wogegen die Waldarbeiter aus den Staatsforsten Dreck und Tannennadeln ins Haus trugen, und im Winter gab es endlose Schlieren aus schmelzendem Schnee und Schlamm hinter ihnen. Sie hatte Basilikum in einem Topf vor ihrem Fenster stehen, aber der schwache Duft seiner Blätter konnte den Geruch von Torf nie überdecken.

Er trat auf den Hof hinaus. Die Touristen starrten auf etwas in seinem Dienstfahrzeug. Sobald sie ihn bemerkten, rief die Frau:

„Das ist meine Polaroid!"

„Na ja, gut!"

Wachtmeister Sejkora setzte sofort eine entschlossene Miene auf, um die Beraubte davon zu überzeugen, dass er das Polaroid gerade gefunden hatte, es zur Wache bringen und den Besitzer suchen würde.

„Und meine Casio?", fragte der Mann.

Entschlossen wie seit Jahren, wenn er von ausgeraubten Touristen ähnliche Fragen gestellt bekam, antwortete Sejkora: „Das hat unsere Polizeiabteilung."

In der Dienststelle übergab Kaňka ihm das Casio-Musikgerät und Sejkora gab es dem Schweizer mit dem Wort „Bitte" zurück. Seine Kenntnisse über den Begriff *Entschuldigung* nutzte er nicht.

Die bestohlenen Touristen schauten entrüstet, und das Verb *beschweren* wurde verwendet. Er wartete geduldig auf das *Auf Wiedersehen* und darauf, dass sich die Besucher auf den Weg zu ihrem roten Audi machten. Er war ohne diplomatisches Kennzeichen, so dass die Schweizer die Taktik der Geheimpolizei durchschaut und verstanden haben könnten, dass sie das Diplomatenkennzeichen besser meiden sollten, wenn sie nicht noch einmal ausgeraubt werden wollten.

„Sie hätten uns wenigstens Schokolade oder ein paar Mark als Finderlohn geben können", sagte Kaňka.

„Du bist wirklich ein Arschloch."

„Und ich sage dir, dass ich das Casio nicht genommen habe und dass die Prachatitzer Polizisten mich reingelegt haben."

„Warum?"

„Ich weiß es nicht!"

„Wo ist der Chef?“

„Es ist Dienstag, er wird im Nationalausschuss Bericht erstatten.“

„Was ist mit Papa?“

„Immer noch nichts.“

„Sucht jemand nach ihm?“

„Du weißt doch, dass ich das Krankenhaus, die Feuerwehr, die Armee, die Busfahrer, den Zoll und die Heger angerufen habe.“

„Das sollte nicht so öffentlich herausposaunt werden.“

„Ich rufe nur diejenigen an, denen wir vertrauen können.“

„Hat dir Cívka gesagt, dass ich alles über die Jandas bräuchte?“

Kaňka zeigte auf das dünne Bündel auf Cívkas Schreibtisch. „Er hat nicht viel gefunden.“

Sejkora war überrascht, dass er überhaupt etwas gefunden hatte.

„Wenn der Chef zurückkommt, sag ihm, ich bin immer noch bei den Sieben Dieben.“

Schüchternes Geständnis

Die Landschaft aus Hügeln und Wäldern ähnelt bereits der Landschaft, die ich kenne: die kurzen, schmalen Wiesen, die wie Flicken in das dunkle Gewebe der Wälder eingenäht sind. Wir fahren in Richtung Osten, die Sonne scheint uns direkt in die Augen.

Die Schnapsflasche rollt über den Boden und trifft mein Bein, als wolle sie mich daran erinnern, danach zu fragen.

„Ich würde Sie ja zur Wallfahrtskirche bei Straschin fahren, aber dann geht mir das Benzin aus, weil es im Umkreis von vielen Kilometern keine einzige Tankstelle gibt. Ich lasse Sie in Javorník aussteigen.“

Ist der Hügel vor uns der Javorník Berg? Und wann werde ich den Kubany-Urwald sehen? Als wir Kinder waren, haben wir ihn vom Felsen oberhalb des Dorfes Krušlov aus gesehen. Um den Gipfel des Urwaldes herum tauchten Wolken auf, die aussahen, als ob der Berg ein riesiger Dampftopf wäre, der gefangene weiße Tiere in den Himmel entlässt.

Wir Kinder sahen damals in den Wolkengebilden Tiere und Fabelwesen ... Da ist ein Fohlen! Dort sind Schafe. Siehst du sie?

Mir ist nie etwas eingefallen, ich saß immer nur da, staunte, was die anderen Kinder in den Wolken sahen, und konnte kein Wort herausbringen.

Die Ameise dort drüben hat ihren Kopf mit den Fühlern abgeschnitten, schau, wie sie versucht, ihn wieder zu fangen, sie will ihn wieder aufsetzen, rief Vašek Nenadál, der sich Märchenhaftes ausdachte, und fügte gleich hinzu, dass er ein Halfter für den abgeschnittenen Kopf der Ameise besorgen würde, damit sie beim Rennen nicht in der Luft hängen bliebe.

Warum war ich immer so schüchtern?

„Würden Sie mir die Flasche geben?“, platze ich schließlich heraus.

Niemand wird verstehen, dass du diese Flasche so sehr willst“, hat mir die Witwe Gagarin einmal gesagt, „*und jeder wird tausend Fragen haben.*

„Warum?“, fragte der Fahrer.

„Ich muss etwas Wasser aus einem heilkräftigen Brunnen holen.“

„Hier aus Straschin, wo die Leute die Jungfrau Maria gesehen haben?“

Er zeigt auf das Tal, wo der Kirchturm einer abgeschlagenen rosa Birne ähnelt.

„Bei uns gibt es auch einen Brunnen, wo sie manchmal erschienen ist.“

Ich sage lieber nicht wo, denn er könnte herausfinden, wo ich hin will.

„In der Flasche, die ich fast ausgetrunken habe, ist Schlehenlikör. Sie müssen ihn ausschütten oder austrinken“, sagt er. Ich merke ihm an, dass er sich freuen würde, wenn ich zugäbe, dass ich Alkoholikerin bin.

„Vielen Dank."

Ich lege die Flasche in den Korb, und er biegt ab und hält am Waldrand an.

„Da hoch und dann immer noch nach links. Dann sehen Sie die Kirche der Ortschaft Vacov, ab da fährt ein Linienbus."

Ich will raus aus dem Auto, aber ich kämpfe vergeblich gegen die Tür an. Er seufzt, rutscht mühsam heraus, geht ums Auto herum und öffnet sie für mich. Als ich mich an ihm Vorbeidränge, sagt er: „Sie sind keine Krankenschwester, oder?"

„Nein", gebe ich erleichtert zu, mit einer Stimme, die nicht lügt und zum zweiten Mal heute so klingt, als sei es wirklich meine.

Kein Vermögen

In einer Kneipe auf dem Stadtplatz bat Sejkora den Wirt, ihm den Salon zu öffnen, lehnte dankend ein Bier ab, bestellte einen Kaffee und ein Mineralwasser und begann zu lesen.

Offiziell hieß die Einöde, die von den Einheimischen *Die Sieben Diebe* genannt wird, Dobra Voda „Beim Guten Wasser": Der früheste Bericht über die Jandas stammt vom Juli 1947, als ein Arzt in Čkyně, Dr. Sochocká-Werhunová, und ein offizieller Arzt des Nationalausschusses des Bezirks Prachatitz, Dr. Josef Kreisa, in Begleitung von Mitgliedern der Polizei die Familie Janda besuchten.

Die Psychiaterin Fabiánova war also nicht da, dachte Sejkora. Dr. Kreisa empfahl, nur den Vater und Marie als geschäftsfähig zu lassen und die anderen Familienmitglieder für unmündig zu erklären. Aus dem Bericht geht nicht hervor, ob und warum dies geschah. Dr. Kreisa wies auch darauf hin, dass der Sohn bei der Dachreparatur schwere Verletzungen erlitten habe, medizinisch behandelt werden müsse und hier unter unmenschlichen Bedingungen lebe.

Im Mai 1957 lehnte die Familie Janda ab, dass auf ihrem Land ein Strommast aufgestellt werden sollte. Die Jandas besaßen keine Personalausweise, waren nicht als ständige Einwohner registriert, kamen ihren Lieferverpflichtungen nicht nach, zahlten keine Steuern und Gebühren, gingen nicht zur Wahl und meldeten kein Geld zum Umtausch bei der Währungsreform.

Der Nationalausschuss von Dolany, zu dem die Einöde gehörte, bot den Jandas mehrmals gebrauchte Kleidung an, was sie jedoch ablehnten. Er versuchte auch, den Kindern einen Vormund zu besorgen, was sie ebenfalls ablehnten. Auch eine Sozialzulage von 250 Kronen nahmen sie nicht an. Die Familie Janda erklärte, sie wünsche, dass die Behörden sie in Ruhe ließen.

Im Juni 1960 erreichte den Bezirks-Nationalausschuss in Prachatitz ein Schreiben, in dem es hieß, dass František ärztlich versorgt werden müsse. Der zuständige Beamte ging hin, um die Angelegenheit zu untersuchen, aber die Mädchen ließen ihn nicht in das Haus. Und als er versuchte, die Leiter zu erklimmen, warfen sie ihn fast auf den Misthaufen.

Es folgte die Entscheidung des Volksgerichts in Prachatitz, das die gesamte Familie Janda – Vater, drei Töchter und den kranken Sohn – in eine psychiatrische Klinik in Dobřany einwies. Im Juni 1960 traf ein Komitee mit einem Arzt, Krankenschwestern und Polizisten ein.

Dr. František Šupík war gezwungen, Betäubungsmittel einzusetzen, um das aggressive Verhalten der Mädchen zu unterdrücken. Die Kommission stellte fest, dass in der Ecke des Zimmers in einem Bett aus Stroh und Ästen ein ausgemergelter, vernachlässigter und kraftloser Mann lag, der geistig nicht gesund war. Zwei Krankenwagen und zwei Polizeifahrzeuge transportierten die Familie nach Dobřany.

Die Namen der Pfleger und Polizisten fehlten in den Papieren. Und wie alle offiziellen Dokumente aus den 1950er- und 1960er-Jahren, die Sejkora je gelesen hatte, trug der Bericht nur den Stempel des Kreisnationalausschusses in Prachatitz, unter dem weder ein Name noch eine Funktion genannt wurden.

Eine Wespe landete auf den Papieren.

Er schubste sie zur Seite und nahm einen Schluck Mineralwasser. Dann las er: „Der Vater der Familie starb zwei Wochen nach seiner Ankunft in Dobřany. Der Nationalausschuss nahm ein Vermögensverzeichnis auf. Die Jandas besaßen zwei Kühe, die in die Kolchose Čkyně gebracht wurden, einen Bestand an Schafwolle, die von Parasiten befallen war, eine Schneidemaschine, eine Dreschmaschine, eine Nähmaschine, zwei Schneiderbügeleisen, eine Waage und fünf Sparbücher mit Giroeinlagen aus dem Jahr 1939, die alle ungültig waren."

Ebenfalls beigefügt war ein Schreiben des Landgerichts in Budweis, in dem die Bewirtschaftung der Felder und die Betreuung des Viehs während des Aufenthalts der Familie in der Anstalt angeordnet wurde.

Das war alles, was er den Dokumenten entnehmen konnte. Er knallte die Papiere auf den Tisch und bedauerte, dass er keinen Schnaps getrunken hatte.

Verschwundene Stare

Die Frau hält die Hand eines kleinen Mädchens von etwa vier Jahren und spricht mit deren älterer Schwester, die mit dem Riemen ihrer Schultasche spielt. Sie beachten mich nicht, obwohl außer uns niemand am Busbahnhof ist. Während der gesamten Busfahrt von Vacov her zählte ich die Haltestellen und konnte nicht glauben, dass ich mich Čkyně näherte. Was trennt mich noch von zu Hause? Zwei Berge, zehn Wiesen, fünf Felder, drei Wälder, ein Brunnen, ein Garten, eine Türschwelle ...

Aber ich kann nicht reingehen, die Bullen werden auf mich warten. Ich werde nur zum Brunnen gehen, heilkräftiges Wasser holen und nach Dobřany zurückkehren. Ein leerer Pappbecher klappert an meinem Fuß. Als die Witwe Gagarin in Strakonitz in den Zug stieg, sah sie, wie der Pappbecher, den sie weggeworfen hatte, aus dem Abfallkorb sprang und ihr und dem Zug hinterherlief, als wolle er sie überreden, nirgendwo hinzugehen und noch etwas zu trinken.

„Du musst es ihr erzählen, Mutter“, beharrt das kleine Mädchen, „wie die Vögel hierher geflogen sind. Dieser riesige Schwarm von Staren. Erzähl es meiner Schwester, denn sie hat es nicht gesehen!“

Daran erinnere ich mich auch: riesige Schwärme strömten zu den Birnen- und Apfelbäumen und bedeckten den ganzen Himmel.

„Du musst es ihr sagen.“

Das Mädchen hat große blaue Augen, blondes Haar und erinnert mich an Lida. Ich denke mir: Deine kleine Schwester wird das nicht verstehen, weil sie die Stare nicht gesehen hat. Sie wird sie nie so vermissen wie ich. Und ich bin jetzt erwachsen, und ich weiß, wie es ist, wenn einem nicht geglaubt wird, was man durchgemacht hat.

Es ist immer das Gleiche: Hier gab es keine Stare, woher sollten so viele Stare kommen, wie hast du herausgefunden, dass sie plötzlich überall am Himmel sind, wer hat dir das gesagt? ... und so weiter, die gleichen Einwände, die ich immer hörte, wenn ich erzählte, was uns passiert ist. Morphium? Und woher sollten sie das nehmen? Zwei Krankenwagen? Und mehrere Polizisten? Und das alles nur wegen euch?

Und warum sollten sie das tun?

Alles, was ich bin, ist das, was niemand jemals glauben wird.

Deshalb existiere ich nicht.

„Da war ein riesiger schwarzer Schwarm, größer als das ganze Land!“, erzählt das Mädchen seiner kleinen Schwester, „schade, dass du ihn nicht gesehen hast!“

Ich wünschte, ich könnte ihr anvertrauen, dass ich den Schwarm gesehen habe. Wie gerne würde ich es mit meiner eigenen Stimme sagen, um sicherzugehen, dass ich die alte verkrüppelte Stimme der Angst hinter mir lasse, die kam, als ich die Polizisten auf der Wiese vor unserem Haus sah und aufschrie. Es war dieselbe Stimme, die aus einer Tube mit Medikamenten kam, die nicht einmal für mich bestimmt war, die Stimme, die von jemandem im

Krankenhaus übrig geblieben war, der niemals entlassen worden war.

Ist das die Stimme, die mir sagt, was ich jetzt tun soll?

„Hör auf, Dinge zu erfinden!", schimpft Mutti mit ihr. „Schau, wir müssen einsteigen", sagt sie erleichtert, als ein blau-weißer Bus mit der Aufschrift *Strakonitz* in den Bahnhof einfährt.

Ich könnte ganz schnell von Strakonitz nach Dobřany kommen, das hat die Witwe Gagarin gesagt. *Man kommt zum Bahnhof, trinkt ein paar Rum und ist immer pünktlich zurück im Irrenhaus. Weißt du, warum?*

Der einzige Zug, der nie Verspätung hat, ist der, der dich zurück ins Irrenhaus bringt.

Die Stare, die in solchen Schwärmen kamen, dass der Himmel dunkel wurde ... wer wir einmal waren und wie wir gelebt haben, kann ich niemandem mehr erklären. Was mache ich mir vor, dass ich das kann? Wasser in eine Flasche aus unserem Brunnen schöpfen und František auf wundersame Weise heilen?

Ich bin verrückt. Ich steige besser in den Bus und fahre zurück nach Dobřany. Die Tür ist noch offen. Das kleine Mädchen, das die Stare gesehen hat, sitzt schon auf dem Sitz und schaut mich an.

Nur ein Schritt in den Bus und ich bin wieder da.

Ich habe auch das Geld für die Busfahrt.

Du
wirst
neugeboren
werden,

hallt es in meinem Kopf.

Großes Halbdunkel

„Wo bist du gewesen?“, schrie der Chef. „Die Prachatitzer Geheimpolizisten brüllten und beschimpften uns als Vollidioten, die nicht einmal einem alten Bauern eine Postkarte aus dem Westen unterschieben können!“

„Der Mistkäfer hat sie verbrannt.“

„Mein Gott! Hat er sie dir weggenommen?“

„Es war ein Unfall.“

„Du bist ein Arschloch, so etwas hat die Welt noch nie gesehen!“

„Er hat was auf dem Kasten, aber keine Sorge, ich habe das im Griff.“

„Wie kannst du etwas im Griff haben?“

„Ich habe mir das Haus von Hůlovec genau angesehen. Das Dach ist undicht, der Brunnen ist trocken, die Straße ist kaputt, und um das Haus herum liegt so viel Müll, dass man mindestens zehn Lastwagen bräuchte, um ihn zu entsorgen. Und die Lastwagen kommen nicht einmal bis dorthin, weil der Weg so ramponiert ist.“

Als Beweis zeigte Wachtmeister Sejkora Fotos von der schwarzen Müllkippe bei Bohumilice.

„Das ist ein richtiger Saustall. Ist das der Ort, an dem der Hůlovec haust?“

„Ja, und es gibt noch eine Hiobsbotschaft: Er hat einen Sohn.“

„Hůlovec? Niemand hat mir von seinem Sohn erzählt!“

„Er ist unehelich und lebt in Prag, er arbeitet als Bauingenieur, und wenn er das Haus erbt, wird er es umbauen“, sagte Sejkora und dachte, dass er diese Fälschungen notfalls Hůlovec in die Schuhe schieben würde.

„Verdammt, das ist dumm.“

„Keine Sorge, ich habe ein besseres Haus gefunden.“

Der Polizeichef stöhnte. „Hast du noch jemanden gefunden, der nicht der Kolchosen-Genossenschaft beigetreten ist?“

„Es ist noch ein größerer Hit! Das Häuschen gehört niemandem! Das gibt es umsonst!“

„Ist es auch eine Einöde?“

„Ja, da hat eine Familie Janda gewohnt, die sind alle tot. Das Dach ist in gutem Zustand, es gibt einen Brunnen, ein paar Schritte hinter dem Haus. Man kann durch den Wald fast bis vor die Tür fahren, es gibt einen Garten, Obstbäume, einen Kuhstall, den man wieder aufbauen könnte ... Ich sage Ihnen, ein Haus wie aus dem Katalog.“

Er reichte dem Chef die Fotos.

„Das ist ja ein richtig schönes Häuschen! Sind die Fenster nach Süden ausgerichtet?“

„Süden und Südosten.“

„Diese Menschen sind tot?“

„Ja, es sind Bauern, die nicht in die Kolchose gegangen sind. Und sie haben keine Verwandten.“

Sejkora beschloss, die Erwähnung der Irrenanstalt Dobřany vorerst wegzulassen.

„Warst du drinnen?“

„Nein, es war abgeschlossen, ich habe nur durch das Fenster geschaut.“

„Gut. Geh hin und sieh es dir an, damit wir nicht in letzter Minute feststellen, dass der Schwamm in den Wänden ist oder die Dachsparren vom Holzwurm angefressen wurden.“

„Heute?“

„Es ist halb fünf, noch viel Licht.“

„Aber ...“, hauchte Sejkora.

„Was ist jetzt schon wieder?“

„Ich habe die Polaroid nicht mehr.“

„Du hast sie verloren?“

„Die Schweizer haben sie mir weggenommen.“

„Okay, geh zu Kaňka und lass dir einen Ersatzfotoapparat geben.“

Wachtmeister Sejkora nickte. Der Chef machte sich nicht die Mühe, einen Kommentar abzugeben, also war es klar, dass die Polaroid wirklich den Schweizern gestohlen worden war.

„Was ist mit Papa? Hat schon jemand etwas von ihm gehört?“, erkundigte sich Sejkora.

„Mach dir keine Sorgen, Papa sitzt irgendwo auf einem Baumstumpf und bald wird ihn jemand bemerken. Hör zu, ich rufe unsere Vorgesetzten in Prachatitz an, um sie zu beruhigen. Ich schätze, dass sie morgen Nachmittag oder Abend hierher kommen werden.

Jetzt ehrlich gesagt“, der Chef zeigte auf die Fotos des Hauses, die vor ihm lagen, „hat dieses Haus eine Leiche im Keller? Muss ich eine Überraschung befürchten?“

„Keine Sorge, alles ist unter Kontrolle.“

„Na gut! Ich werde sie anrufen. Worauf wartest du denn noch? Sieh dir das Haus genau an!“

Kaňka hatte Sejkora mit einer in Ostdeutschland hergestellten Fotokamera ausgestattet, also konnte davon ausgegangen werden, dass diese nicht im Rahmen der Operation Diplomat gestohlen worden war. Sejkora fuhr über Nahořany zu den Sieben Dieben und parkte an der Stelle, an der er vom Vorsitzenden der Kolchose „Blüte“ beschimpft worden war. Ein paar Stare kreisten am Himmel. Am Rande der Wiese oberhalb des Brunnens tauchte ein Reh vor einer Brombeerwand auf, hob den Kopf, blickte zu Sejkora auf und beugte sich ins Gras hinunter. Krähen stiegen aus dem verlassenen Garten auf und krächzten nach ihm.

Auf der Türschwelle holte er einen Schlüsselbund hervor. Er kannte sich gut mit Schlössern aus und schaffte es schnell, die zerkratzte Tür zu öffnen.

Ich hätte ein Dieb werden sollen, dachte er zum tausendsten Mal.

Und eigentlich bin ich ein Dieb, ich stehle den Leuten die Häuser, sagte er zu sich selbst, und damit betrat er das Haus der Sieben Diebe.

Abgeschlagener Türgriff

Die Wolken über dem Kubany-Urwald sehen aus wie zwei aneinandergeklebte Schafe, eines schneeweiß, das andere grau.

In den Wolken über Dobřany gibt es keine solchen Schafe.

In unserem Wald zwitschern die Vögel zur Begrüßung, und die Bäume rascheln. Die Kartoffelreihen sind von Farnen überwuchert und die Steinmauer, die sie schützte, ist völlig zerfallen.

Gehören sie noch uns? Erinnern sich die Reihen an Papas und Mamas Hände, die sie so oft gehackt haben? Ich hoffe es, denn es wurde immer gesagt, dass ein Bauer auch in der Ewigkeit ein Bauer bleibt.

Eine schmale, steile Straße schlängelt sich zwischen den Bäumen hindurch, darunter liegen keine Felder mehr, sondern ein riesiges Maisfeld, das wahrscheinlich zur Kolchose gehört. Auf der rechten Seite, jenseits des Waldes, liegt das Haus von Tonda Hůlovec, aber er wird längst verstorben sein, weil er mir nicht ein einziges Mal geschrieben hat. Oder vielleicht haben sie ihn nach Dobřany gebracht, und ich habe es nicht erfahren.

Es gibt kein Bild der Jungfrau Maria mehr, das irgendwo am Stamm hängt. Früher hatte jeder Baum hier einen Namen. Diese Lärche wurde „Turteltaubenbaum“ genannt, weil Ende April zwei Turteltauben zu ihren Ästen flogen und stundenlang ihre Schnäbel wetzten. Der Wald ist so ziemlich der einzige Ort, an dem meine Angst verschwindet. Das ist der Zauber des Waldes: Ich bin kein altes Weib mehr, das sich in einem fremden Spiegel betrachtet.

Unser Brunnen wird immer noch von einem alten, mit Moos bewachsenen Holzdach bedeckt, das mein Vater gebaut hat, und neben einem gusseisernen Kreuz steht unser kleiner Topf mit Kornblumen, der noch schlimmer ramponiert ist, als er schon war.

Als Kind wurde mir immer erzählt, dass ich in diesem kleinen Brunnen geboren wurde, von Engeln ins Gras

Das Kreuz befindet sich noch heute bei der Quelle

gelegt und von meinem Vater und meiner Mutter gefunden wurde, als sie Kartoffeln hacken gingen.

Ich nehme eine Tasse in die Hand, schöpfe das Wasser und trinke nach vierundzwanzig Jahren einen Schluck. Es schmeckt wie Raureif an einem frostigen Morgen, der gerade eben von der Sonne geschmolzen wurde. Ich kann nicht genug von dem Geschmack bekommen, trinke Schluck um Schluck und wasche schließlich die Flasche aus. Dann fülle ich sie mit Wasser für meinen Bruder František.

Ich werde mir irgendwo im Wald einen Schlafplatz suchen, damit ich beim Morgengrauen zuerst zu unserem Familiengrab auf dem Friedhof gehen und anschließend in die Klapsmühle Dobřany zurückkehren kann.

Wenn die Polizisten auf mich warten, dann sind sie sicher bei mir zu Hause. Und weißt du, was ich tun werde?

Ich schaue nach unserem Garten.

Der Fußweg ist mit hohem Gras bewachsen, aus dem die Grillen zirpen und die Heuschrecken auf meine Kleidung springen. Dort stand unser Schaf „Gähne“ regungslos, während die anderen Schafe bereits grasten.

Die Quelle wird immer noch von einem Holzdach bedeckt

Kann ich irgendwo auf einem Felsen einen abgeworfenen Eidechsenschwanz finden? Oder etwas, das noch lebendig ist?

Unser Haus ist hinter einer Hecke versteckt, aber der Garten kommt zum Vorschein und der Pflaumenbaum, der Kirschbaum, alle drei Apfelbäume, sogar der kleinste, dessen Äpfel ich am liebsten mochte. Wie gerne würde ich im Gras sitzen und bis Oktober warten, bis der erste Apfel aus der Krone fällt!

Niemand mäht das Gras, und unser altes Futterhäuschen hängt immer noch am gekrümmten Pflaumenbaum. Kann mir jemand das Leben zurückgeben, das wir hier führten, bevor ich die Krankenwagen vom Rand der Wiese aus sah? Ich trug Gras zu den Kaninchen und dachte, sie kämen wegen František. Erst als zwei Polizei-Autos hinter ihnen auftauchten, wurde mir klar, dass etwas nicht stimmte. Die Männer in Uniform sprangen heraus, Anna schrie etwas und rannte in Richtung Wald, ich ließ den Korb mit dem Gras fallen, aber es war zu spät, einer von ihnen erwischte mich auf der Wiese, warf mich zu Boden, setzte sich auf mich, und ich war auf das Gewicht seines Körpers nicht vorbereitet und konnte nicht verstehen, was geschah.

Den Polizisten, der über mir kniete, konnte ich eindeutig erkennen, die anderen sind gesichtslos, nur Uniformen, Pistolenhalfter und Schlagstöcke.

Ich gehe einen Schritt zurück, habe Angst, die Krankenwagen wieder zu sehen, und weine dabei fast wieder.

Ich erinnere mich: An der Biegung des Weges roch es nach Holz, und Papa sang alte Volkslieder, während er es absägte.

Er hörte damit auf, als Mama starb.

Die Dämmerung bricht herein, die Vögel singen in den Baumkronen das Abendlied, und unser Haus mit seinem blassgelben Putz erhebt sich gegen den Himmel. Ich spähe hinter dem Stamm eines Birnbaums hervor und habe Angst, gesehen zu werden. Die Fenster glänzen dunkel, und von der Leiter, die in den ersten Stock führte, ist nichts mehr zu sehen.

Die ganze Zeit habe ich mir vorgestellt, dass unser Haus, wenn nach uns jemand einzieht, das nicht so einfach wegsteckt und von selbst auseinanderfällt. Aber es steht da, als wäre nichts passiert, nur die Traufe hat sich von der Wand gelöst, der Putz ist an ein paar Stellen abgefallen und ein paar Kacheln haben Moos angesetzt.

Die erste Fledermaus kreist über meinem Kopf.

Ich gehe ein paar Schritte auf das Haus zu. Ich fühle mich so sehr zu ihm hingezogen, dass ich an nichts anderes denken kann. Bin ich wirklich verrückt?

Die Bank auf der Türschwelle ist verschwunden. Hier hat Papa immer gesessen und sich mit dem abgefunden, was kommen würde.

Denkt daran, Mädchen, wir können nichts gegen die da oben tun, aber das macht nichts, wir werden mit unserem Leben weitermachen und der Herr wird uns helfen.

Und so lebten wir unser eigenes Leben, jeden Abend ging Papa auf die Veranda hinaus, machte einen Spaziergang auf der Wiese vor dem Haus, ging zum Brunnen, und wir gingen mit ihm.

In Dobřany haben sie ihn namenlos ins Grab geworfen, und Anna und Lida auch, als wären sie keine Menschen, sondern alte zerrissene Säcke.

Alte Siebe

Wachtmeister Sejkora befürchtete, dass der Geruch einer toten Kuh ihn im Flur überwältigen würde, aber alles, was er riechen konnte, war der saure Geruch von Erde und der schwache Geruch nach Mäusen. Nach dem Krieg hatte er in Winterberg und Umgebung Hunderte von verlassenen Häusern gesehen, deren Böden aufgerissen waren, aber hier schien niemand nach Schätzen zu suchen. Es gab keine Möbel mehr, nur einen verrotteten Weidenkorb in der Ecke, in dem die Jandas wahrscheinlich Brennholz transportiert hatten.

Vor Jahren, nach einer Überschwemmung, betrat er ein ähnliches Gebäude in der Nähe von Sudslavitz: Hunderte von großen Gläsern mit Deckeln, die mit großen orangefarbenen Gummibändern befestigt waren. Einweckgläser mit Pflaumen- und Kirschkompott schwammen im Erdgeschoss wie U-Boote, die in einer großen Unterwasserschlacht aufgetaucht waren, um den Feind zu bekämpfen. Aber hier hatte er das Gefühl, dass das ganze Haus zur Kenntnis genommen hatte, dass der Krieg bereits verloren war.

Er ging in den ersten Stock hinauf und blickte auf die Wiese vor dem Haus. Die Janda-Mädchen waren durch dieses Fenster hinein geklettert und hatten versucht, die Beamten des Nationalausschusses abzuschütteln.

Auch die Güllegrube war nicht mehr vorhanden, aber die Fensterbänke waren nicht staubig, also kam jemand, um zu putzen. Frau Přerostova behauptete, sie habe keinen Schlüssel, und die Vorstellung, dass Hůlovec sich um das Haus kümmern würde, erschien ihm lächerlich.

Auf dem Dachboden begutachtete er den Dachstuhl, der in einem recht guten Zustand zu sein schien. Es gab alte Siebe zum Trocknen von Kräutern und ein paar leere Holzkisten, in denen, den Fußspuren nach zu urteilen, ein Marder geschlafen hatte.

Er ging die Treppe hinunter und öffnete die Tür des Zimmers, in dem ihr kranker Bruder damals gelegen hatte. In der Mitte des Raumes, durchflutet von den letzten Sonnenstrahlen, die nach Westen führten, stand ein Holzstuhl, und darüber sah man noch den ewigen Abdruck des Kruzifixes. Er setzte sich, nahm seine Mütze ab, löste seinen Gürtel und blickte auf den Hügel vor dem Fenster, wo damals die Kinder saßen, die gekommen waren, um František zu verspotten.

Es herrschte eine Stille, wie er sie seit Jahren nicht mehr gefühlt hatte.

Abgedroschene Karten

Die hölzerne Schwelle ist mit Gras überwuchert, und keine Kuh muht aus dem Stall. Wohnt hier denn niemand?

Wir versteckten den Schlüssel unter einem flachen Stein bei der Türschwelle und schlossen das Haus nur ab, wenn wir zur Kirche gingen. Ich beuge mich hinunter, aber der Schlüssel ist nicht zu finden.

Ich stehe auf der Türschwelle, vor mir eine zerkratzte Tür, an die Leute aus der Nachbarschaft zu klopfen pflegten, wenn sie ein Hemd oder ein Kleid geändert haben wollten.

Ich kann nicht hineingehen.

Die Tür ist nicht abgeschlossen!

Das raubt mir den Atem. Als ich den Griff festhalte, denke ich an Matilda, die tot hinter der Tür liegt. Wenn hier niemand wohnt, wartet dann nicht ihr riesiges Skelett auf mich?

Nein, Matilda wurde weggeschleppt, aber die Mäuse sind wir nicht losgeworden. Sie riechen wie vor Jahren, sie schwärmten nachts im ganzen Haus herum und bauten am Morgen unermüdlich Gänge im Gras und auf der Veranda.

Der Gang hinter der Tür ist leer, nur ein verrotteter Weidenkorb lehnt in der Ecke, in dem wir früher Brennholz transportiert haben. Ansonsten ist nichts mehr da außer unserer guten alten, ausgetretenen Erde.

Ich trete auf die Treppe, an der wir jeden Abend die Leiter hochgezogen und morgens wieder angelehnt haben. Sie schwankte in unseren Händen, als wären wir Jakob, der jeden Tag seines Lebens mit einem Engel ringt. Aber überall herrscht Stille, keine Spur von Františeks Wimmern, von den Rufen „Halt die Leiter fest!“, von den Stimmen unserer Familie. Anna sagte immer irgendetwas zu Lida, oder sie stritten sich um den Kamm und jagten sich dann gegenseitig durch das Haus.

Mir kommt es vor, als wäre ich erst gestern von hier weggegangen.

Aber ist die Heimat nicht ein Ort, den wir immer schon längst verlassen zu haben scheinen, weil die Zeit von hier aus nirgendwo mehr hinführen kann?

Rechts ist das Zimmer, in dem ich mit meinen Schwestern geschlafen habe. Die Schränke, in denen wir unsere Kleidung, Aussteuer und Sparbücher aufbewahrten, und die Betten, in denen wir mit den kleinen Lämmern lagen, sind verschwunden. Papa war immer böse, aber wenn die Lämmer geboren wurden, waren sie so süß!

Abends saß er auf der Bettkante und redete eine Weile mit uns, dann deckte er uns zu, machte ein Kreuz auf unsere Stirn, wünschte uns eine gute Nacht, und wir beteten zu unserem Schutzengel.

Dann hörten wir, wie Anna im Bett auf einer Karotte kaute.

Das Licht der Morgendämmerung fiel durch dieses Fenster auf mich, und bis wir weggeschleppt wurden, schlief ich nirgendwo anders. Jeden Morgen hörte ich František jammern. Wir schafften es irgendwie, dann starb Matilda. Anna schien am meisten Kraft zu haben, sie krempelte die Ärmel hoch und versuchte, den Fleischberg wegzuschieben, wir halfen ihr, aber sie bewegte sich keinen Zentimeter. Und dann fing Anna bei der toten Matilda an zu weinen und konnte nicht mehr aufhören, und von da an liefen wir im Haus herum wie Gespenster, niemand lachte, uns gingen die Kartoffeln und Karotten aus, unsere Kleider hingen an uns wie Lumpen an Puppen, wir hörten auf zu reden und zu lachen, und Nacht für Nacht weinten wir nur noch.

Unter meinem Bett, im Schatten der Wand, war ein Loch im Boden, wo wir unsere Schätze versteckten: Spielkarten, die Anna von einem Jungen aus Čkyně fürs Haareschneiden bekommen hatte, Lidas Ring, den sie im Wald gefunden hatte, und mein Herbarium aus getrockneten und gepressten Pflanzen, versteckt in einer Leinentasche. Wir legten immer einen flachen Stein auf das Loch und schoben den Fuß des Bettes darauf.

Der Stein liegt immer noch da, und mein Herz rast. Ich bücke mich und hebe ihn vorsichtig auf. Das Versteck ist leer, sie haben uns alles weggenommen, wahrscheinlich sogar das Kruzifix in dem Raum, in dem František lag.

Ich gehe die Treppe hinunter und bleibe vor der Tür stehen.

Ich kann nicht hineingehen.

Und wissen Sie, was ich denke?

Dass da jemand ist, der atmet.

Marie,
du
musst
hineingehen.

Sichere Engelsflügel

Die Uniform taucht direkt vor mir auf, eine monströse Gestalt, die fast zwei Köpfe größer ist als ich, genau wie die, die mich gefangen hat, und ich schreie: „Lassen Sie mich los! Lassen Sie mich los!“ Oder ich glaube, ich schreie, denn woher weiß man, ob das, was aus dem Mund kommt, die eigene Stimme ist?

Und ich weine, weil ich befürchte, dass er mich packen und auf den Boden werfen wird, sich dann auf mich kniet, mir eine Spritze in den Arsch setzt und mich dann schnell zurück ins Krankenhaus fährt. Dann geht alles wieder von vorne los.

Aber das ist nicht das Schlimmste.

Jetzt habe ich endlich den Beweis, dass ich in den letzten Jahren in der Klapsmühle wirklich den Verstand verloren habe.

Ich gehorchte der Stimme, die sich in meinem Kopf festgesetzt hat.

Warum habe ich mich nicht gewehrt, als sie mir die Pillen verabreicht haben?

Bitte gebt sie mir nicht, seht ihr nicht, dass sie mir den Kopf wegpusten?

Woher denn, ich und mich wehren? Das wäre was ganz Neues. Ich habe keine Gedanken mehr, nur noch eine Stimme, die mich direkt zur Polizei führt.

Mit wem habe ich in den letzten vierundzwanzig Jahren gesprochen? Mit Karel Šebek, von dem sogar sein bester Freund weiß, dass er verrückt ist, mit Turzovka und Witwe Gagarin, die völlig verrückt sind, mit den Krankenschwestern, die, als sie etwas für sie nähen mussten, sagten, sie würden nett zu mir sein, weil ich so ein armer kleiner Wicht bin.

„Fassen Sie mich nicht an!“, schreie ich, denn ich werde nie mit meinen Gedanken allein sein, nur mit meinem Wahnsinn.

Ist es überhaupt möglich, dass ich morgens aufgestanden bin, meine Augen geöffnet habe, gelächelt habe, nach draußen gegangen bin, die Wiese, den Wald und den Himmel genossen habe, die Kuh aus dem Stall gemuht hat, die Schafe geblökt und die Vögel gesungen haben, Mama und Papa mich begrüßten und Anna und Lida mich zu necken begannen, dass ich eine Heilige sei und mir eines Tages sicher Engelsflügel wachsen würden und ich über den Garten schweben und die hungrigen Stare verjagen würde?

„Fassen Sie mich nicht an!“

Ist das der Typ, der uns erwischt hat?

„Sie haben mich damals verhaftet! Lassen Sie mich in Ruhe!“

Ist das nicht alles nur ein Alptraum?

Nein, da sind unsere Fenster und der Hang dahinter, ich schreie aus Leibeskräften, obwohl ich meine eigene Stimme nicht hören kann, und ich sehe wahrscheinlich so friedlich aus wie immer.

Deshalb hat meine Mutter mich nach der Muttergottes benannt, weil sie immer nur tat, was ihr gesagt wurde, und nie Fragen stellte. Als ein Engel erschien und ihr sagte, dass sie die Mutter von Jesus Christus sein würde, antwortete sie ihm:

Ich bin die Magd des Herrn, mir geschehe nach deinem Wort.

Dann war sie ein paar Jahre lang still, bis Josef eines Abends nach Hause kam und ihr befahl: *Du musst deine Sachen packen, wir fliehen heute Nacht nach Ägypten!*

Hatte sie Einwände?

An diesem Abend reiste sie mit ihm in ein fremdes Land.

Niemand hört meine Schreie, die Welt ist nicht bereit für meine Stimme, die ich heute im Auto für einen Moment fand, als ich mit dem netten Fahrer über sein zerrissenes Hemd sprach.

„Sie dürfen sich nicht auf mich knien! Ich will die Spritze nicht!"

Süßer Nachgeschmack

Kaum hatte die Frau seine Uniform gesehen, verzog sie das Gesicht und schrie: „Lassen Sie mich los!"

Dann öffnete sie wieder den Mund, aber es kam kein Wort mehr heraus. Graublaue Augen starrten ihn in völliger Panik an. Das hagere Gesicht war von tiefen Falten gezeichnet. Sie sah aus, als wäre sie mehr als sechzig Jahre alt, trug ein hellgrünes Kleid mit Taschen, das an eine ungewaschene Schürze erinnerte, helle Schuhe an den Füßen, einen grauen Schal mit Mohnblumen. In der Hand hielt sie einen Weidenkorb, aus dem ein grauer Pullover ragte.

Sie roch nach Schweiß und Schmutz.

„Lassen Sie mich los!", schrie sie erneut. Jetzt starrte sie auf die Wand hinter Sejkora, an der früher das Kruzifix hing.

Hat sie einen Anfall?

„Lassen Sie mich los!", wiederholte sie, und dann öffnete sie träge den Mund, und die Krähen krächzten draußen vor dem Fenster. Als er früher mit Verrückten zu tun hatte, waren es meist Männer, die er schließlich beruhigte, aber wie sollte er mit diesem Weib umgehen?

Was macht sie denn hier? Kommt sie hierher, um zu putzen?

„Sie dürfen sich nicht auf mich knien! Ich will die Spritze nicht!"

Was? Spritze?

Přerostova sagte, sie habe die Polizisten und Pfleger gesehen, die sich mit Spritzen in der Hand auf die Mädchen knieten...

Er schluckte.

„Ist Ihr Name Jandová?", flüsterte er.

Verdammt noch mal! Er brauchte nur zum Telefon zu greifen und in Dobřany nachzufragen, ob noch jemand von den Jandas lebt. Und wenn er Pech hat, wird diese Frau die jüngste Tochter sein, der jetzt das Haus gehört. Wie war ihr Name? Anna? Lida? Nein, das waren die Älteren.

In seinem Kopf hörte er bereits, wie der Chef ihn ein Arschloch nannte.

Denn wenn der Besitzer dieses Hauses noch lebt, geht alles, was er zum Chef gesagt hat, zum Teufel, und die Geheimen aus Prachatitz können auch zum Teufel gehen.

Die Frau taucht vierundzwanzig Jahre lang nicht auf, nein, sie beschließt, an dem Tag aus der Anstalt zu fliehen, an dem er den perfekten Plan zur Rettung des armen Hůlovec ausheckt.

„Sie waren es!", schrie sie.

Und sie denkt, ich hätte sie auf der Wiese erwischt?

Das ist Blödsinn.

Ich war damals erst 15 Jahre alt!

„Sind Sie Jandová?", brüllte er sie an.

Die Frau antwortete nicht.

Er griff nach dem Korb, und sie ließ ihn aus der Hand gleiten, was er als erstes Zeichen dafür nahm, dass sie sich vielleicht ein wenig beruhigte.

Er fand einen verdächtig großen grauen und braunen Pullover und eine Flasche mit Schraubverschluss. Er öffnete sie, schnupperte und roch einen schwachen Hauch von Alkohol.

Diese Frau ist eine Alkoholikerin. Vielleicht ist ihr Bruder deshalb vom Dach gestürzt.

„Wer sind Sie? Was machen Sie hier?"

Sie starrte wortlos auf seine Uniform. Er wäre froh, wenn ein einziges Wort aus ihr herauskäme. Ihre Hände zitterten. Und was jetzt? Er kann sie nicht ins Krankenhaus bringen. Die Ärzte wollen wissen, wer sie ist und was sie hier macht. Aber wenn sie aus Dobřany geflohen ist, ist es möglich, dass niemand in der Gegend von ihr weiß.

Also tut er seine Pflicht, nimmt sie mit nach Hause und fährt sie am Morgen zurück nach Dobřany, und niemand außer Eva weiß von ihr.

Vor allem nicht der Chef.

Er war sofort erleichtert, nicht zuletzt, weil es jedes Mal, wenn er den Chef überging, das Beste war, was er tun konnte.

„Sind Sie Anna Jandová? Oder Lida?"

Sie antwortete nicht und zeigte auch nicht, dass sie ihn überhaupt hörte.

„Sind Sie allein hier?"

Sie starrte weiterhin hilflos an die Wand und schluckte ihre Tränen hinunter.

Wenn er sich nur an ihren Namen erinnern würde!

„Kommen Sie mit."

Sie bewegte sich keinen Millimeter.

„Ich sagte, kommen Sie mit!", rief er verzweifelt, und sie bewegte sich endlich.

Sie saß im Wagen, legte die Hände auf den Korb und schaute geradeaus. Er war froh, dass sie nicht schrie oder den Mund aufmachte wie ein Fisch auf dem Trockenen.

„Nehmen Sie irgendwelche Medikamente?"

Auch jetzt hat er keine Antwort erhalten. Aber wenigstens zitterten ihre Hände nicht mehr so sehr.

Warum ist sie jetzt weggelaufen?

Was will sie hier?

Er öffnete das Fenster. Aber es wäre noch viel schlimmer gewesen, wenn sie in dem Moment aufgetaucht wäre, als die Prachatitzer den Kaufvertrag unterzeichnen wollten.

Die Dunkelheit fiel wie schwarzer Tau auf die Landschaft unter dem Kubany-Urwald. Wäre es nicht sicherer, sie gleich nach Dobřany zurückzubringen? Aber wie lange würden sie warten müssen, bis sie einen Arzt fanden, der die Einweisungspapiere unterschrieb?

Er hätte sie an der Tür der Anstalt zurücklassen und verschwinden können. Aber was ist, wenn die Frau sofort wieder wegläuft?

Und wenn es nicht die Jandová ist?

„Haben Sie einen Ausweis dabei?"

Ein faltiges, ausgemergeltes, ausdrucksloses Gesicht blickte ihn an.

Er hat keine Fotos von ihrer Familie gesehen und wird sie wahrscheinlich auch nie sehen.

Was ist, wenn er bei Tonda Hůlovec anhält und herausfindet, wer die Frau ist?

Aber was ist, wenn Hůlovec morgen in eine Kneipe in Nahořany geht und die Neuigkeiten über Jandová zum Besten gibt? Das Revier wird mit verängstigten Anrufen überschwemmt, dass in den Wäldern zwischen Winterberg und Čkyně eine Mörderin frei herumläuft, die sich aus einer Irrenanstalt freigeschossen hat.

Nein, niemand darf von dieser Frau wissen.

Wie eine Marionette blickte sie in die Landschaft hinaus, in der sich die Hügel wie Federn aus der Dunkelheit erhoben, und umklammerte mit beiden Händen den Korb.

***

Er parkte in einer Ecke am Vorplatz der Dienststelle, wo das Licht der Straßenlaterne nicht hinfiel.

„Gehen Sie nicht weg."

Er schloss sie im Auto ein und betete, dass der Chef nicht mehr in der Dienststelle saß.

Sein Kollege Petrusek schob Dienst.

„Ich muss einen Bericht schreiben“, erklärte Sejkora, der Petrusek nicht traute, und ging in sein Büro, um das Telefonbuch herauszuholen.

Niemand ging ans Telefon, bis sich beim dritten Versuch die schroffe Stimme einer älteren Frau meldete.

„Psychiatrische Klinik Dobřany.“

Sejkora nannte seinen Namen und seinen Dienstgrad.

„Haben Sie diese Woche irgendwelche Patienten vermisst?“

„Ich weiß es nicht.“

„Holen Sie mir einen Arzt.“

„Die Ärzte sind nicht mehr da.“

„Okay. Verbinden Sie mich mit der Notaufnahme.“

„Dies ist die Notaufnahme.“

„Verbinden Sie mich mit einem Arzt.“

Es gab einen Arzt, den er vor Jahren angerufen hatte, aber er hatte seinen Namen vergessen.

„Es ist wichtig“, sagte er.

Der Hörer knisterte.

„Dr. Vraný.“

„Wachtmeister Sejkora, Polizei Winterberg. Können Sie mir eine Patientin namens Jandová suchen?“

„Sie meinen die Jandová aus Pilsen, die vier Flaschen Schnaps auf einmal ausgetrunken hat? Um diese Zeit ist niemand in der geschlossenen Abteilung.“

„Wie alt ist sie?“

„Neunzehn.“

„Dann ist sie es nicht.“

„Und dann ist da noch eine Jandová aus Marienbad.“

„Wie alt ist sie?“

„Über dreißig.“

„Das ist sie auch nicht.“

„Dann ist da noch eine Jandová aus Ďáblice, sie ist eine Kleptomanin."

„Ich meinte Jandová aus Čkyně oder Záhoříčko."

„Warten Sie … nein, wir haben keine andere Jandová in den Akten. In welcher Abteilung soll sie denn sein?"

„Ich weiß es nicht. Vielleicht ist Dolany oder Winterberg als Wohnort angegeben."

„Ich sage Ihnen, es gibt keinen anderen Jandová. Rufen Sie morgen früh an. Oder haben Sie jemanden erwischt, der behauptet, aus Dobřany geflohen zu sein? Schau, die Leute erfinden Dinge und …"

Sejkora legte auf. Als er aus dem Fenster der Dienststelle auf die andere Straßenseite schaute, sah er Cívka am Fenster des Hotels.

***

„Gehst du einen mit mir trinken?", begrüßte Cívka ihn mit unverhohlener Freude. Er sah immer so aus, als hätte man ihm in der Kneipe schon mehrere Bier ausgegeben.

„Nein, ich muss wissen, was es Neues gibt."

Sejkora setzte sich so hin, dass er den Vorplatz sehen konnte. Er wischte sich den Schweiß von der Stirn und kam zu einem tragischen Schluss: Er würde auf keinen Fall ein Bier bestellen.

„Etwas Neues? Zum Beispiel, wer uns an die Prachatitzer verraten hat? Das lässt mich nicht los", gab Cívka zu.

„Was ist mit meinem Papa!"

„Du weißt nicht, dass sie ihn gefunden haben?"

„Endlich", freute sich Sejkora. In diesem ganzen Elend gab es wenigstens eine gute Nachricht. „Wo?"

„Unter dem Martinsberg."

„Wer hat ihn gefunden?"

„Ein Heger ist auf seinen Hochsitz geklettert und dein Papa schnarchte da wie ein Baby."

Sejkora war erleichtert, denn sein Vater konnte einen Monat lang auf dem Hochsitz bleiben, und die

Wälder unterhalb des Martinsbergs waren normalerweise menschenleer.

„Wo sind die beiden?"

„Vor einer Stunde rief ein Heger an und sagte, dass sie in Hrabitz in der Kneipe warten würden."

„Hast du das Gespräch entgegengenommen?"

„Petrusek hat es angenommen."

„Was für ein Heger hat ihn gefunden?"

„Das hat er nicht gesagt."

„Weiß der Chef darüber Bescheid?"

„Er war ziemlich schlecht gelaunt und ist schon nach Hause gegangen. Was hast du mit ihm gemacht?"

„Ich werde es dir morgen erzählen."

Wachtmeister Sejkora stand auf und ging zurück zum Auto. Ein riesiger runder Mond ging am Himmel auf. Es ist gut, dass Papa so vernünftig ist, im Sommer wegzulaufen.

Aber was ist mit dieser Jandová? Soll er sie nach Hause mitnehmen? Keiner darf von ihr wissen. Wenn Papa und der Heger sie sehen, wird er ihnen sagen, dass sie sich verlaufen hat, und er sie zurück nach Stachau bringt. Ihr Name ist Voldřichová, denn dort heißen alle Voldřich, und es ist noch niemandem verdächtig vorgekommen, nicht einmal den Schlauköpfen aus der Kreisstadt.

Er setzte sich hinters Lenkrad. Die Frau neben ihm bewegte sich nicht. Er schluckte und startete den Wagen.

***

Die Stammgäste in der Hrabitzer Kneipe sahen von ihren Spielkarten auf. Sie waren darüber besorgt, dass die Polizei etwas von ihnen verlangen könnte. Heute saßen dort alle lokalen Helden – der skrupellose Spieler Škopek, der Fernsehmechaniker Hons und ein paar andere, die er in die Irrenanstalt Dobřany hätte schleppen können, und niemand hätte sich gewundert. Im Gegenteil, in den umliegenden Dörfern hätten ihm die Bürger die Hände geküsst.

„Welcher Heger?", fragten die Hrabitzer mit weit aufgerissenen Augen.

„Ich weiß nicht, was für ein Heger, ich frage nur, ob heute einer vorbeigekommen ist!“

„Keiner war da. Hat er etwas getan? Hat er jemanden aus Winterberg umgelegt? Das passt, da leben nur Gauner! Und wenn du ihn erwischst, fragst du ihn dann, ob er mit uns Karten spielt?“

Sejkora ist lieber abgehauen.

Der Vollmond überschwemmte die nächtliche Landschaft mit Licht, und die Frau auf dem Sitz neben ihm schwieg. Nach einem halben Kilometer Fahrt erfassten die Scheinwerfer des Wagens eine Gestalt am Straßenrand.

Papa trug eine zerknitterte Schwarzenberger-Uniform, einen Stock in der Hand und einen Ranzen über der linken Schulter, so wie es der Fürst angeordnet hatte. Und er tat so, als ob nichts passiert wäre, nur ein unschuldiger Pilger auf seinem Weg durch den mondbeschienenen Böhmerwald.

„Papa! Ist dir nicht kalt?“

Papa machte sich nicht die Mühe, zu antworten, er konzentriert sich auf die Asphaltkrümel im Scheinwerferlicht des Autos.

„Ist jemand bei dir?“

„Du“, sagte Papa erstaunt.

„Gibt es hier einen anderen Heger?“

„Und woher soll der denn kommen? Die Schwarzenbergs sind alle tot! Oder meinst du die, die mit dem Fürsten nach Murau in die Steiermark abgehauen sind, wo die Familie Schwarzenberg nach dem Krieg ihren Sitz hatte?“

„Willst du etwas trinken?“

„Ja, aber kein lauwarmes Leitungswasser.“

„Wir fahren nach Hause.“

„Ich gehe auf ein Bier.“

„Papa, wir müssen nach Hause.“

„Warum?“

„Eva macht sich Sorgen um dich.“

„Du hast mir versprochen, dass wir in die Kneipe in Hrabitz gehen, und jetzt sagst du mir, dass mir der Schnabel wieder trocken bleibt?“

Sejkora erkannte, dass der Heger, der ihn auf seinem Hochsitz gefunden hatte, seinem Vater eine Kneipe versprochen hatte, um ihn zum Herunterkommen zu bewegen.

Aber wo ist er?

Sejkora schaute sich am Waldrand um.

„Ich bin so durstig wie ein Mohammedaner in der Wüste“, beschwerte sich Papa, „und die beste Kneipe im Böhmerwald befindet sich gleich hinter dem Wald. Es ist lustig mit den Hrabitzern, sie machen Witze, dass dir die Rippen abfallen. Kennst du Hons und Škopek? Die freuen sich immer, wenn sie mich sehen: Herr Sejkora, gehen Sie noch nicht, erzählen Sie uns von Prinzessin Hilda ...“

„Ja, Papa, ich kenne sie, aber jetzt fahren wir nach Hause.“

„Ich werde nicht mit dir nach Hause fahren. Hier beim blauen Mond mache ich einen Ausflug, den ganzen Tag ohne einen Schluck, die Nieren quietschen bereits ...“

Sejkora hörte, wie sich die Tür hinter ihm öffnete. Die Frau stieg aus. Sie hielt die Flasche in der Hand und hielt sie seinem Vater hin. Durch das offene Fenster musste sie die beiden sprechen gehört haben.

Mit undeutlicher, heiserer Stimme sagte sie:

„Sie können Wasser aus unserem Brunnen trinken, Herr Sejkora.“

Vaters Augen blickten in die Vergangenheit, schauten sich suchend um und tauchten in die Flut des Mondlichts ein.

„Nun, setzen Sie mir ein Geweih auf, wenn ich Sie nicht kenne ...“

Aus dem Schatten der Fichten rechts der Straße trat Fučík, ein Heger in einem hellgrünen Forsthemd, der die Knöpfe seiner Hose zuknöpfte.

„Haltet meine Hose fest, Kumpel“, rief er, kaum dass er meine Begleiterin erblickt hatte, „wenn das nicht unsere berühmte Schneiderin ist, Marie Jandová von den Sieben Dieben!

Was machst du hier, Mädchen?“

Mittwoch

Alte Karten

Evas Bett war ordentlich gemacht. In Sejkoras Kopf spielte sich die übliche Abfolge verschiedener Szenen ab: Papa rannte durch den dunklen Wald, Krymus bot ihm ein Flaschenbier aus der Schubkarre an. Und der Chef öffnete auf der Wache einen Schrank, in dem sich ein riesiger, schimmeliger, stinkender Weißkäse in Form eines Skeletts befand.

Ich habe ihn selbst dort hineingesteckt, dachte Sejkora und stellte sich vor, wie begeistert sein Vorgesetzter seinem Kameraden in Prachatitz am Abend zuvor wohl ein schönes Böhmerwaldhaus versprochen hatte, das frei war, weil es keinen Besitzer gab.

Aber die Besitzerin liegt in Kristýnas Zimmer.

Sein Plan, Marie unter Verschluss zu halten, war völlig in die Hose gegangen. Es kam, wie es immer kam, wenn er seinen Vater auf der Flucht rettete: Der Vater bereitete ihm im Gegenzug ein grandioses Desaster.

Wie kann Sejkora ihn davon abhalten, jedem, den er trifft, von Marie Jandová zu erzählen? Mit dem Wildhüter Fučík wird es noch schlimmer. Er schlug gestern Abend vor, das glückliche Wiedersehen mit Marie und das Auffinden des alten Sejkora in der Kneipe in Rabitz zu begießen. Schließlich ließ er sich in der Kneipe *Korea* absetzen. Sein Vorschlag: Wenn die Polizei nach Vermissten sucht, müsse sie nur dort zu ihm in den Schankraum gehen und ihm eine Flasche Jägermeister ausgeben.

Beim Bier würde er jedem erzählen, dass er Marie Jandová von den *Sieben Dieben* getroffen hatte. Eine Ortschaft mit Namen *Sieben Diebe*? Und diese soll sich im Böhmerwald befinden? Die Stammgäste beugen sich sofort über die alten Militärkarten, die sie am Fenster unter einem Stapel Zeitungen verstecken, und gehen sie eine nach der anderen durch, bis einer von ihnen triumphierend ruft:

„Na klar, Leute, die Einöde *Bei den Sieben Dieben,* die gibt es wirklich, sie befindet sich ein Stück oberhalb von Čkyně!"

„Und die Frau ist aus Dobřany geflohen?"

„Wie denn?

Hat sie einen Pfleger oder eine Krankenschwester getötet?

Konnte sie Krymus nicht mitnehmen?"

„Was, wenn wir selbst losziehen und ihn rausholen?"

„Und wann?

Wie wär's mit morgen früh?"

„Und wie kommen wir hin?

Mit dem Zug?"

Die Stammgäste des Lokals *Korea* haben immer Millionen von Fragen und sie glauben alles, was ehemalige schwarzenberger Heger wie Papa oder Fučík sagen, aufs Wort, weil diese für sie das genaue Gegenteil der Regime-Propaganda im Radio und Fernsehen sind, die ständig verkünden, wie die staatlichen Wälder und Güter im Böhmerwald die Aufgaben der Planwirtschaft erfolgreich erfüllen. Dabei weiß jeder, dass die Förster im Wald nicht einmal einen von Tollwut gelähmten Fuchs treffen würden. Außerdem gehen die Bauern nicht zur Arbeit, ohne eine Flasche Schnaps zum Frühstück getrunken zu haben.

Was passiert, wenn Doktor Fabiánova von der Flucht des Vaters erfährt? Er stand auf und schaute aus dem Fenster. Papa saß nicht am Kamin, also schlief er vermutlich noch. Nach der gestrigen Anstrengung war das auch kein Wunder. Sejkora schleppte sich ins Bad, putzte sich die Zähne und betrachtete sich besorgt im Spiegel. Sein Gesicht war aufgedunsen und er hatte dunkle Ringe unter den Augen. Und dabei hat er gestern seinen Vater direkt nach Hause gefahren und nichts getrunken!

Wie ungerecht die Welt doch ist!

Eigentlich sollte er über Nacht komplett jünger werden. Er ging zum Zimmer seiner Tochter Krystina und klopfte an.

„Marie?"

Er versuchte es nochmals. Da sich wieder nichts rührte, öffnete er vorsichtig die Tür. Das Zimmer war leer. Die Frau war ihm entkommen!

Gestern hatte er wohl vergessen, abzuschließen. Jetzt würden sie sie fassen. Dann würde sie schreien, Sejkora habe sie, eine Morphinspritze in seiner Hand, auf der Wiese vor ihrem Haus erwischt.

Die Tür zu Vaters Zimmer am anderen Ende des Flurs stand einen Spalt offen. Die Bettdecke war zurückgeschlagen, aber das Bett war leer.

Er schaute aus dem Fenster in den Garten.

Keine Spur von jemandem. Und das Haus ist so still wie ein Friedhof.

Sie sind alle abgehauen.

Was für ein Tag!

Akuter Notfall

Eva kam aus dem Badezimmer und begann, sich für ihre Morgenschicht im Krankenhaus anzuziehen. Die Unordnung in der Küche war nicht größer geworden, denn Sejkora war nicht in der Küche.

„Die Frau ist weggelaufen!", rief er. „Und Papa auch! Hast du nicht abgeschlossen?"

„Möchtest du Kaffee?", fragte Eva.

„Ich sage dir, beide sind abgehauen!", antwortete Sejkora.

„Sie frühstücken unter dem Nussbaum", erklärte Eva.

Sejkora rannte die Treppe hoch und schaute vom Balkon aus auf die andere Seite des Gartens. Der Vater ging dort nie hin, denn er hasste das Martinshorn der Krankenwagen, das von der Straße zum Krankenhaus heraufdrang.

Er saß mit Maria an einem Tisch, den er samt Stühlen aus der Garage geholt hatte. Daneben hatte er bereits mit Tannenzapfen und Zweigen, die er bei Spaziergängen in der Gegend gesammelt hatte, ein Lagerfeuer vorbereitet. Er erzählte breitspurig, gestikulierte mit den Händen, wobei Maria ihm gegenüber steif wie eine Puppe saß. Zum

Glück hat er das Porträt von Prinzessin Hilda nicht unter den Nussbaum gestellt, dachte Sejkora und ging zurück in die Küche.

„Er trägt seine verdammte schmutzige Uniform. Hast du sie nicht in die Wäsche geworfen?“

„Doch habe ich, aber Papa hat sie wieder herausgeholt und Marie hat sie geflickt.“

„Ich werde diesen Fetzen mit Benzin übergießen und vor seinen Augen verbrennen!“

„Das kannst du ihm nicht antun.“ Eva stellte den Kaffee vor Sejkora ab: „Ich habe Marie gestern Abend vom Fenster aus im Garten gesehen.“

„Sie ist rausgekommen? Du hast sie nicht eingesperrt?“

„Nein. Sie ging in den Garten, blieb dann stehen, sprach einen Moment mit sich selbst und kehrte schließlich in ihr Zimmer zurück.

Ist es nicht seltsam, dass sie nicht weggelaufen ist?“

„Alles an ihr ist seltsam, sie ist eine Verrückte.“

„Sie bat mich um zwei Flaschen mit Bügelverschluss.“

„Wie für Schnaps?“

Eva sah ihn überrascht an. „Hat dir jemand eingeredet, dass sie Alkoholikerin ist?“

Sejkora antwortete nicht. Schließlich war er überrascht, dass Marie mit Eva gesprochen hatte.

„Was hat sie dir gesagt?“

„Dass ihr Bruder sehr krank ist und sie das Wasser braucht, um ihn zu heilen. Deshalb ist sie weggelaufen.“

Sejkora glaubte der Erklärung mit dem Heilwasser nicht.

„Wirst du sie zu dem Brunnen bringen?“

„Ich habe keine Ahnung, was ich mit ihr machen soll. Das macht mich selbst wahnsinnig. Was hat sie noch zu dir gesagt?“

Eva erzählte ihm, was er bereits aus den Papieren wusste, die Cívka für ihn vorbereitet hatte.

„Erinnert sie sich an die Polizisten, die sie damals verhaftet haben?“

„Danach habe ich sie nicht gefragt. Ich bot ihr an, ihre Kleidung zu waschen, aber sie wollte nicht. Angeblich muss sie sie zurückgeben. Wie lange bleibt sie hier?“, fragte Eva.

„Ich bringe sie heute nach Dobřany zurück“, antwortete er.

„Sie ist eine freundliche und bescheidene Frau. Hast du etwas Böses mit ihr vor?

„Ich? Nein.“

„Wenn künftig jemand bei uns übernachten soll, sag vorher Bescheid.“

Eva will natürlich das letzte Wort haben. Sie glaubt, seine Arbeit lässt sich planen, wie die Patientenaufnahme in ihrer Kinderabteilung. In seinem Job geht es aber um Notfälle. Er muss sofort mit allem, was zur Verfügung steht, einschneidende Maßnahmen ergreifen.

Er trank seinen Kaffee aus, stopfte sich einen Käsekuchen in den Mund und trat hinaus in den sonnigen Sommermorgen. Direkt vor ihm, auf einem Felsvorsprung über dem Mörderbach, der zufrieden vor sich hin plätscherte, glitzerte die riesige Burg von Winterberg. Er kannte sie so gut, dass er glaubte, neue Risse in den Wänden und Schmutzflecken an den Fenstern zu sehen.

Am Tisch unter dem Walnussbaum rief Papa: „Es war genau wie hier, jeder hatte ein Schwein im Wald versteckt um es schwarz zu schlachten!“

Zwei Maurer und Frau Šramlová sind ihnen von der Hauptstraße aus entgegengekommen. Schon vor dem Mittagessen würde sich ganz Winterberg erzählen, dass Vater eine Frau abgeschleppt hat.

Marie und sein Vater unterhalten sich dort, als wäre nichts geschehen, dachte Sejkora. Es waren zwei Verrückte auf der Flucht, die beide noch auf wundersame Weise frei waren.

Kaum hatte sie ihn bemerkt, wurde Marie blass, wobei sich Sejkora erinnerte, wie sich ihr Gesicht vor Angst verzerrt hatte, als sie ihn gestern sah. Ihr Gesichtsausdruck ähnelte heute dem einer verzauberten Magd aus dem Märchen Dornröschen.

Aber die dunklen Ringe unter ihren Augen verschwanden, und ein wenig Farbe kehrte auf ihre Wangen zurück. Der Korb stand auf dem Tisch neben dem Blechbehälter, in dem Eva seinem Vater das Mittagessen aus dem Krankenhaus brachte.

„Kümmere dich nicht um diesen Kerl, Marie“, stellte Papa ihn vor. „Siehst du die Uniform? Nun, er ist leider mein Sohn. Du erinnerst dich doch an ihn, nicht wahr, Marie?“

Jandová schüttelte den Kopf.

„Er hat sich gestern wieder daneben benommen“, ärgerte sich Papa.

„Ich?“, sagte Sejkora.

„Siehst du? Sein Gedächtnis ist so löchrig wie ein Sieb. Ich habe mich immer auf einen Jungen gefreut, und dann habe ich diesen Bastard bekommen.“

Er sagte zu Sejkora: „Trink lieber das Wunderwasser, es wird deinem Gedächtnis helfen.“

„Ich hatte Kaffee.“

„Wie kannst du das Wasser der Sieben Diebe ablehnen? Jeder, der dieses Wasser trinkt, hat ein Gedächtnis wie Lenin! Nimm Antonín Hůlovec oder Marie hier: Sie erinnert sich, wie der Heger Fučík und ich zu ihrem Brunnen gingen! Die Janda-Mädchen hörten mit offenen Mündern zu, denn Fučík und ich waren die ersten Menschen, die sie kannten, die eine echte Prinzessin mit eigenen Augen gesehen hatten.

Du solltest dieses Wasser jeden Tag trinken und du wärst so klug wie Breschnew. Weißt du nicht mehr, wie ich dich zu ihrem Brunnen gebracht habe?“

Sejkora schüttelte den Kopf.

„Marie, wissen Sie, wie viele Quellen ich in meinem Hegebezirk hatte? Siebenundachtzig. Und ich habe mich um alle gekümmert. Heute weiß niemand mehr etwas von ihnen, sie sind alle vertrocknet. Wenn Sie sehen könnten, wie sich die Welt verändert hat ...“

„Wir müssen los“, unterbrach ihn sein missratener Sohn.

Marie stand ohne ein Wort des Widerstands auf, griff nach einem verschrumpelten Apfel und legte ihn in den Korb. Sie sah immer noch so aus, als hätte sie ein schlechtes Gewissen.

In diesem Moment kam ihm der Gedanke ... Was wäre, wenn sie die Anzeige selbst schreiben würde? Sie wollte František helfen und wusste nicht, was sie tun sollte. Sie war genau wie die arme alte Frau Fiedlerová, die versuchte, ihren einzigen Sohn vor dem Armeedienst zu retten.

Marie Jandová ertrug die Vorstellung nicht, dass sie zu irgendeiner Behörde gehen und um etwas bitten müsste, wo sie sich doch immer geweigert hatte, einen Fuß hineinzusetzen. Daher setzte sie sich im Juni 1960 völlig verzweifelt hin und erstattete dem Bezirksausschuss Bericht. Sie konnte schreiben, und Přerostova sagte, sie sei schon immer ein ziemlich kluges Mädchen gewesen.

Das hat auch Antonín Hůlovec über sie gesagt, bevor sie zu diesem Wrack wurde.

Papa steht auf.

„Wohin gehst du?“, fragte Sejkora.

„Ich habe vergessen, die Hühner zu füttern.“

„Du hast keine Hühner mehr.“

„Weißt du, dass ich heute ein paar fangen werde?“

Marie betrachtete den Blechbehälter, in dem Eva dem Vater das Mittagessen aus dem Krankenhaus brachte, öffnete den Mund und schloss ihn wieder.

„Haben Sie Hunger?“, fragte Sejkora, aber er wusste, dass er von Marie keine Antwort bekommen würde.

Er begleitete sie zum Auto und öffnete die Tür.

Sie ließ sich auf dem Vordersitz nieder und hielt den Korb auf ihrem Schoß fest, obwohl er ihr anbot, ihn auf den Rücksitz zu stellen.

„Sitzen Sie gut?“

Sie antwortete nicht. Sie hatte mit Eva gesprochen, sie hatte mit Papa geschwatzt, aber sie wollte ihre Zeit nicht mit ihm verschwenden.

Vielleicht macht ihr meine Uniform Angst. Aber ich kann nicht in einem Unterhemd durch die Stadt laufen, ich würde sofort verpfiffen werden.

Er fuhr zur alten Brauerei Schwarzenberg. Frau Rožánkova, deren Fahrrad letzte Woche gestohlen worden war, winkte ihm aus dem Garten zu. Wie gerne hätte er sich um ihr Fahrrad gekümmert, oder die Jungs von der Baufirma gescholten, weil sie keine Warnleuchte an der Baugrube bei der Brauerei angebracht haben, anstatt dem Chef zu gestehen, dass das Haus der Jandas doch einen Besitzer hat.

Nein, er hat andere Dinge zu tun.

Schwere Stunden

Cívka rief jemanden an und Kaňka war irgendwo und faulenzte. Die Bürotür des Chefs war geschlossen, er hörte ihn telefonieren. Sejkora setzte sich an den Tisch und nahm den Hörer ab.

„Psychiatrische Klinik Dobřany."

Dem Klang ihrer Stimme nach zu urteilen, war sie eine andere Verbindungsperson als gestern. Er nannte wieder seinen Namen und seinen Rang.

„Aus welcher Abteilung kommt der Patient?"

Die erste Frage ließ ihn aufschrecken. Er hatte Marie nicht danach gefragt und hätte es wahrscheinlich sowieso nicht herausgefunden.

„Stellen Sie mich zu Dr. Vrána durch."

„Der hatte gestern Dienst."

„Dann verbinden Sie mich mit seinem Stellvertreter."

„Ich weiß nicht, wer an seiner Stelle Dienst hat."

Die Frau legte auf. Sejkora wählte die Nummer seines Kollegen Kamil, der in Pilsen gedient und in Außergefild ein Häuschen gekauft hatte. Und er hatte Glück, denn Kamil ging schon nach dem ersten Klingeln ans Telefon.

„Hey! Du bringst mir doch eine Flasche mit Böhmerwald-Kräuterwein, nicht wahr?“

„Heute leider nicht, Kamil. Ich muss etwas über die Irrenanstalt in Dobřany wissen.“

„Das ist ein Dschungel, mein Freund, schlimmer als deiner im Kubany-Urwald. Stell dir eine Abteilung vor, an deren Türen es nicht einmal Klinken gibt, und niemand weiß, wie viele Irre sie eingesperrt haben. Seit zwei Jahren haben die Psychiater in diesem Land freie Hand. Die Leute sagen, es sind über 3.000 Menschen in Dobřany. Wen hast du denn da? Irgendeinen Jugendlichen, der gezögert hat, sich rechtzeitig bei der Armee zu melden?“

„Nein.“

„Jemand aus der Familie?“

„Ich suche da eine Frau aus einer Einöde, sie wurde in den sechziger Jahren dort untergebracht.“

„Es gibt dort zwei anständige Ärzte, Herrn und Frau Kraus, aber ich sage dir ganz offen, dass man dich nicht mit ihnen verbinden wird. Was hat diese Frau getan?“

„Nichts, aber die in der Anstalt wollen nicht zugeben, dass sie weggelaufen ist.“

„Dann hat sie etwas angestellt.“

„Was meinst du mit angestellt?“

„Manche Patienten werden für Arbeiten außerhalb des Irrenhauses eingesetzt. Zum Beispiel schickt man Köchinnen, um bei Hochzeiten zu kochen, und wenn sie abhauen, vertuscht man alles, damit es keinen Ärger gibt. Meistens fangen sie sie selbst wieder ein.“

„Kamil, das wusste ich nicht. Du hast einen Drink bei mir gut.“

„Ich habe schon die zweite Flasche Böhmerwald-Kräuterlikör bei dir gut. Im Alter besorgst du mir eine Wohnung bei euch, denn in Winterberg steht gegenüber der Polizeiwache ein tolles Hotel mit einem guten Restaurant, nicht wie hier, wo ich zwei Straßen zum billigsten Gasthaus humpeln muss.“

Kamil legte auf.

Sejkora ging den Flur entlang und hoffte, dass der Chef ihn nicht zu sich rufen würde. Cívka kam mit Brötchen und einer Sülze zurück, die so dürftig verpackt war, dass es in der ganzen Dienststelle roch, aber Sejkora nickte ihm zu und ging auf den Hof hinaus. Er dachte an Krymus, der von den Einheimischen als billige Arbeitskraft benutzt wurde. Eventuell haben sie ihn geschnappt und nach Dobřany geschickt, damit er ihnen einen weiteren Pavillon baut.

Vielleicht hatte Cívka recht. Vielleicht verdient sich die Ärztin Fabiánova etwas dazu, indem sie Häuser vermittelt. Außerdem wirbt sie Bauarbeiter für psychiatrische Einrichtungen an. Er öffnete die Autotür und beugte sich zu Marie:

„Haben Sie für Ärzte und Krankenschwestern genäht? Hat man Sie zu Arbeiten außerhalb des Krankenhauses geschickt?"

Marie nickte.

„Haben Sie einen Ausweis dabei?"

Sie schüttelte den Kopf.

„Gut. Nur noch ein paar Minuten."

Er ging zurück zur Dienststelle. Jetzt stand Borovec' Tür weit offen. Er holte tief Luft, um seinen Chef auf schlechte Neuigkeiten vorzubereiten, aber er war überrascht:

„Was wirst du mir sagen, du hinterhältiger Mistkerl, du verräterischer Schurke?!", spuckte sein Vorgesetzter aus. Sejkora hatte nicht im Geringsten erwartet, dass Heger Fučík die Nachricht von Marie Jandovás Flucht bereits in der ganzen Stadt verbreitet hatte. Zu Sejkoras weiterer Verwunderung holte Borovec ein abgenutztes Schwarzenberg-Fernglas auf den Tisch.

„Das gehört dir, oder?!"

Sejkora brachte nur ein Wort heraus: „Nein."

„Meine eigenen Leute, denen ich vertraute, spionieren mir nach! Ich habe dich jahrelang gedeckt!"

„Ich sehe das Fernglas zum ersten Mal in meinem Leben!"

„Du und die Jungs haben mich Nacht für Nacht aus den Fenstern im ersten Stock ausspioniert. Ich arbeite nachts, während du im Hotel trinkst! Aber jetzt reicht es mir! Ich werde euch alle rausschmeißen!“

Schließlich dämmerte es Sejkora, dass das Fernglas von einem Gauner im Hotel deponiert worden war, der ihnen ihre Jobs wegnehmen wollte.

Aber wer?

„Hau ab und lass dich nie wieder blicken! Schreibe deine Kündigung!“

„Jandová ist da“, platzte Sejkora heraus.

„Welche Jandová?“

„Die Besitzerin des Hauses, das wir den Prachatitzern vermittelt haben.“

Borovec riss die Augen auf. „Was für eine Besitzerin?“

„Na ja, eine Frau, der das Haus gehört.“

„Und das sagst du mir, nachdem ich das Haus den Prachatitzern auf dem Silbertablett serviert habe, indem ich sagte, dass es keinen Besitzer gibt und das Haus komplett umsonst sei?“

„Nun gibt es einen Eigentümer,“ flüsterte Sejkora.

„Gestern kommst du an und sagst, du hast alles geregelt und alle wären schon lange tot! Wo kommt die Eigentümerin nun her? Ist sie aus dem Grab gestiegen?“

„Sie ist aus Dobřany geflohen.“

Borovec wurde bleich.

„Du bist ein Idiot! Ist dir klar, dass das große Probleme macht?“

„Es ist nicht so schlimm, wie es aussieht. In Dobřany gibt es viele Patienten, sodass niemand von ihr weiß. Sie schickten sie heimlich zum Arbeiten außerhalb der Klinik, daher werden sie es vertuschen.“

„Was willst du tun? Bring sie sofort zurück, klar?!“

Sejkora seufzte. Borovec hatte nie Mut zum Risiko. Er schimpfte nur auf andere, wenn sie etwas auf eigene Faust unternahmen.

„Die Frau hat keine Papiere," versuchte er es erneut, „wenn wir ihr welche beschaffen, unterschreibt sie, dass sie das Haus verkauft, und dann ist es erledigt."

Diese plötzliche Eingebung kam bei Sejkora wie in vielen Notfällen, hervorgerufen durch Borovecs Hilflosigkeit.

„Sie hat keine Papiere?"

„Nein."

„Dann ist sie eine Spionin."

„Wieso eine Spionin?"

„Eine illegale Person. Erinnere dich an den Kerl von 1972 in Lipka."

An diesen Fall erinnerte sich Sejkora gut. In der Kneipe von Lipka gerieten zwei Männer in eine Schlägerei, wobei einer starb. Er hatte keine Papiere, und niemand kannte ihn oder hatte ihn je gesehen. Dann kamen Beamte aus Budweis und schimpften mit den Polizisten aus Winterberg wie mit kleinen Schulbuben: Genossen, wisst ihr nicht, wer sich hier an der Grenze herumtreibt? Was, wenn er ein Agent aus dem Westen war? Zwei Monate lang machten sie ihnen das Leben schwer und beschimpften sie als Idioten.

Borovec fuhr fort: „Als häufigste Tarnung benutzen westliche Agenten tote, einsame Menschen, die keine Verwandten haben und welche die Leute längst vergessen haben."

„Aber wir wissen, dass es Marie Jandová ist."

„Hat sie jemand erkannt? Wer?"

„Der Heger Fučík."

„Dieser rückständige Feudalherr jammerte ständig, wie schön es doch war, als die Lobkowitz-Familie sich auf dem Gut in Lčovice breit machte! Wer hat sie sonst noch gesehen?"

„Mein Vater", gab Sejkora zu.

„Das ist ja eine ganz tolle Truppe hier!", stöhnte der Chef. „Wo steckt denn diese Frau?"

Sejkora behielt für sich, dass sie im Auto im Hof wartete, denn Borovec wäre sofort wütend geworden, weil er die

Sicherheit sowie den Ruf der zukünftig besten Dienststelle im Grenzgebiet aufs Spiel setze.

„Sie befindet sich bei mir zu Hause. Die Jandová zu legalisieren, stellt die einzige Möglichkeit dar. Dann verkauft sie das Haus, ich bringe sie in die Anstalt zurück und alles ist gut."

„Und wie kommen wir an ihre Papiere?"

„Das wissen die Geheimpolizisten in Prachatitz sehr gut. Denken Sie an Herrn Schartner."

„Warte", nickte der Chef, „das könnte funktionieren."

Herr Schartner, ein Bürger von Winterberg, träumte davon, Jäger zu werden. Die örtliche Polizeiabteilung entschied jedoch über die Aufnahme in den Jagdverband, und der Chef hasste Schartner, weil er nicht in der Partei war und überall, wo er hinging, die Kommunisten verfluchte. Schartner gab nicht auf. Er ging zum Vorsitzenden des nationalen Bezirksausschusses in Prachatitz und nörgelte so lange, bis die Sekretärin ihm sagte: „Hören Sie, Herr Schartner, Sie werden kein Jäger sein, auch wenn die Rehe fliegen und krächzen wie die Krähen. Kommen Sie nicht mehr hierher, sonst rufe ich die Polizei und Sie werden eine Schande für den ganzen Bezirk sein."

Schartner war am Boden zerstört, er trauerte und begann sich damit abzufinden, dass er kein Jäger sein würde, obwohl sein Familienstammbaum seit 1797 ununterbrochen Jäger aus dem Böhmerwald hervorgebracht hatte. Zwei Monate später geht er zur Post, und neben ihm hält ein Auto an, in dem Prošek sitzt, der beim Bezirk arbeitet:

„Du willst doch Jäger werden, oder?"

„Ja, aber ich habe bereits das Handtuch geworfen."

„Hör zu: Der Schwiegersohn des Polizeichefs im Bezirk braucht Geld für ein neues Auto; wenn du ihm für zehntausend seine Flinte abkaufst, erledigt er den Papierkram an einem Tag."

„Sie scherzen, nicht wahr?"

„Keineswegs."

Schartner wägte seine Chancen ab, hatte etwas Geld, lieh sich fünftausend, überredete seine Frau, wusch sich, rasierte sich, kämmte sich, putzte seine Schuhe, zog Jackett, Hemd und Krawatte an, ging zum Schwiegersohn des Polizeichefs, zahlte zehntausend für eine Flinte, die fünf wert war, und ging zum Bezirksnationalausschuss.

„Möchten Sie eine Tasse Kaffee, Genosse Schartner?"

Er wurde von derselben Sekretärin begrüßt, die ihm gedroht hatte, die Polizei auf ihn anzusetzen, und die jetzt sagte: „Wir haben hier eine Brüsseler Torte, wenn Sie Appetit darauf haben."

Wenn jemand an der Spitze der Kommunistischen Regierung Geld brauchte, lief alles wie am Schnürchen, und so hatte Sejkora keinen Zweifel daran, dass die Genossin Marie Jandová, wenn die Prachatitzer nur ein bisschen daran arbeiten, innerhalb einer Stunde eine vollwertige Bürgerin der Tschechoslowakischen Sozialistischen Republik werden würde, ungeachtet der Tatsache, dass sie ohne ein einziges Dokument aus einer psychiatrischen Klinik entkommen war.

„Soll ich die Prachatitzer anrufen?", fragte der Chef.

Sejkora nickte.

Der Chef lehnte sich in seinem Stuhl zurück.

„Raus, du Arschloch! Und denk nicht, ich hätte das Fernglas vergessen! Ich werde euch alle rausschmeißen und ich habe dafür schon neue Leute!", brüllte er und griff nach dem Hörer.

Letzte Krone

Sejkora wartete geduldig im Flur, denn wenn der Chef seine Vorgesetzten anrief, duldete er niemanden in seiner Nähe und prahlte immer damit, dass die Prachatitzer ihn in den höchsten Tönen gelobt hätten.

„Wie ist es gelaufen?", platzte Sejkora heraus, als der Chef ihn zu sich rief.

„Sie haben geschrien, was für Analphabeten an dieser Dienststelle arbeiten, aber schließlich habe ich sie überredet. Du kennst mich, sie schätzen mich hoch."

Natürlich haben die Prachatitzer verstanden, dass ihnen keine gebratenen Tauben in den Mund fliegen und dass es immer noch ein gutes Geschäft ist, ein Haus im Böhmerwald gegen ein paar Anrufe bei den Beamten einzutauschen.

„Das ist mein Verdienst, und weißt du warum?", prahlte der Chef. „Um fünf Uhr morgens habe ich den Prachatitzern per Boten Bilder von dem Häuschen geschickt. Und sie finden es wirklich gut. Sie haben grünes Licht von den Behörden bekommen, ihr Anwalt wird den Kaufvertrag aufsetzen. Sie werden die Unterlagen schicken. Der Kaufpreis im Vertrag beträgt 12.000 Kronen. Sie haben eine Marie Jandová aus Strunkovitz ausfindig gemacht, sie werden heute ein Bankkonto für sie einrichten, du holst die Kontonummer hier ab und gibst sie dem Notar. Das Geld für das Haus wird auf das Konto überwiesen und die Prachatitzer holen es sich wieder ab. Das ist doch ziemlich schlau, oder?"

„Ja, das ist es", sagte Sejkora. Eine Marie Jandová gibt es schon, sie hat ein Bankkonto. Man hat für sie ein Sparbuch mit dem Kennwort *Rupfe mich bis zur letzten Krone* eingerichtet.

„Den Notar habe ich für heute Nachmittag um drei Uhr für dich organisiert. Er fragte, ob die Frau wenigstens eine Geburtsurkunde hat."

„Moment!" Sejkora erinnerte sich an das, was Přerostova gesagt hatte. „In Čkyně gibt es eine Frau Markova. Diese hat bei der Gemeinde Čkyně gearbeitet, und wahrscheinlich ihre Taufscheine aufbewahrt."

„Na gut! Hol sie und jemanden, der beim Standesamt garantiert, dass das wirklich Frau Jandová ist, damit wir nicht das Haus einer Betrügerin verkaufen. Und es darf kein reaktionärer Bauer sein, vergiss den Heger Fučík, den Bauern Antonín Hůlovec und deinen Papa. Du brauchst einen parteigebundenen und bewussten Bürger, Alter! Die beste Kolchose im Bezirk, *Blüte Čkyně*, hat einen tollen

Ruf, auch auf der Kreisebene. Hol den Vorsitzenden und wir haben die Frau vom Hals."

„Den Vorsitzenden?" Sejkora erinnerte sich an den aufgeblasenen Trottel, der ihn beschimpft hatte, weil er die Straße bei den Sieben Dieben blockiert hatte, und der ihn gewarnt hatte, die Einöde zu besuchen.

„Ja, du bringst ihn zum Notar in Winterberg, wir schicken die Dokumente dorthin."

„Und wenn er Marie nicht kennt?"

„Der Vorsitzende ist Vašek Nenadál, er ist sechzig Jahre alt und er ist in der Nähe von Sieben Dieben geboren. Also kennt er die Jandas wie seine Westentasche! Wir können ihm vertrauen, dass er uns nicht verpfeift.

Du kümmerst dich um Marie Jandová, damit sie beim Notar nicht ausflippt. Wir müssen den Prachatitzern zeigen, wie effizient wir sind. Das Ziel ist die beste Dienststelle im Land. Die Genossen aus Prachatitz kommen heute um sechs, dann haben sie ein Treffen in Zdíkau, und wir werden es uns in unserem Hotel gut gehen lassen."

„Werden sie Marie Jandová sehen wollen?"

„Wir zeigen sie unter keinen Umständen her, kein Wort über sie! Mit dem Fernglas beschäftigen wir uns später. Aber denke nicht, ich hätte es vergessen."

„Ich weiß wirklich nicht, was hier los ist", sagte Sejkora.

Er machte sich auf den Weg zum Auto. Es war gut, dass er Marie drinnen gelassen hatte, denn wenn sie den Chef gesehen hätte, hätte sie wahrscheinlich angefangen zu schreien, dass er der Polizist sei, der sie auf der Wiese vor dem Haus verhaftet hatte.

Aber was, wenn er wirklich einer von ihnen war?

Im Jahr 1960 war der Chef bereits in Prachatitz tätig. Sejkora stellte sich vor, wie der Chef heute Abend vor den Prachatitzern damit prahlte, dass er diese Aktion schon vor vierundzwanzig Jahren ausgearbeitet hatte: *Es hat Spaß gemacht, Jungs, wie die Mädels weggelaufen sind, ich hatte auch einen guten Schuss auf die Schafe ...*

Er ging zurück ins Büro. „Hör mal", fragte er Kaňka im Flüsterton, „kannst du von deinem Vater erfahren, wo der Chef im Juli 1960 gedient hat? Sie sind doch gleich alt, nicht wahr?"

„Ja, Jahrgang fünfunddreißig."

„Also war dein Papa 1960 fünfundzwanzig Jahre alt."

„Ja, was kümmert dich das?"

„Das erzähle ich dir heute Abend bei einem Bier."

„Ich habe auch Cívka angerufen, er sagte, er wisse, wer das Fernglas deponiert hat. Weißt du, was hier los ist?"

„Ja. Hat er nicht gesagt, wer uns reingelegt hat?"

„Ich habe gehört, dass wir heute Abend in die Kneipe gehen werden."

Sejkora verließ die Dienstelle. Der Vordersitz seinen Polizeiwagens war verlassen.

Marie ist mir wieder entwischt, dachte er erstaunt.

Neun Margeriten

Sejkora geriet nicht in Panik, sondern ging die Straße vom Hotel zum Postamt hinunter und sah eine zusammengekauerte Gestalt in einem grauen Pullover vor dem Schaufenster eines Spielzeugladens.

Im Fenster standen die beiden schwarz-weißen Lederfußbälle, von denen er als Junge geträumt hatte, ein großer blauer Holzlastwagen, zwei Puppen, bunte Rasseln, Bauklötze und eine kuschelige Giraffe.

„Eine Verkäuferin, die sehr nett ist," sagte er laut, „steht heute hinter dem Tresen, sie wird sich freuen, wenn wir reinkommen."

Marie drehte sich sofort um und ging zurück zum Auto. Ihr Blick erinnerte ihn an die Töchter der Bauern, mit denen er früher in die Klasse ging, Mädchen aus den Einöden um Winterberg, deren Väter und Großväter, allesamt Bauern, die in den fünziger Jahren verhaftet worden waren. Die Mädchen schienen ihm immer mit einem geheimnisvollen Optimismus aufgeladen zu sein, den er nicht verstand, der aber wahrscheinlich damit zu tun hatte, dass im Frühjahr die eine Kuh, die sie trotz aller Verfolgung behalten hatten, wieder kalben würde und das Leben weitergehen würde. Sie lebten in einer anderen Welt als er, einer Landschaft mit Feldern und Gärten im Tal südlich von Winterberg.

Dennoch saßen sie mit ihm im selben Boot der Ausgestoßenen, da sein Vater früher als Heger für die Schwarzenberger gearbeitet hatte. In der sechsten Klasse warf einer der Buben während des Unterrichts aus Spaß ein Federmäppchen aus dem Fenster. Eine Bauerntochter stand auf und ging aus dem Klassenzimmer.

„Wohin gehst du?!", rief die Klassenlehrerin, aber das Mädchen antwortete nicht, öffnete die Tür, rannte die Treppe hinunter, holte ihr Mäppchen aus der Pfütze, kam zurück, setzte sich in die Schulbank und legte ihre Stifte wieder vor sich hin.

„Ich frage dich, wo du hingegangen bist!" Aber die Klassenlehrerin konnte schreien, wie sie wollte, sie bekam keine Antwort zu hören. Diese Mädchen hatten ihren eigenen Stolz und bewarben sich, genau wie er, an keiner höheren Schule.

Warum auch?

Ihrem Großvater sagten die Genossen: „Entweder trittst du der Kolchose bei, oder wir stecken dich als Kulak ins Gefängnis und werfen deinen Enkel aus der Schule. Was sagst du dazu?"

„Ihr könnt mich mal."

„Na, wie du willst."

„Verschwindet, oder ich vergesse mich."

Am Abend erhängte er sich im Garten an dem schönsten Kirschbaum. Sein Sohn ging zu einem befreundeten Arzt. Dieser erklärte ihn für verrückt und schickte ihn in die Nervenheilanstalt in Lnáře. Dort war es erträglich. Nachdem der Druck auf die Bauern etwas nachließ, kehrte er nach Hause zurück. In der Dämmerung stand er im Garten und grübelte, ob er den Kirschbaum fällen sollte, an dem sich sein Vater erhängt hatte, oder nicht.

Am Ende fällte er ihn nicht. Er gehörte zu ihrer Familie.

***

Ein schwarzes Eichhörnchen beobachtete sie von den Ästen einer Birke aus. Die Grillen zirpten. Das mit Gänseblümchen übersäte Gras rutschte unter den Füßen. Hirschspuren glitzerten im Schlamm neben dem Weg zum Brunnen, und aus dem Wald wehte eine angenehm kühle Luft.

Marie griff nach einer Tasse, füllte sie mit Wasser und reichte sie Sejkora.

„Es ist ausgezeichnet“, gab er zu.

Marie füllte beide Flaschen, die Eva ihr gegeben hatte.

Der Moment, den er gefürchtet hatte, war gekommen. Er wird alles verlieren, aber er wird Hůlovec, seinen Vater und sich selbst retten. Und zwar davor, gefeuert zu werden, sogar Kaňka und Cívka, die er vor Jahren auf die Dienststelle gebracht hat.

Alles im Austausch gegen Maries Haus.

Er griff in seine Tasche, ließ den Schlüsselbund klimpern und sagte: „Möchten Sie ins Haus gehen?“

Die hellgrauen Augen sahen ihn überrascht an.

„Ich möchte eine Gegenleistung dafür.“

Er schluckte, als wären seine Worte in feuchten Spinnweben gefangen, die seinen Mund verstopften.

„Unterschreiben Sie ein Papier. Darin steht, dass Sie das Haus verkaufen. Dann haben Sie Ihre Ruhe“, fügte er schnell hinzu, damit Marie keine Zeit hatte, zu protestieren.

„Was sagen Sie dazu?“

Auch jetzt antwortete sie ihm nicht.

„Sie müssen etwas sagen“, fügte er mit einer leichten Verzweiflung in der Stimme hinzu, weil er wusste, dass er nichts aus ihr herausbekommen würde. Sie wandte sich dem Wald zu. Woher soll er wissen, dass sie überhaupt verstanden hat, was er ihr erklärt hat?

Eine Spinne landete auf seinem Hemd, und er widerstand dem Drang, sie zu zerquetschen. Schließlich antwortete Marie, aber sie schaute weiter aufs Gras.

„Sie werden mir Suppe kaufen. In dem Blechbehälter, den wir bei Ihrem Vater gesehen haben. Drei Portionen und einen Löffel. Sie werden für mich auf dem Friedhof in Čkyne anhalten und mich dann zurück nach Dobřany bringen. Und ich muss Wasser aus unserem Brunnen haben."

„Werden Sie unterschreiben?"

Er fühlte sich wie ein kleines Kind, das um einen Lutscher bettelt. In ihren Augen lag ein geheimnisvoller Ausdruck, den er nicht verstand.

Das hohe Gras auf dem Weg zum Haus durchnässte seine Hose. Ich werde mich besser fühlen, sagte er sich, wenn ich ihr die Suppe hole. Und je mehr verrückte Dinge diese Frau tut, desto mehr werde ich mir einreden, dass ich ihr tatsächlich helfe. Er zog den Schlüssel heraus, schloss auf und öffnete die Tür.

„Sie brauchen sich nicht zu beeilen", sagte er und trat einen Schritt zurück.

Marie sah ihn nicht einmal an und verschwand im Haus.

Er setzte sich auf die Stufen im Freien und betrachtete die Schmetterlinge, die über die Wiese flogen, auf der die Polizisten zum Spaß neun Schafe geschossen hatten und auf der statt ihrer schönen weißen Pelze nun neun Margeriten wuchsen.

Sauerer Regen

Ich steige die Treppe hinauf und schaue aus dem Fenster. Der Wind spielt mit den Bäumen am Rande der Wiese, auf der wir im Herbst immer ein Feuer machten und Kartoffeln rösteten. Krähen kamen aus dem Nebel geflogen, landeten im Gras, liefen neugierig um uns herum und machten sich in die Dunkelheit davon.

„Was hast du mit uns vor, Marie?", flüstern die Apfelbäume. „Willst du uns einem Fremden überlassen?"

Das grelle Sonnenlicht ist wie die Klinge einer Sense, sie schneidet unsere alte Welt für immer aus meinem Gedächtnis. Die Grillen, die Wiese, der Brunnen, nichts davon wird mehr uns gehören. Hier wurde ich geboren. Mein Zuhause kann niemand anderem gehören. Ich kenne hier jeden Zentimeter des Bodens, wie kein anderer.

Ich öffne die Tür zu dem Zimmer, in dem meine Schwestern und ich früher geschlafen haben. Dort war ein Regal, auf dem unsere Bibeln, Kreuze und Marienbilder lagen. All die Dinge, die wir einmal hatten und die uns gestohlen wurden, schreien: *Hast du den Verstand verloren?*
Wo bleibt deine Dankbarkeit?

Ich verkaufe das Haus, die Wiese, den Brunnen und einen kleinen Bach, der durch die Wiese fließt. Ich kenne ihn so gut, dass ich weiß, an welchem Punkt seine Farbe von hellgrün zu dunkelblau wechselt.

Und alle Erinnerungen werden verblassen.

Wenn es draußen regnete, schauten wir den ganzen Tag dem Regen zu. Die Wälder waren grau wie unsere Kühe, und der Regen ließ die Bäche anschwellen, als ob sie kalbten. Der Dampf, der von den Wiesen aufstieg, erinnerte an Kälbchen, die zum ersten Mal auf der Wiese herumlaufen.

Morgens gingen wir aus dem Haus und überall im Gras glänzten Pfützen wie Seerosen in einem endlosen See aus Gras.

Mir schießen Tränen in die Augen. Im Fernsehen sagte jemand die Worte: saurer Regen. Solche Tränen weine ich.

Sei
ruhig
und
geduldig.

Was will die Stimme schon wieder? Sie hat mich zu diesem Polizisten gebracht und will, dass ich mein Haus verkaufe?

Sie kam aus der Küche, vom Herd, wo meine Mutter stand, mit einem Kreuz, das hinter ihrem Kopf an der Wand hing. Die Stimme kommt aus unserem Haus. Sie fand mich in Dobřany und schickte mich auf diese sinnlose Reise.

„Wer bist du?“

Aber warum flüstere ich?

„Was willst du von mir?“, schreie ich schließlich aus vollem Halse, allein in einem verlassenen Haus.

Such
nach
deinem
Schatz.

Jetzt kommt die Stimme dort heraus, wo früher unser Kleiderschrank war. Als wir ihn in der Nacht öffneten, wirbelten unsere Kleider darin herum, als ob sie leise darin tanzen würden. Die Stimme spielt mit mir, das ist alles. Meinen Schatz? Sie haben uns alles weggenommen!

„Das ist mein Haus!“, rufe ich aus. „Papa hat es mir hinterlassen! Das ist alles, was ich habe! Ich bin nichts anderes! Ich bin dieses Haus, die Wiese, der Brunnen und der Bach!“

Unterschreib,
du
wirst
wiedergeboren!

„Was redest du da für einen Unsinn?!“, rufe ich aus.

Doch plötzlich ist es im ganzen Haus und in meinem Kopf ganz still.

Gefaltete Hände

Sejkora stellte sein Auto auf dem kleinen Platz zwischen der Kneipe und den Wohnhäusern ab. Ein Stück oberhalb befand sich die Einfahrt zur Kolchose *Blüte Čkyně*. Neben der Einfahrt stand eine Kapelle, zu der die Leute aus dem Ort noch immer Blumen brachten.

Er beschloss schließlich, Marie im Auto zu lassen.

Im ersten Wohnhaus öffnete eine hübsche Frau um die vierzig die Tür, und bevor er etwas sagen konnte, sprach sie ihn an: „Ich habe die Papiere schon vorbereitet."

„Sie wussten, dass ich komme?"

„Ich habe einen Anruf von Ihrem Vorgesetzten erhalten."

Der Chef hat also schon daran gearbeitet, damit wir beim Notar etwas haben, was wir vorzeigen können, dachte Sejkora.

„Ich habe meiner Mutter gerade das Mittagessen gebracht. Sie kann kaum noch hören."

Sie sprach höflich mit ihm, verschwand hinter der Tür, und Sejkora verstand, dass sie nicht wollte, dass er ihre Mutter belästigt. Sie kam mit einem vergilbten Umschlag zurück. „Alle Dokumente hätten vernichtet werden müssen, das war eine Anordnung des Bezirks."

„Erinnert sich Ihre Mutter daran, wer den Befehl gegeben hat?"

„Nein, das ist schon lange her."

„Und Sie?"

„Ich kannte die Jandas nur vom Hörensagen."

Sejkora zog sechs Taufscheine der Familie Janda hervor und untersuchte sie sorgfältig.

„Wenn Sie wollen, gebe ich Ihnen eine Quittung."

„Das ist nicht nötig, Mutti wird sich freuen, dass Sie sie mitnehmen, sie hat es nicht übers Herz gebracht, sie wegzuwerfen. Sie hat die Jandas gemocht, sie haben ihr Kleider gemacht und sie wollte ihnen nicht wehtun."

„Klar. Und vielen Dank."

Er verstaute den Umschlag in seiner Tasche und bat Marie, einen Moment zu warten. Abgase stiegen in die Luft, während Öl von den Motoren der Landmaschinen den Boden mit bunten Flecken verzierte.

Die Kolchose war perfekt gerüstet, um das Land zu bearbeiten, das sie den reichen Grundbesitzern auf den Feldern und den armen Bauern in den Wäldern abgenommen hatte. Die Blechkavallerie der ostdeutschen Erntemaschinen wartete darauf, dass die Kolchosritter sie bestiegen und das Böhmerwaldvorland eroberten.

Der blaue Zetor-Traktor stand ganz am Ende der Fahrzeugkolonne auf dem Platz gegenüber der Kneipe. Sejkora warf noch einen Blick auf die blauen Scherben, die im Schlamm der Reifen trockneten, und spähte aus Gewohnheit in die Kabine. Auf dem Boden lagen eine leere Mineralwasserflasche und ein zusammengeschnürtes Bündel Landwirtschaftlicher Zeitungen. Diese waren mindestens drei Wochen alt, und das Foto unter dem Porträt des Genossen Präsidenten Gustáv Husák zeigte Michel Platini mit dem Fußball-Europapokal.

„Ich habe Ihnen unmissverständlich gesagt, Sie sollen sich nicht so anstellen!"

Die blaue Latzhose des Kolchosenvorsitzenden war noch immer mit schwarzen Flecken übersät, und auf seinen dunkelgrünen Stiefeln trocknete grauer Schlamm.

„Sie müssen mit mir kommen", sagte Sejkora, denn er hatte sich auf dieses Treffen vorbereitet.

„Wohin?", fragte Nenadál.

„Kommen Sie mit zu meinem Auto. Ich werde Ihnen eine Person zeigen und Sie sagen mir, ob Sie diese kennen."

„Jetzt? Und wen wollen Sie mir zeigen?"

„Wir gehen zum Auto oder ich fahre Sie zu unserer Dienststelle", sagte Sejkora scharf. Der Vorsitzende grinste verärgert, bewegte sich aber schließlich. Doch als sie bei Sejkoras Auto ankamen, war der Vordersitz leer.

„Ich schätze, der Gauner ist Ihnen entkommen", konnte sich der Vorsitzende nicht verkneifen. Sejkora sah sich suchend in der langen Reihe von Autos um, die zwischen den Wohnhäusern geparkt waren. Marie saß nicht weit von ihnen entfernt bei der Kapelle, den Kopf leicht in Richtung des Waldes gerichtet, der sich zu den Sieben Dieben erstreckte. Sie öffnete ihren Mund, als spräche sie mit sich selbst oder betete. Der Vorsitzende sah sie im Profil und flüsterte: „Mein Gott, ist das Marie Jandová?“

Sejkora nickte zustimmend und forderte ihn auf, zum Auto zurückzugehen.

„Wissen Sie, wer die Jandas angezeigt hat?“, fragte er.

„Ich? Auf keinen Fall!“, entgegnete der Vorsitzende überrascht.

„War es jemand aus der Kolchose?“, hakte Sejkora nach.

„Weshalb sollte das jemand tun? Die Kolchose hat nicht einen Quadratmeter von dem bekommen, was die Jandas einst hatten! Sie haben keine Ahnung, hören Sie auf, hier herumzuschnüffeln ...“, erwiderte der Vorsitzende.

„Wir fahren zum Notar nach Winterberg“, sagte Sejkora.

„Zum Notar?“, fragte der Vorsitzende.

„Ja, damit Sie bestätigen, dass sie es ist“, erklärte Sejkora.

Der Vorsitzende schluckte. „Haben Sie Marie aus der Irrenanstalt geholt, damit sie das Haus verkauft?“, fragte er.

„Ich habe sie nicht aus der Irrenanstalt geholt“, antwortete Sejkora.

„Sie wollen also, dass sie es verkauft, oder? Aber an wen?“

Sejkora vermied es, zu antworten. „Marie möchte drei Portionen Suppe in diesen Blechbehälter“, verkündete er und nickte in Richtung der Kneipe.

„Ich soll euch jetzt die Suppe bringen? Ihr spinnt wohl! Um das Haus dürfen Sie sie nicht bringen, nicht nach allem, was ihr ihrer Familie angetan habt. Zu so einer Schweinerei zwingt ihr mich nicht. Suchen Sie sich einen anderen Idioten.“

„Ich habe Sie ausgewählt, weil Ihre Familie früher eine Wiese in der Nähe von Sudslavice hatte, auf der die Johann-Hus-Linde steht, richtig?“

„Was hat unsere Wiese damit zu tun?“

Sejkora wandte sich dem blauen Zetor zu, ging zu den blauen winterbergischen Glasscherben, die im Schlamm der riesigen Räder getrocknet waren, brach eine herunter, pustete den Staub weg und reichte sie dem Vorsitzenden.

„Das ist von der Glashütte in Winterberg."

„Und?"

„Die Glasmacher fahren mit den Glasscherben, wohin sie gerade Lust haben. Zum Beispiel haben sie vorgestern Scherben auf eine illegale Müllkippe bei Sudslavice gekippt."

„Hören Sie, Ihr Glas interessiert mich überhaupt nicht."

„Ich sage nur, sie haben es dort abgeladen, ehe Sie über die Müllkippe fuhren. Also weiß ich, was Sie vorgestern Nacht auf der Wiese am Fluss gemacht haben. Ich habe einen Zeugen dafür."

Unsicher richtete sich Nenadál auf.

Sejkora fügte hinzu: „Der Zeuge ist der Kommandant der Winterberger Miliz."

Das schien den Vorsitzenden aber nicht zu beeindrucken, daher legte er nach.

„Er heißt Wenzel und ist ein ziemlicher Dummkopf, er wird Sie beim Bezirk melden. Der Sekretär des Bezirksvorsitzenden ist ein guter Freund von ihm."

Sejkora machte eine Pause. „Jedenfalls, wenn er erfährt, dass Sie seine Aufklärungswiese wenige Stunden vor der Übung mit diesem Kolchosentraktor umgepflügt haben. Tiefes Pflügen Anfang Juli", präzisierte er.

Der Vorsitzende drehte ein Stückchen blauen Glases in seiner Hand. „Spielen Sie das immer so? Finden Sie über jeden etwas heraus, weil Sie nicht anders können?"

„Wie gesagt, es gibt dreimal Suppe. Oder viermal, wenn Sie auch eine nehmen."

Sejkora wartete beim Auto und beobachtete, wie Marie mit im Schoß verschränkten Händen auf dem Rain neben der Kapelle saß, während ein riesiges Sprühfahrzeug vorbeifuhr und ein weiterer blauer Zetor-Traktor ihm folgte.

„Kümmelsuppe", verkündete der Vorsitzende, als er mit dem Blechbehälter zurückkehrte. Sejkora und er standen halb versteckt zwischen den Reihen der geparkten Autos, und Marie, die sie immer noch nicht bemerkte, blickte weiter auf die Wälder oberhalb von Čkyně hinaus.

„Sind Anna und Lida noch am Leben?“, fragte Nenadál.

Sejkora zuckte mit den Schultern.

„Natürlich sind Sie nur an Marie interessiert, weil sie das Haus und die Felder geerbt hat.“

„Ihr Papa ist tot und František lebt.“

„Sie wollen doch nicht etwa der Anzeige nachgehen, oder?“

„Ich weiß nicht, wie“, gab Sejkora zu.

Nach kurzem Zögern sprach der Vorsitzende versöhnlicher. Er sagte: „Ich habe mir jahrelang den Kopf über diese Anzeige zerbrochen, doch sie ergibt keinen Sinn.“

„Wer hat die Familie Janda damals denunziert?“

„Sie müssen mir glauben, keiner der Einheimischen hat die Jandas angezeigt. Und seit vierundzwanzig Jahren hat niemand das Haus auch nur angefasst oder nach ihm gefragt. Das müssen Sie schon selbst herausfinden, Sie sind ja ein Experte im Verpfeifen.“

Der Vorsitzende räusperte sich. „Hören Sie mal, darf ich mit Marie reden?“

„Das geht nicht.“

„Ich möchte sie nur begrüßen. Und ich verspreche, dass ich zum Notar kommen werde.“

„Ich sage, Sie können nicht mit ihr reden.“

„Und was werden Sie mit ihr machen, wenn Sie sie beraubt haben?“

„Das geht Sie nichts an.“

„Wissen Sie, wie oft ich sie im Irrenhaus angerufen habe? Dort wissen sie nicht mal von Marie, sie verbinden dich mit einer Krankenschwester, die dich zur nächsten weiterleitet, dann zur nächsten, und die letzte sagt dir, dass sie dort niemanden mit diesem Namen haben.“

„Sie wissen über Marie in Dobřany Bescheid“, sagte Sejkora, denn er wollte nicht, dass der Vorsitzende nachforscht.

„Hören Sie, ich habe alles vermasselt. Ich hätte mir von Bekannten Geld leihen und das Haus selbst kaufen sollen. Aber ich dachte, was passiert, wenn Familie Janda zurückkommt? Außerdem würden die Leute hinter meinem Rücken reden, warum ich ein weiteres Haus brauche."

Er fuhr sich nervös mit der Hand über die Stirn.

„Also wird jetzt ein hoch gestellte Parteiwürdenträger das Haus bekommen?"

Sejkora antwortete auch jetzt nicht.

„Lassen Sie mich mit ihr reden."

„Ich sage Ihnen, das geht nicht."

Der Vorsitzende holte eine Zigarette heraus. Er versuchte es anders. „Ich will mich bei Marie nur entschuldigen, verstehen Sie? In den Fünfzigern kamen Kinder aus Prag in die Ferien, so Besserwisser, die uns erzählten, was angesagt war. Wir staunten nur. Einmal sagte einer zu mir:

Irgendwo bei Krušlov liegt ein verrückter Typ mit langen Haaren im Bett, der wie Jesus aussieht. Weißt du, wie wir zu ihm kommen?

Ich war jung und dumm. Ich nickte. Vielleicht wollte ich so ein Wichtigtuer sein wie diese, ich weiß es nicht. Ich führte sie zu den Jandas. Vom Gartenzaun aus schauten wir in das Zimmer, in dem František lag. Es stand kein Möbelstück da. Nur ein Kruzifix hing an der Wand. Als František uns bemerkte, sprang er auf, rannte im Zimmer herum, schrie, trat gegen die Wände und die Jungs lachten wie verrückt.

Seht mal, der wütendste Jesus der ganzen Welt! Das ist ja besser als jedes Volksfest.

Dann kam Marie ins Zimmer. Sie hatte ihr Haar kaum gekämmt, und ihre geflickten Kleider hingen an ihr, da sie abgenommen hatte. Ich hatte nicht bemerkt, dass sie nichts zu essen hatten, außer Kartoffeln aus den wenigen Reihen im Wald. Sie schaute mich durch das Fenster direkt an, und in ihrem Blick lag weder Wut noch Verachtung, sondern ein irgendwie trauriger, nachdenklicher Ausdruck, vielleicht sogar Mitleid.

Je älter ich werde, desto öfter kommt dieser Blick vor dem Einschlafen zurück. Viele Probleme vergisst man. Betrunken fährt man einen Traktor zu Schrott und bringt fast zwei Männer um. Man denkt, daran werde ich bis zum Tod denken. Aber nach einem Jahr hat man es vergessen. Doch was ich Marie angetan habe, verfolgt mich bis heute."

Sejkora seufzte. Der Vorsitzende war wie sein Vater, er wollte sich noch heute bei der Schwarzenberger Prinzessin Hilda dafür entschuldigen, dass er ihr bei der Jagd am Kubany keinen heißen Tee bereiten konnte, weil er den Kessel im Schloss vergessen hatte.

„Sicher, ich bin ein Witz, aber es ist mir egal, was Sie denken. Bitte lassen Sie mich zu ihr gehen."

„Nein. Ich treffe Sie um drei Uhr beim Notar."

„Sie sind ein Schurke, weiter nichts."

Der Vorsitzende warf seine Zigarettenkippe weg und kehrte zum Traktor zurück. Ein Spatz landete auf dem sandigen Weg zu Maries Füßen, starrte vergeblich auf die Pfütze, die die Sonne heute ausgetrocknet hatte, und drehte sich flatternd um. Und dann wandte er sich dem verlassenen Wesen zu, das die Leute nicht kennen dürfen, bei der einzigen Kapelle in der Gegend, im Schatten der riesigen ostdeutschen Erntemaschinen.

Weißes Eichhörnchen

Das rostige Tor klagt laut, und so soll es auch sein, die Tore des Friedhofs sollen klagen. Die grasbewachsenen Hügel erstrecken sich hinter der Mauer wie Wellen der Ewigkeit, die gegen die Berge gesegelt sind und auf ihren Gipfeln Kreuze hervorgezogen haben. Am Rande der vierten Reihe grasen ganze Moosherden auf dem Grabstein, und der Familienname ist nicht zu lesen.

Wie sieht unser Grab aus? Was, wenn es umgestürzt ist und weggebracht wurde? In Dobřany erzählte uns eine Frau aus Außergefild, dass alle gusseisernen Kreuze ausgegraben, auf einen Lastwagen geladen und als Schrott verkauft wurden. Als ich ein Kind war, fand ich hier eine verletzte Schwalbe im Gras. Ich hatte Angst, dass sie erfrieren würde, versteckte sie in meiner Manteltasche, setzte mich in die Kirchenbank, die Messe begann, die Schwalbe erholte sich in der Wärme, flog hinaus und krachte gegen das Fenster. Die Leute starrten erstaunt, und ich dachte mir, das ist ein echtes Wunder, niemand versteht, was da passiert, und alle heben staunend den Kopf zum Himmel. Sie ist irgendwo in eine Ecke geflogen, und ich hoffe, dass ich ihr geholfen habe, eine Zeit lang zu überleben.

Eine ältere Frau in einem dunklen Kleid gießt ein kleines Grab in der zweiten Reihe. Ich bin mir sicher, dass sie mich dank des Polizisten erkennen wird, denn sie hat garantiert gehört, dass Marie Jandová aus dem Irrenhaus geflohen ist, und dass sie so dumm war, erwischt zu wurden, als sie nach Hause kam.

Und dann ist da noch die Nachricht, dass sie ihr Haus verkauft hat. Die Janda-Mädchen waren schon immer verrückt, daher wundert es nicht, dass man sie unter die Verrückten gesteckt hat. Ich sollte nicht so über die Menschen denken. Wo würde ich hinkommen, wenn ich ihnen Unrecht täte?

Die Jahre ziehen an mir vorbei auf dem Weg zu unserem Grab. Ein Jahr, ein Schritt. Der graue Grabstein steht an seinem Platz, und die Inschrift *Familie Janda* glitzert in der Sonne. Ich weine fast, denn die Erde auf dem Grab ist nicht mit toten Blättern bedeckt, nicht von Unkraut überwuchert, und eine braun-grüne Plastikblume glänzt in einer Glasvase, die früher nicht dort stand.

Jemand kümmert sich um unser Grab. Schon lange, da Spinnweben die anderen Grabsteine überzogen, wie der Schleier einer verzauberten Braut. Auf unserem Grabstein sind jedoch keine Spinnweben. Vielleicht unser Gemeindepfarrer, denke ich. Aber der ist bestimmt schon tot. Und der neue?

Aber dann würde er sich auch um das vernachlässigte Grab kümmern, an dem ich vorhin vorbeikam. Jemand hier hat uns nicht vergessen. Eine Frau in dunkler Kleidung, die ich wohl als Mädchen kannte, gießt Ringelblumen und beachtet mich überhaupt nicht. Schmetterlinge und Bienen haben sich in den Gänseblümchen angesiedelt. Schnecken schlängeln sich im Gras, die weißen und grauen Seelen der Toten, die es nicht eilig haben, irgendwohin zu gehen. Der Polizist steht neben mir, und auch er muss sich fragen, wer sich unseres Grabes erbarmt hat.

Werde ich jemals hier ruhen, oder werde ich in Dobřany verscharrt und mit Dreck bedeckt sein wie mein Papa, Anna und Lida?

Aus einem steinernen Becken hole ich Wasser und beginne zu gießen. Der Boden ist staubtrocken und dürstet danach. Ich bücke mich um den Blechbehälter mit der Suppe und die Sonne glitzert auf den Metallbügeln und begrüßt die Toten. Die Kümmelsuppe duftet wunderbar und mir kommen Tränen der Dankbarkeit in die Augen. Wir alle liebten sie und aßen sie einmal im Monat.

Der Polizist geht zu einer Bank an der Mauer. Wahrscheinlich hat man ihm schon erzählt, was ich auf dem Friedhof tun werde und ich bin froh, dass er mich in Ruhe lässt. Ich drehe mich zum Grabstein um.

„Mami, Opa und Oma, ich habe euch Kümmelsuppe mitgebracht. Seid ihr hier bei mir?“

Es geschah vor vielen Jahren. Meine Großmutter sah ihre tote Mutter neben dem Grab und hörte sie deutlich sagen: *Alles wird gut, ihr wisst, was unser Herr Jesus Christus uns allen gesagt hat: Fürchtet euch nicht!*

Seitdem treffen wir uns immer wieder und reden miteinander. Turzovka erzählte uns auch, wie ihre Großeltern an Heiligabend auf den Friedhof von Žilina gingen, sich um die Särge in der Familiengruft setzten, Kerzen anzündeten und ihren Vorfahren erzählten, was im vergangenen Jahr geschehen war, ihnen Geschenke machten und die Augen der Verstorbenen auf sich gerichtet spürten.

Jedes Mal, wenn ich „Mama“ sage, hört es sich so an, als ob ich sie berühre und sie mir über die Wange streichelt.

Die Stimme in meinem Kopf schweigt, denn dieser Ort wurde von unserer Familie mit Erzählungen besiedelt, die sonst niemand versteht; wer hat seinen ersten Zahn verloren, wer ist zum ersten Mal in eine Pfütze gefallen, wer hat seinen ersten Pilz gefunden, wer hat sich zum ersten Mal mit einer Sichel in die Hand geschnitten, wer hat zum ersten Mal eine Kuh gemolken. Es hat lange gedauert, bis ich zurückkam, aber ich beweine euch schon seit Jahren im Stillen. Ich vermisse euch und denke immer an euch.

„Ich weiß, dass ihr im Himmel wohnt, denn wer sonst hat es mehr verdient als ihr?“

Die Lindenbäume rascheln im Wind. Graue Wolken rollen am Himmel wie Knoten schmutziger Wäsche, und die Suppe sickert in die Erde.

„Danke, dass ihr mich gelehrt habt, den Menschen zu vertrauen. Aber ihr müsst wissen, dass kein Pfarrer bei der Beerdigung zu Papa, Anna oder Lida gesprochen hat, nur ich habe die Worte des Gebets geflüstert, als sie in die Erde geworfen wurden. Und das macht mir Sorgen, Mama, denn ist eine Grube ohne Namen ein Ort, an dem sie in Frieden ruhen können?

Aber František lebt und ich werde ihn mit dem Wasser aus unserem Brunnen heilen. Deshalb bin ich weggelaufen.“

Eine weiße, eichhörnchenartige Wolke erscheint über dem Kubany. Irgendwo in der Ferne fährt ein Auto vorbei, dann ist es wieder still und das weiße Eichhörnchen segelt durch den blauen Himmel Richtung Osten.

„Mama und Oma, es gibt eine Stimme, die mit mir spricht, und ich weiß, dass sie nicht von uns ist. Wie kann ich ihr entkommen?“

Ich halte inne und warte auf eine Antwort.

„Ich weiß, was du mir sagen wirst, Mama, dass ich nicht vor ihr weglaufen, sondern auf sie hören soll. Du hast mir den Namen Marie gegeben, weil sie immer gehorcht hat und nie ein Wort gesagt hat.“

Meine Eltern schweigen.

Ich muss es sagen. Von den Grabsteinen ringsum, den Holetscheks, den Martans, den Beraneks, allesamt Bauernfamilien, von denen keine den Kolchosen beitrat. Sie starben allein, und ich erinnere mich, wie sie aus der Kirchentür traten, gebückt, besorgt und gebrochen.

Aber sie haben nicht unterschrieben.

„Ich verkaufe unser Haus. Wir werden nie wieder die Jandas von den Sieben Dieben sein. Wir werden aus dem Nirgendwo stammen. Aber ich werde František retten."

Kaum bin ich fertig und fange an, meine Tränen herunterzuschlucken, zittert das Spinnennetz, das an der Plastikblume hängt, der Wind reißt es ab und klebt es in mein Haar. Meine Eltern sind bei mir!

Alle, die in unserem Grab liegen, verstehen meine Angst und verstehen mich, wie sie mich jeden Tag meines Lebens verstanden haben.

Glitzernde Unterschrift

Ein weißes Transparent mit roten Buchstaben *Neuer Sozialistischer Mensch - Garant des Weltfriedens* hing seit dem ersten Mai an den Fenstern im ersten Stock des Hotels Moldau.

Marie saß steif auf dem Sitz neben ihm und sah so unauffällig aus, dass der Chef sie sofort für eine äußerst gefährliche Spionin gehalten hätte.

Sejkora stieg aus dem Auto und blickte auf den Berghang, wo Mareš begann, ein Haus für seine Tochter zu bauen. Deshalb beschwerte er sich am Montag im Hotel, dass sie Krymus verhaftet hatten - er würde für ein paar Flaschen Bier, Zigaretten und ein paar Wurstsemmeln arbeiten, was die Kosten des neuen Hauses deutlich senken würde. Die Turmuhr zeigte viertel vor vier und der Vorsitzende der Čkyně-Kolchose kam nicht zum Notar, trotz aller Versprechungen. Im Gegensatz zu mir hat er ein Gewissen, dachte Sejkora.

„Können wir gehen?", fragte er Marie.

Der neue Notar in Winterberg, ein großer, schlanker, schwarzhaariger Mann, öffnete die Tür, als es klingelte. Er war offenbar über den Grund des Besuchs informiert.

„Möchten Sie Kaffee oder Tee?", fragte er.

Marie hat die Frage wahrscheinlich nicht wahrgenommen, und Sejkora hat dankend abgelehnt. Der Notar zeigte auf zwei Stühle an einem mit Papieren bedeckten Schreibtisch, über dem ein Porträt des Präsidenten Gustav Husák hing. Er brachte ihnen ein Glas Wasser.

„Haben Sie einen Ausweis dabei?"

Von Jandová bekam er keine Antwort, aber Sejkora zauberte ihren vorläufigen Personalausweis hervor, den er auf der Dienststelle abgeholt hatte. Danach holte er aus einem vergilbten Umschlag ihre Geburtsurkunde und die Nummer des Bankkontos.

„Sie sind also Marie Jandová", sagte der Notar in freundlichem Ton und schob die Dokumente vor Marie, die beim Anblick des Taufscheins in Tränen ausbrach. Der Notar war von ihrer Reaktion nicht überrascht, reichte ihr ein Taschentuch und sagte freundlich: „Ich weiß, dass es schwierig ist, so wichtige Dokumente zu unterschreiben, aber gleich wird es vorbei sein und Sie werden sehen, dass Sie erleichtert sein werden."

Die Uhr an der Wand ratterte und der Zeiger bewegte sich eine Minute weiter. Sejkora hatte sich eingebildet, er schafft es noch, Marie am selben Tag nach Dobřany zu bringen, wenn alles glatt läuft. Nun war klar, sie kommen nicht vor vier Uhr vom Notar weg. Die Geheimdienstler aus Prachatitz wollten um sechs im Hotel sein. Und in Dobřany würde wahrscheinlich nichts nach Plan laufen. Es blieb nichts anderes über als dass Marie die Nacht bei den Sejkoras verbringt. Sie konnten erst morgen früh abreisen.

Der Notar nahm die Zustimmung des Gemeinderats zum Verkauf der Immobilie und den Auszug aus dem Einheitlichen Liegenschaftskataster heraus.

„Das ist die Immobilie und das dazugehörige Grundstück?"

Marie schaute ihn verständnislos an, Sejkora beugte sich über die Erklärung und sagte:

„Ja, das ist ihre Erwerbsurkunde."

Der Notar reichte Marie ein Dokument, das sie noch nie gesehen hatte, und stellte einen Kaufvertrag aus. Er hatte einen blauen Stift mit der Aufschrift *Winterberg – die Stadt unterm Kubany Urwald* griffbereit.

„Unterschreiben Sie bitte hier und hier“, und Sejkora glaubte eine Spur von Mitleid in seiner Stimme zu hören. Marie nahm ihren Stift in die Hand. Die Uhr sprang eine weitere Minute vor. Ist ihr überhaupt klar, dass das Haus und der Brunnen unwiederbringlich verkauft werden?

Sollte er sie nicht zurückhalten und ihr erklären, dass sie alles verlieren wird, wenn sie unterschreibt?

Marie schaute nicht einmal auf den Vertrag, die Uhr schlug und die Unterschrift glitzerte auf dem Papier.

Der Preis der Immobilie, des Grundstücks oder die Nummer des Bankkontos wurden nicht erwähnt. Marie Jandová, die vierundzwanzig Jahre vergessen war und ohne ein einziges Dokument gelebt hatte, begann wieder offiziell zu existieren, zumindest für die dreißig Tage der Gültigkeit ihres vorläufigen Personalausweises.

Mit den gemeinsamen Anstrengungen des gesamten Bezirks, dachte Sejkora, haben wir gerade einen neuen sozialistischen Menschen geschaffen, der einen Kaufvertrag für das unterschreiben hat, was wir ihm vor Jahren gestohlen haben, der nichts zurückbekommt, keine Fragen stellt und sich nicht beschwert.

Er tröstete sich mit dem Gedanken, dass er sich am Abend betrinken würde wie ein Schwein.

Gepflügte Kartoffelacker

Er brachte Marie nach Hause und übergab sie der Obhut seines Vaters, der sich freute, sie zu sehen. Er erzählte von den verlassenen Waldgebieten, die er um Fürstenhut gesehen hatte, als die Deutschen nach dem Krieg vertrieben wurden. Sejkora wärmte sich das Mittagsessen und setzte sich um halb sechs in die Bar des Hotels Goldener Stern. Der Salon war für sechs Uhr gebucht, und die Prachatitzer Geheimpolizisten waren noch nicht da.

„Krymus ist in der Klapsmühle“, sagte Maruška, der Kellner, und stellte ein Bier auf das Tablett. „Ja, der Krymus war ein guter Kerl.“

Er warf Sejkora einen vorwurfsvollen Blick zu.

„Wir haben ihn nicht verhaftet.“

„Wer dann?“

„Fragen Sie die lokale Gehirn-Expertin.“

„Aber jemand muss ihn verhaftet haben, denn Krymus wäre nicht allein und zu Fuß in die Irrenanstalt gegangen? Oder hätte er eine Fahrkarte gekauft und den Bus in die Klapsmühle genommen? Hätte er dafür gespart?“

„Wir hatten nichts damit zu tun, sie haben einen Pfleger aus Dobřany geschickt.“

„Und wer macht diesen Job, harmlose, friedliche Leute zu fangen?“

„Ich weiß nicht, wer das macht, verdammt noch mal!“, sagte Sejkora verärgert.

Maruška zog es vor, zu verschwinden. Nach so einem schrecklichen Tag hatte ich nicht einmal Zeit, ein Nickerchen zu machen, dachte Sejkora verbittert. Ich hätte wissen können, dass Krymus sich in einen Helden verwandeln würde, sobald er in der Klapsmühle war.

Er wollte lieber trinken. Er erinnerte sich an Krymus, der immer mit einer Schubkarre unterwegs war, auf der er alles transportierte, was er fand oder bekam, als wollte er damit sagen: *Das ist alles, was ich brauche, um glücklich zu sein, siehst du?* Und manchmal, wenn Sejkora ihn mit der Hand in der Mülltonne erwischte, zuckte Krymus mit den Schultern und beugte sich tiefer in den Abfall.

In Čkyně haben die Einheimischen erzählt, wie verrückt diese Jandas waren. Und kaum war die Familie abgeführt worden, begannen sie sich daran zu erinnern, wie sie Hemden nähten, sich um ihren kranken Bruder kümmerten und Suppe auf das Grab gossen.

Die Bürger, die wir einsperren, bleiben uns viel lebendiger in Erinnerung als die, die wir frei herumlaufen lassen.

Die Verrückten verschwinden nicht spurlos, ihre Verrücktheit bleibt für ewig.

***

„Du hast den Regenwassertank also nicht?“, schnauzte Mareš ihn an, der früher in der Kolchose gearbeitet hatte.

„Welchen Tank noch mal?“

„Ich war in der Kneipe in Čkyně und habe gesehen, wie du dich mit dem Vorsitzenden der Kolchose, Vašek Nenadál, gestritten hast. Habt ihr euch wegen des Regenwassertanks gestritten?“

„Nein, ganz und gar nicht.“

„Mein Schwager hat ihm einen besorgt, für die Kolchose. Der Vorsitzende ist ein guter Kerl.

Aber unter uns gesagt ...“, Mareš sah sich um, „ich habe dir nicht gesagt, was ich herausgefunden habe. Antonín Hůlovec zuliebe bin ich in die Kneipe in Nahořany gegangen, um etwas Klatsch und Tratsch zu sammeln.“

„Was?“ Sejkora interessierte sich für Klatsch und Tratsch, es war die Grundlage seiner Arbeit.

„Nun, vor ein paar Jahren, als Hůlovec noch tapfer seine eigenen Kartoffeln auf dem Feld hinter seinem Haus anbaute, bekam er die Grippe und der Kolchosenvorsitzende hatte Mitleid mit ihm, lieh sich nachts einen Kolchosentraktor und pflügte sein Feld. Und er hat es dem Hůlovec nicht einmal gesagt. Nach einer Woche erholte sich Hůlovec, kam aus seiner Hütte und war platt wie eine Flunder: Er konnte mit dem Setzen der Kartoffeln beginnen.“

„Warte, warte...“, Sejkora brauchte etwas Zeit, um zu verstehen, was Mareš ihm erzählte. „Du willst mir sagen, dass der Vorsitzende der größten Kolchose im Bezirk dem einzigen Bauern in der Gegend, der nicht in die Kolchose eingetreten ist, nachts mit einem Kolchosentraktor einen Kartoffelacker gepflügt hat?“

„Ja.“

„Warum?“

„Weil er Mitleid mit ihm hatte."

Sejkora war ziemlich verblüfft, aber ihm fiel noch etwas ein: „Der Regenwassertank, den dein Schwager an die Kolchose geliefert hat, welche Farbe hatte der?"

„Hässliches Grau, wie wenn man einen alten, verdorbenen Knödel auskotzt."

„Wie viele Kubikmeter hatte der Tank?"

„Zehn. Aber ich kann dir jetzt wirklich keinen besorgen."

„Ich brauche keinen."

„Und warum hast du nach ihm gefragt?"

„Ich erzähle es dir ein anderes Mal", sagte Sejkora, als Kaňka und Cívka zurückkehrten.

Mareš machte diszipliniert Platz für sie.

Zuerst begann Cívka: „Ich bin zu meinem Vater gegangen, um Informationen über den Chef zu bekommen."

„Na und?"

„Im Juli 1960 dienten der Chef und sein Vater in Mähren, im April meldeten sie sich ab."

„Gut", nickte Sejkora. Der Chef hatte also die Janda-Mädchen auf der Wiese vor ihrem Haus nicht verhaftet.

„Aber ich habe auch Gerüchte in der Stadt gehört, von denen du wissen solltest", kicherte Cívka.

„Was?"

„Halt dich lieber fest, damit du nicht vom Stuhl fällst."

„Nichts kann mich heute Nacht besiegen."

„Die Jungs vom Gaswerk sagten, sie hätten die Dame gesehen, die dein Vater mitgenommen hat. Hey, hat er an die Konsequenzen gedacht? Was, wenn sie ihn auf seine alten Tage vor den Traualtar führt! Die Dame wird dir dein Haus wegnehmen", lachte Cívka, und Sejkora dachte, wenn sein Vater Marie Jandová geheiratet hätte, wäre das wahrscheinlich das Ergebnis gewesen. Sie würde Sejkora das Dach über dem Kopf klauen. Wäre das Gerechtigkeit?

Nein, denn es gibt keine Gerechtigkeit. Da war er sich absolut sicher. Er war der Vertreter der Gerechtigkeit, also wusste er es besser als jeder andere.

„Ich habe gehört, die Frau hat eine ziemlich gute Figur. Wo hat sie dein alter Vater nur her gekriegt?“

„Mach mal langsam, wir haben Wichtigeres zu tun und ich muss in den Salon, um diese Arschlöcher aus Prachatitz zu treffen. Sind sie schon da?“

„Ja, sie sind zum Rathaus gegangen. Der Chef trompetete am Morgen, dass sie dich heute Abend im Salon loben würden. Für was?“

„Ich weiß nicht“, entschuldigte sich Sejkora. „Wie ich schon sagte, es gibt wichtigere Dinge. Zum Beispiel: Wer hat Krymus geschnappt? Sind die Pfleger eigens aus Dobřany gekommen?“

„Jungs“, sagte Cívka, „ich wollte es euch nicht sagen, aber es gab einen Befehl von unseren Chef, unterschrieben von Dr. Fabiánova. Also habe ich ihn und Petrusek geschnappt und mitgenommen.“

„Sag das nicht“, grollte Sejkora, „ich habe den Einheimischen die ganze Zeit gesagt, dass wir den Krymus nicht verhaftet haben.“

„Hört mal“, versuchte Kaňka die Stimmung aufzulockern, „ich weiß, wer das Fernglas hier im Hotel aufgestellt hat.“

„Wer?“

„Der junge Wenzel.“

„Der Sohn des Milizionärs Wenzel?“

„Ja. Am Montag hatten die Frauen aus der Šumavan Fabrik eine Party im Aufenthaltsraum, er saß bei ihnen.“

„Ja.“

„Die Putzfrau sah, wie der junge Wenzel die Treppe hinaufging und das Fernglas hinter einem Blumentopf im Flur des ersten Stocks versteckte.“

„Und sie konnte uns nichts sagen?“

„Sie dachte, er hätte eine Verabredung mit uns, denn er trug auch eine Uniform.“

„Scheiße! Was wissen wir über dieses Arschloch?“

„Er wurde letztes Jahr von der Druckerei gefeuert, er ist jetzt Hausmeister bei der Firma Šumavan. Weil er ein

Tollpatsch ist, wollen sie ihn loswerden, aber sie wissen nicht wie.“

„Und die anderen beiden, die unsere Plätze einnehmen wollen? Der Chef hat gesagt, er würde uns drei ersetzen!“

„Sie sind im Böhmerwald zur Instandhaltung eingesetzt. Pavica kommt aus Troppau und den anderen kenne ich gar nicht. Aber sie dienen beide in der Miliz, und du kannst darauf wetten, dass der alte Wenzel als Milizkommandant einen Weg findet, auch wenn er schon über seinem Grab taumelt.“

„Der über dem Grab?“, wunderte sich Sejkora. „Er hat einen revolutionären Eifer, mein Freund, den müssen wir uns noch vorknöpfen.“

„Gegen ihn haben wir keine Chance. Er hat eine Menge Freunde beim Bezirk!“

Kaňka beklagte sich. „Und der junge Wenzel auch, vor allem diesen Geheimpolizisten in der braunen Jacke, der mir das Casio-Piano auf das Autodach gelegt hat.“

„Glaubt ihr, dass es sich um ein so ausgeklügeltes Komplott an mehreren Fronten handelt?“, wunderte sich Sejkora.

„Das sage ich dir schon die ganze Zeit!“

„Jetzt sind wir wirklich am Arsch!“, jammerte Cívka. „Was willst du denn jetzt machen? Ich glaube, ich frage nach Arbeit in der Bäckerei, bevor es zu spät ist.“

„Ich gehe zu den technischen Diensten“, überlegt Kaňka.

„Sie nehmen dort niemanden“, warnte Cívka ihn. „Ich war heute Morgen dort.“

Sie ließen beide den Kopf hängen.

„Kommt schon, wir haben etwas vor. Wir sind doch eine Mannschaft, oder?“ Sejkora, der die beiden vor Jahren ausgewählt und beim Chef durchgesetzt hatte, versuchte, sie zu ermutigen.

„Ich habe eine Idee“, sagte Kaňka. „Erinnerst du dich, als die Geheimpolizisten im Dezember den polnischen Lastwagen nach Böllern durchsuchten und sich wunderten, dass sie so wenige davon fanden?“

„Und was hat das mit uns zu tun?“

Sejkora interessierte sich nicht für Feuerwerke, aber die beiden konnten stundenlang darüber reden.

„Wir haben uns mit den Milizionären angelegt und der junge Wenzel war dabei. Er ist verrückt nach Böllern, und sein Vater hat ihn schon einmal wegen Pyrotechnik aus der Patsche geholfen. Die Wenzels haben eine Hütte beim Friedhof, und mein Junge hat sich dort nach der Schule mit dem jüngsten Sohn vom Wenzel herumgetrieben. Sie gehen zusammen in eine Klasse, und ihm sind die Kisten mit polnischen Aufschriften aufgefallen. Was, wenn er die gestohlenen polnischen Böller aufbewahrt?“

„Werden wir eine anonyme Anzeige machen?“, fragte sich Cívka.

„Mein Gott, wir werden ihn nicht anzeigen“, argumentierte Sejkora.

„Aber wie sollen wir sonst unsere Haut retten?“

„Leute, lasst die Finger davon, es könnte hässlich werden“, warnte sie Sejkora.

„Es wird hässlich, wenn wir nichts tun,“ empörte sich Kaňka. „Erinnert euch, wie sauer alle im Viertel waren, weil sie das Feuerwerk für sich haben wollten. Ich sage dir, wir würden den Wenzel ein für alle Mal wegen der Feuerwerkskörper aus dem Verkehr ziehen. Wenn wir beweisen können, dass er sie gestohlen hat, sind wir aus dem Schneider.“

„Und ich sage dir, du sollst es sein lassen. Morgen ist dein freier Tag, geh angeln, da wirst du dich beruhigen, auch wenn du nur einen alten Schuh fängst.“

Aber Kaňka ließ sich nicht beruhigen. „Diese Böller sind völlig unberechenbar, sie explodieren von selbst.“

„Und ich sage dir, dass du die Finger davon lassen und nicht etwas anzetteln sollst!“

Sejkora war kurz davor zu schreien, denn wenn es um Pyrotechnik ging, war es schwer, mit Kaňka zu reden, aber überraschenderweise ließ der den Kopf nur zerknirscht hängen.

„Was soll er nicht anzetteln?“, kam es von hinten, und Sejkora wurde klar, warum Kaňka plötzlich aufgehört hatte zu protestieren.

Der Chef erschien persönlich am Tisch.

Revolutionäres Pech

Sejkora erkannte den ersten Mann im Salon sofort, einen großen, schlanken Geheimpolizisten, der früher in Winterberg gedient hatte. Der zweite war ein Mann in einer braunen Jacke, der laut Kaňka eine Polaroid aus dem Diplomatenfahrzeug gestohlen hatte und mit dem jungen Wenzel befreundet war. Der dritte war ein unauffälliger, bebrillter, leicht übergewichtiger Mann in den Vierzigern, der einen braunen Pullover trug und von dem Sejkora annahm, dass er der neue Besitzer des Anwesens bei den Sieben Dieben war.

„Ich bringe Ihnen unseren mächtigsten Genossen“, flötete der Chef.“

Jedes Mal, wenn Sejkora diesen Leuten die Hand schüttelte, hatte er das Gefühl, ein aufgeblähtes, mit Wasser gefülltes Kondom in der Hand zu halten, das die Zigeuner als Scherz auf dem Fluss schwimmen ließen.

Eine Vase mit Gänseblümchen stand auf dem weißen Tisch im Salon. Maruška war noch nicht mit den Getränken gekommen. Die Genossen rauchten bulgarische Zigaretten. Sejkora bemerkte, dass neben den Aschenbechern keine Schlüssel mit Zimmernummern lagen, und erinnerte sich daran, dass der Chef ein Abendprogramm mit späterer Abfahrt zur Feier in Zdikau, einer Bastion des Kommunismus im Böhmerwald, erwähnt hatte.

„Ein großartiger Erfolg, Genosse Sejkora“, gratulierte ihm die braune Jacke. „Du hast eine erstaunlich originelle Idee gehabt! Diese Geheimaktion sollte *Dobřany* heißen.“

„Oder *Aktion Klapsmühle*“, kicherte der Dünne.

„Es ist die Arbeit der gesamten Mannschaft“, sagte Sejkora, wie er es gewohnt war.

„Meiner Meinung nach“, prahlte der Chef, „könnten wir diese Veranstaltung den Pragern anbieten. Wir müssen nur Dissidenten finden, die in den Altersheimen leben, und herausfinden, wo ihre Wochenendhäuser sind. Und das auf nationaler Ebene!“

Maruška betrat den Salon mit fünf Pils und fünf großen Schnäpsen. Sie empfingen ihn lächelnd, was ihre ausgezeichnete Laune zeigte. Normalerweise schrien sie ihn bei jeder Gelegenheit an. Sie betrachteten es als ihr Privileg, normale Leute möglichst oft anzubrüllen.

Die braune Jacke sprach zu Sejkora: „Weißt du, es mag den Anschein haben, dass die fünfziger Jahre grausam zu den Bauern waren, aber du darfst das nicht so sehen. Du siehst es nicht so, oder?“

„Ich sehe das anders“, widersprach Sejkora, „und manchmal denke ich, sie waren ein bisschen grausam.“

„Es ist nicht richtig, dass du das so siehst, Genosse. Denn die fünfziger Jahre beweisen, dass der Sozialismus das gerechteste aller Systeme ist. Nimm den Kapitalismus, den Feudalismus, die Sklaverei, sie alle waren ungerecht. Aber der Sozialismus ... schau mal, zum Beispiel in Drešín, das ist nicht weit von Čkyně entfernt, lebte Therese Kočárová, die von Geburt an blind war. Und stell dir vor, sie kannte das gesamte Dorf und war Dorfbotin, sie kam überall hin, sie kochte, hackte Holz und heizte den Ofen an. Nach der kommunistischen Übernahme im Februar 1948 kam der Befehl, dass sie in die Blindenanstalt in Prag gehen musste, also haben sie sie verhaftet, haben sie weggebracht und sie ist dort innerhalb eines Monats an Heimweh gestorben. Weißt du, Genosse, was das bedeutet?

Sejkora verstand nicht, was das bedeutete. „Ich weiß es nicht“, gab er zu.

„Dass sie Pech gehabt hat.“

„Pech gehabt“, wiederholte Sejkora, um zu zeigen, dass er zuhörte.

„Genau. Aber organisiertes, man könnte auch sagen bewusstes, Pech. Denn die sozialistische Revolution hat

Reiche und Arme gleichermaßen hinweggefegt, und nur so kann ein radikaler sozialer Wandel aussehen.

Erinnerst du dich an Slánský vom Zentralkomitee der Partei und wie er hingerichtet wurde? Oder nimm Hůlovec. Er ist kein armer Mann, oder? Er hat ein Haus, ein Grundstück und so was? Er wird genauso ausgelöscht wie diese Therese Kočárová aus Drešín.

Der Kapitalismus bringt Sicherheit für die Reichen und Elend für die Armen, aber die Menschen sehnen sich nach Gleichheit. Der Sozialismus ist so konzipiert, dass er gelegentlich diejenigen an der Spitze und diejenigen am unteren Ende hinwegfegt. Es ist die einzige Gesellschaftsordnung, die den Menschen die Hoffnung gibt, dass sie alle bestraft werden können, arm und reich, verstehst du?

Wenn schon Pech und Elend, dann für alle. Ohne Unterschied! So sieht Gleichheit aus! Und deshalb funktioniert sie auch!"

„Auf die Gleichheit, Jungs!", rief der Chef und hob seinen Bierkrug.

Sie tranken noch mehr, und das geheimdienstliche Plappermaul hatte wie immer noch viel mehr zu sagen.

„Du erinnerst dich an diese Theresa Kočárová, nicht wahr, Jindra?" Er wandte sich an den Mann mit dem braunen Pullover. „Das waren gute Zeiten, was haben wir sie angeschrien und mit Steinen beworfen?"

Der Mann lächelte unbeholfen, als würde er nur ungern zugeben, dass er sich an Kočárová erinnerte, und Sejkora wurde klar, dass er das Haus von Marie Jandová gewählt hatte, weil er aus Dřešín kam, das nicht weit von den Sieben Dieben entfernt war. Jetzt wusste Sejkora, dass dieses fade Gesicht einem Halunken gehörte, der als Junge nichts Besseres zu tun hatte, als eine blinde Frau mit Steinen zu bewerfen und sie zu verspotten.

Wahrscheinlich wurden die Jandas in den sechziger Jahren von seinen Eltern angezeigt, denn dieser Trottel war etwa so alt wie Sejkora, so dass er sie nicht selbst angezeigt hatte. Und die Eltern werden tot sein, und selbst wenn sie es nicht sind, wird Sejkora es ihnen nie beweisen können.

Sie tranken einen Schnaps und Sejkora schlug vor: „Sollte ich nicht die anderen Mitglieder unserer Mannschaft einladen? Sie sind im Schankraum, und ich dachte, wenn wir auf Gleichheit trinken ...“

Der Chef wurde ärgerlich. „Du bist so ein Dummkopf! Verstehst du nicht, warum wir auf das gerecht verteilte sozialistische Unglück trinken? Irgendjemand muss doch dafür arbeiten! Oder willst du, dass die Männer morgen wie die Fliegen im Büro herumschwirren?“

Und so tranken sie ohne ihre Untergebenen, die noch eine Zeit lang beschimpft wurden. Über Hůlovec oder Marie Jandová wurde kein Wort mehr verloren. Sie sprachen über zwei hübsche junge Damen, die im Bezirksbüro angefangen hatten, über den Kongress der jugoslawischen Kommunisten, wo junge vielversprechende Genossen wie Slobodan Milosevic in den Vordergrund traten, und doch, wie der Chef bemerkte, brauchte man erfahrene Genossen, keine heißen revolutionären Köpfe, und dann wurde der Juli verflucht, weil es heiß war und das Fernsehen, das derzeit keinen Fußball oder Hockey zeigte ... und dann beschlossen die Prachatitzer endlich zu gehen.

Der Chef beugte sich zu Sejkora hinüber und flüsterte: „Ist diese Jandová schon in Dobřany?“

„Nein, bei mir zu Hause.“

„Hast du ihre Papiere bekommen?“

„Ja, sie hat alles.“

„Du hast die Taufscheine und ihren vorläufigen Ausweis doch nicht beim Notar gelassen?“

„Nein, sie sind in meinem Auto.“

„Ausgezeichnet. Fahr die Frau morgen früh weg und verbrenn alle ihre Papiere.“

Sie gingen raus, unterhielten sich noch ein wenig, und dann fuhr das Auto mit den Geheimpolizisten weg. Sejkora machte sich auf den Heimweg, während das Polizei-Schild über dem Dienstelleneingang in der Dunkelheit leuchtete, eine Laterne am Rande einer sozialistischen Welt, in der das Unglück über alle hereinbricht, wenn es die Genossen entscheiden.

Donnerstag

Törichte Familie

Das Fenster war von grellem Sommerlicht durchflutet, und im Schlafzimmer roch es wieder nach Zigarettenrauch, obwohl die Uniform nicht auf dem Boden lag. Vielleicht hatte Sejkora sie in der Küche liegen lassen, aber dann würde es im Schlafzimmer nicht so stinken.

Auf dem Nachttisch stand ein Glas Wasser. Er setzte sich hin und trank es aus. Er wusste nicht mehr, wie er nach Hause gekommen war, und hoffte, dass er nicht zu viel Unsinn angestellt hatte.

Der Bauch schmerzte und war ganz aufgebläht, er hatte sich also in der Nacht noch ordentlich vollgestopft. Die fettigen Ränder des schmutzigen Tellers im Spülbecken würden ihm verraten, was er alles geschluckt hatte.

Damit würde seine heutige Untersuchung beginnen.

Der Wecker zeigte Viertel vor sieben. Er schleppte sich ins Badezimmer, wo er sich abmühte, den Rest der Zahnpasta herauszudrücken.

Wo ist Marie?

Mit der Zahnbürste im Mund lief er in den Flur und schaute aus dem Fenster. Sie saß mit ihrem Vater am Lagerfeuer unter dem Nussbaum und erzählte ihm etwas. Ich möchte ganz gern wissen was, dachte er.

Eva bestrich ein Stück Brot mit Butter und Erdbeermarmelade. Wie jeden Morgen nach einem Kater spürte er, dass keiner seiner Liebesbeweise erwidert werden würde.

„Gestern hast du dich wieder volllaufen lassen wie ein Tier“, begrüßte ihn seine Frau.

„Ich musste mit den Prachatitzern ins Hotel Goldener Stern gehen und diese Arschlöcher haben so einen Blödsinn erzählt!“, sagte er reumütig und ließ den Kopf hängen.

„Ihr habt also Marie etwas angetan?“

„Mach dir keine Sorgen um sie, heute bringe ich sie weg und dann ist Ruhe.“

„Was hast du gemacht?“

Sejkora seufzte hilflos, denn er wusste genau, dass ein Geständnis die einzige Möglichkeit war, Eva zu beruhigen.

Er schenkte sich einen Kaffee ein und schilderte ausführlich den heruntergekommenen Zustand des Hauses *Bei den Sieben Dieben*, die Besessenheit des Chefs, den rebellischen Bauern Hůlovec und Maries Verrücktheit, vor allem die Fütterung der begrabenen Familienmitglieder mit Kümmelsuppe. Eva hatte wahrscheinlich nicht alles geglaubt, aber was soll's? Es passte alles zusammen, und in einer halben Stunde würde er Marie nach Dobřany fahren, zurückkommen, sich etwas zum Essen nehmen, eine Stunde lang ein Nickerchen machen, ein Bier trinken gehen, und dann würde es ihm wieder gut gehen.

Eva hörte ihm zu und schimpfte erstaunlicherweise nicht mit ihm.

„Am Abend hat Marie alle Hemden deines Vaters geflickt, hat keine einzige Krone dafür genommen und mich nur um ein paar Äpfel für ihren Bruder František gebeten. Das ist ein schreckliches Schicksal, findest du nicht auch? Kannst du denn nichts für sie tun?“

„Ich habe gesagt, dass ich sie bald nach Dobřany zurückbringen werde.“

Eva seufzte. „Kaňka hat vorhin angerufen.“

„Was hat er gewollt?“

„Er war betrunken, er sagt, er wartet auf dem Friedhof und es ist wichtig. Du musst heute sowieso hin, wegen deiner Großmutter.“

„Ich? Und warum heute?“

„Das wirst du auf dem Grabstein herausfinden. Ich habe einen Blumenstrauß für dich. Du kannst Papa und Marie mitnehmen.“

Sejkora wollte nicht auf den Friedhof gehen, aber er war froh, dass Eva ihn nicht um mehr gebeten hatte. Er kehrte ins Schlafzimmer zurück, um eine saubere Uniform zu holen.

Auf Papas Teller lagen in Stücke geschnittene Äpfel, genau so, wie Papa sie mochte und wie Sejkora sie nie für ihn zubereitet hatte, weil es zu viel Zeit in Anspruch nahm.

Marie hatte noch ein paar Krümel Lebkuchen auf ihrem Teller. Sobald sie Sejkora sah, verstummte sie, senkte den Blick ins Gras, und sein Vater übernahm sofort das Wort und tauchte in Erinnerungen an Fürstin Hilda ein. Auf dem Tisch hatte er bereits die Fotos der Schwarzenberger Heger von der Vereidigungszeremonie im Krumauer Schloss ausgebreitet. Eine historische Momentaufnahme, die Papa ins Gefängnis oder in die Klapsmühle gebracht hätte.

„Guten Morgen“, grüßte Sejkora Marie, aber sie nickte nur leicht, und Papa fuhr fort: „Im zweiten Schlosshof hier in Winterberg, hatten die Rumänen einen eingezäunten Bereich und darin einen wunderschönen schwarzen Hahn. Und eines Tages machte sich unser Held hier mit einem Blasebalg in der Hand auf den Weg zu ihm.“

Er nickte Sejkora zu. „Glauben Sie, Marie, dass sich der Hahn ergeben hat? Blasebalg hin oder her – der Hahn landete auf dem Kopf des Jungen, und er rannte nach Hause und schrie wie ein Stier. Erinnerst du dich, was ich dir damals gesagt habe?“

Sejkora erinnerte sich nicht an die Geschichte, er glaubte sogar, dass sein Vater sie sich nur ausgedacht hatte, denn wenn er als Junge zu einem Hahnenkampf gegangen wäre, hätte er sicher seinen Lieblings-Nazihelm aufgesetzt, um das rumänische Geflügel davon abzuhalten, in die Offensive zu gehen.

„Ich sagte ihm, er solle zurückgehen und dem Hahn zeigen, wer der Herr im Haus ist. Er ist richtig auf ihn losgegangen, aber ...“

Papa verstummte. Marie starrte abwesend auf die Schnecke, die ein Walnussblatt an ihrem Schneckenhaus kleben hatte.

„Ich bin lieber hinterher gegangen,“ platzte Papa heraus wie ein defekter Apparat, der wieder zu funktionieren begann. „Der Junge sah den Hahn, ließ den Blasebalg fallen, der Hahn sprang ihm auf den Kopf und begann auf ihm herumzuhacken."

Papa lächelte Sejkora an, und seltsamerweise war es nicht das zynische Grinsen der letzten Jahre, sondern ein warmes, väterliches Lächeln.

„Ich habe für dich gekämpft", sagte Papa. „Eigentlich haben wir zusammen gegen den Hahn gekämpft," fügte er hinzu, und es klang recht stolz. Als ob er sich heute gar nicht für mich schämen würde, dachte Sejkora überrascht.

„Papa, kommst du mit mir auf den Friedhof?"

„Nein, heute werde ich einen Hochsitz bauen."

„Und du, Marie?"

Sogar die Schnecke im Gras streckte ihre Fühler aus, um ihre Antwort zu hören, aber Marie stand nur gehorsam auf, ohne ein Wort zu sagen.

Eva kam mit einem Blumenstrauß und Äpfeln an den Tisch, die sie in Maries Korb legte. Papa legte Marie die Hand auf die Schulter, was Sejkora ebenfalls verwunderte: Fremde, die keine Schwarzenberg-Uniform trugen, berührte Papa normalerweise nicht.

„Es ist schön, dass Sie mich besuchen, Marie", freute er sich. „Wir werden im Herbst mit unserem Jüngsten bei Ihnen vorbeischauen. Sie braten eine Gans und wir werden uns wie Könige fühlen", scherzte er so ausgelassen, dass klar war, dass er nicht wusste, mit wem er sprach.

Sejkoras Augen ruhten auf einem Foto, auf dem die Schwarzenbergschen Heger aussahen, als wären sie aus uralten Zeiten, auch weil sie so ernst und steif dreinblickten. Aber diese alte Schwarz-Weiß-Aufnahme drückte Stolz aus, den Sejkora seiner Uniform gegenüber nie empfunden hatte. Die ließ er zerknittert auf dem Boden liegen, verraucht und mit vielen verschiedenen Flecken bedeckt. Aber Papa war immer noch stolz darauf, dass er früher ein Heger war. Er wird bis zu seinem Tod ein Schwarzenberger Heger bleiben, trotz aller Entbehrungen, die ihm das unter dem kommunistischen Regime bringt.

Sejkora war plötzlich froh, dass Marie die Uniform seines Vaters genäht hatte. Es kamen keine Fäden mehr heraus und der Kragen ragte nicht ins Leere. Ich werde sie nicht mit Benzin übergießen und verbrennen, entschied er. Das hätte ich mit meiner Uniform tun sollen.

„Weißt du, wen ich schon lange nicht mehr gesehen habe?“, riss Papa ihn aus seinen Gedanken.

„Wen?“

„Krymus. Er steht sonst bei jeder Baustelle herum und unten bei der Brauerei hat er sich auch noch nicht blicken lassen. Weißt du, was er einmal gesagt hat? Dass jede Baustelle anders riecht. Und er hat Recht, wenn du einen Hochsitz baust, riecht jedes Harz anders, findest du nicht?“

„Das finde ich nicht.“

„Also, sag mir, wo ist dieser Kerl? Habt ihr ihn verhaftet?“

„Das haben wir nicht“, sagte Sejkora und stand auf. Sein Vater ging ihm wieder auf die Nerven.

Lila Leuchtraketen

Über dem Giebel des Hotels Goldener Stern hing die Hülle des weißen Mondes am blauen Himmel. Vor dem Schaufenster des Spielzeugladens drängten sich Kinder aus dem Pionierlager, ihre Gesichter an die Scheiben gepresst und so eifrig auf das Spielzeug zeigend, als wollten sie den Laden ausrauben.

Der Schmerz in seinem Magen ließ nach, vielleicht weil Sejkora um die beste Polizeidienstelle im Grenzgebiet einen Bogen machen konnte.

Vor dem Postamt umarmte Frau Hojdarová eine Frau, die er sicher nicht kannte, so dass sie nach vielen Jahren zurückgekehrt sein musste, und er bedauerte, dass Marie nicht in Čkyně herumspazieren und in die Arme ihrer alten Freunde fallen konnte.

Ihr Schicksal war es, zu verschwinden.

Hinter den schmiedeeisernen Toren des Kirchhofs ragte der spitze Kirchturm in den Himmel, und vom taufrischen

Gras aus beobachteten die Raben sie mit neugierigen, funkelnden Augen. Er ging schweigend mit Marie den steilen Hang zum Familiengrab hinunter und fragte sich, was Kaňka vorhatte und warum er ihn zum Friedhof gerufen hatte, obwohl er nirgends zu finden war.

Die weißen Blumen, deren Namen er nicht kannte, verwelkten in einer Vase unter dem Grabstein mit der Inschrift *Familie Sejkora.* Weil er Eva versprochen hatte, sich um das Grab zu kümmern, und dann vergaß, dass es seit zwei Wochen nicht mehr geregnet hatte. Marie füllte den Spritzkrug mit Wasser und begann, das Grab zu gießen. Mit dem Spritzkrug in der Hand sah sie aus, als wäre sie auf dem Friedhof zu Hause.

Sie schüttete das Wasser aus der Vase, goss frisches Wasser ein und stellte den Strauß hinein.

„Für Oma“, flüsterte sie, und Sejkora dämmerte, was Eva damit gemeint hatte, dass sie heute auf den Friedhof mussten. Die Oma wäre heute hundert Jahre alt geworden. Es wäre schön, dachte er, wenn ich ihr Suppe bringe, sie füttere und ihr erzähle, was es Neues gibt - dass ihre Enkeltochter Kristýna im Camp am Lipnostausee ist und Opa die Uniform repariert bekommen hat.

Zwischen den Grabsteinen unter ihm sah er den alten Mošna aus Hrabitz, der zum Grab seiner Frau torkelte. Er sah aus, als wäre er aus der Kneipe gekrochen, in der er vor einer Stunde noch Karten gespielt hatte. Die Plastikblume war wahrscheinlich die hässlichste, die Sejkora je gesehen hatte. Sie sah aus, als hätte er sie aus einem Mülleimer herausgezogen. Aber andererseits, was für ein Mann schleppt sich morgens aus Hrabitz hierher, um eine Blume auf das Grab seiner Frau zu legen?

Frau Hojdarová und ihre Freundin, die sich nach vielen Jahren wiedergefunden hatten, kamen zu der Bank am Ende der Gasse. Frau Hojdarová sah Marie mit einem verwirrten Blick an und begrüßte Sejkora.

Er erwiderte ihren Gruß. In diesem Moment knisterte etwas laut und ein Feuerwerkskörper flog hinter Frau Hojdarová in den Himmel, gefolgt von einem hellen lila

Streifen. Er sah aus wie die Leuchtraketen, die Sejkora früher beim Militär in den Himmel schoss, und dann flog ein weiterer, leuchtend oranger Streifen in den Himmel.

„Wir müssen gehen!“, rief er Marie zu.

Böhmerwäldler Wein

Das violette Leuchten, das im blauen Himmel bereits langsam verblasste, führte Sejkora von der Hauptstraße oberhalb des Friedhofs in eine steinerne Gasse, die von kleinen Gärten gesäumt war.

Ein dritter, diesmal ein hellblauer Feuerwerkskörper, führte ihn zum Ziel.

Hinter dem Zaun der Holzhütte stand ein schwarzhaariger junger Mann in einem blauen T-Shirt und hellen Shorts, der jüngste Sohn des Wenzel, ein Schüler des örtlichen Gymnasiums.

„Ich bin gleich wieder da“, sagte Sejkora zu Marie, sprang aus dem Auto und roch den beißenden Rauch.

„Ist jemand in der Hütte?“

Der Junge starrte ihn wortlos an, seine Augen sahen aus als hätten sie einen Nebelschleier.

„Hauch mich an!“

Wenzel schwankte, und Sejkora nahm einen stechenden Geruch wahr, den er gut kannte: Böhmerwäldler Wein, gemischt mit Franzbranntwein. Heute angereichert mit dem säuerlichen Geruch irgendwelcher Pillen.

„Ist noch jemand in der Hütte?!“

Der junge Mann starrte ihn an, als sähe er ein Gespenst in Polizei-Uniform.

„N... nein“, murmelte er schließlich.

„Du versteckst doch nicht etwa ein Mädchen?“

„N... nein.“

„Und in der Werkstatt?“

„Auch ... nein.“

„Hast du hier jemanden gesehen?“

„Nein.“

Sejkora hat keine Verletzung bemerkt.

„Wie heißt du Junge?“

„Paul.“

„Gut. Reiß dich zusammen und ...“

Der jüngste Wenzel murmelte etwas.

„Was?“

Der Junge nickte in Richtung der Werkstatt, schluckte, und Sejkora erinnerte sich an das, was Kaňka am Tag zuvor in dem Hotel gesagt hatte. Sein Sohn hat hier verdächtige Kisten gesehen. Was, wenn sein Großvater, der alte Wenzel, der Anführer der Miliz, dort illegal Munition lagert?

„Gibt es hier ein Telefon?“

„Nein.“

„Verdammt! Du packst zusammen, wartest oben an der Straße, und wenn die Feuerwehr kommt, zeigst du ihnen, wo sie hin müssen, okay?“

Sejkora war sich sicher, dass die Feuerwerkskörper, die in den Himmel flogen, bereits gemeldet worden waren, denn die Gärten lagen gegenüber der Militärsiedlung, wo in der Hitze und Trockenheit ständig Rentner unauffällig Ausschau hielten, ob ein von den aus Westdeutschland entsandten Saboteuren gezündeter Funke überspringen würde.

„Lass niemanden hier rein!“

Der Junge nickte abwesend, bewegte sich aber nicht.

„Hau ab!“, schrie Sejkora und rannte in die Hütte, denn als im November das Feuer in Lipka ausbrach, taten die Jugendlichen so, als wäre niemand drinnen, und die Feuerwehrleute holten in letzter Minute einen Jungen heraus, der durch Toluolschnüffeln fast getötet worden war.

Auf einem niedrigen Tisch in der Mitte des Raums standen eine Flasche Böhmerwaldkräuterwein, ein Glas und ein Kassettenrekorder. Von einem Feuerlöscher keine Spur. Er sah keine Blisterpackungen mit Pillen, und er roch auch keinen Rauch. Es gab keine weiteren Explosionen.

Hinter der Tür der Werkstatt, einem quadratischen Raum mit abgetretenem grauen Linoleum, trockneten eine schlammige Milizfahne und eine Uniform, deren Aufnäher sich in braune Flecken verwandelt hatten. Rechts unter der Werkbank lag ein Fass mit der Aufschrift Nektar-Bier-Strakonitz, und auf der Werkbank lagen zugeschnittene Brettchen und Sägemehlhäufchen.

In der Ecke stand ein abgenutzter Holzschrank, dessen Regale mit Dosen von chinesischem Schweinefleisch, Fertigsuppen, Rindfleischpasteten, Zahnbürsten, Medizinschränken und Seifen gefüllt waren. Der Dritte Weltkrieg wird Wenzel nicht überraschen. Ganz unten, hinter den vier Flaschen mit Reinigungsmitteln, entdeckte er zwei große Holzkisten. Sie sahen aus wie die, die sie aus dem polnischen Lastwagen beschlagnahmt hatten. Er öffnete sie: Sie waren mit Feuerwerkskörpern gefüllt.

Hinter diesen Kisten konnte er weitere Kisten erkennen, in denen Patronen gelagert waren, und dahinter konnte er zwei Signalpistolen, zwei Pistolen Modell 52 und sechs Handgranaten erkennen. Der alte Wenzel war wirklich ein so großer Idiot, dass er Feuerwerkskörper neben seiner Munition aufbewahrte.

Vom Friedhof her ertönte die Feuerwehrsirene.

Sejkora atmete tief und entdeckte hinter den Waffen einen Schuhkarton mit Akten und Flugblättern. Ganz oben lagen Blätter über die Vereidigung eines Mitglieds der Volksmiliz, und aus anderen Akten erfuhr Sejkora, dass die Miliz im gesamten Land verteilt über zweiundsechzig Millionen Maschinengewehrpatronen und über fast acht Tonnen TNT verfügte. Es folgten ein Bericht über eine Übung zur Gefangennahme eines bewaffneten Klassenfeindes in gebirgigem Gelände im Rahmen einer Aktion mit der Bezeichnung *Grenzgebietssimulation* und eine lange Liste möglicher Erkundungsobjekte in der Umgebung, die ein Verzeichnis aller Orte enthielt, die die Miliz interessierten.

Er schlug die Seite 53 auf, die ihm ins Auge fiel, las den Antrag, starrte ihn einen Moment lang an, zog ihn dann aus dem Karton, faltete die Seite zusammen und steckte sie in seine Tasche.

Seine Hände zitterten.

Er holte zwei Kisten mit Patronen, zwei Kisten mit Feuerwerkskörpern und die Akten über die Anzahl der Milizwaffen heraus und stapelte sie in der Werkstatt. Dabei dachte er sich, bin ich wirklich so verrückt, Munition und Feuerwerkskörper in mein Auto zu packen?

Das erste Feuerwehrauto erschien in der Gasse am Gartentor. Er schnappte sich eine der Kisten und trat aus der Werkstatt, gerade als der Kommandant der Winterberger Feuerwehr aus der Vordertür sprang.

„Ehre die Arbeit!", begrüßte ihn Sejkora. „Ich habe das Gebäude und die Umgebung gesichert. Der junge Wenzel schoss die Böller, du hast ihn wahrscheinlich auf der Straße gesehen. Er hat Pillen geschluckt und ist zugedröhnt, ihr solltet einen Krankenwagen rufen. Die Kisten mit den Knallkörpern und Kugeln sind in der Werkstatt, ich beschlagnahme diese hier als Beweismittel.

Es ist niemand drinnen, aber schauen Sie lieber nach."

Er öffnete den Kofferraum seines Dienst-Škoda, stopfte die Munition hinein, warf die Knallkörper auf den Rücksitz und fuhr so schnell wie möglich aus dem Garten, weil die Feuerwehrleute die Ausfahrt von beiden Seiten zu blockieren drohten.

Heldenhafter Ritter

Hoch über der Straße nach Bergreichenstein wellten sich Wiesen unter den Einöden, die die Einheimischen noch kannten, obwohl die paar in den Wäldern versunkenen Häuser von den Landkarten verschwanden, genau wie die Einöde *Bei den Sieben Dieben*. Marie kauerte in Pullover und Kopftuch neben ihm, die Arme um ihren Korb geschlungen, wie ein krankes Kind. Ihm war heiß und er machte einen weiteren Knopf seines Uniformhemdes auf. Er war es gewohnt, während der Fahrt zu reden, aber worüber sollte er mit ihr reden?

Er wollte sie gerne irgendwie trösten. Sie ist eine brave Frau. Das denkt meine Frau von ihr, und sie hat immer recht, was die Menschen angeht. Eva sieht jemanden an und weiß, wer er ist. Sie wäre eine hundertmal bessere Polizistin als er, wenn sie nicht weiter als Krankenschwester auf der Kinderstation arbeiten würde.

Vor Jettenitz wurde die Straße gerade und bot den schönsten Blick auf das Grenzgebirge. Tief unter ihnen fielen von Wäldern gesäumte Weiden in steile Abgründe, und über ihnen ragten die dunkelblauen Riesen des Böhmerwaldes auf.

„Soll ich hier anhalten?"

Marie schüttelte den Kopf. Das enttäuschte ihn ein wenig, er hätte ihr gerne noch im letzten Moment eine Freude gemacht. Im Wald hinter Jettenitz bog er in einen Waldweg ein und ging pinkeln. Zwischen den Fichten roch es nach Pech und an den Sträuchern färbten sich die ersten Heidelbeeren blau. Er atmete die kühle Waldluft und hätte alles dafür gegeben, Pilze zu sammeln. Ich gehe nicht zum Auto zurück, dachte er. Marie wird warten, nervös werden, aussteigen und zurück zu den *Sieben Dieben* laufen.

Aber das kann sie leider nicht. Marie Jandová muss heute Morgen offiziell aufhören zu existieren. Man wird sie in die Anstalt bringen und dafür sorgen, dass die Welt sie vergisst. In Dobřany wissen sie, wie man es macht, seit vierundzwanzig Jahren machen sie es so, zuverlässig wie ein Uhrwerk.

Nachdem ich sie den Ärzten übergeben habe, werde ich ihre Papiere vernichten und mir keine Sorgen mehr machen müssen. Er wandte sich dem Auto zu. Marie umklammerte den Korb mit beiden Händen und erwartete geduldig ihr Schicksal.

***

Hinter den letzten Häusern von Klattau erhoben sich sanft runde Hügel aus dem Boden, die die Landschaft in Wälder, Felder, Wiesen und Gärten unterteilten. Er wollte etwas sagen, aber er wusste nicht was, nur Kneipengeschichten kamen ihm in den Sinn.

„Erinnern sie sich an Vašek, den Vorsitzenden der Kolchose in Čkyně?“, fiel ihm ein. „Als Hůlovec noch Kartoffeln auf dem Feld hinter dem Haus anbaute, bekam er die Grippe und Nenadál lieh sich nachts heimlich einen Traktor von der Kolchose und pflügte ihm das Feld um. Und jetzt hat er ihm einen Regenwassertank besorgt und ich sage Ihnen, an so ein Prachtstück heranzukommen ist nicht einfach.

Und das Beste daran ist, dass er Hůlovec kein Wort gesagt hat.“

Mareš hatte Recht: Nenadál war der richtige Kerl. Er wollte nicht, dass Marie das Haus verkauft, er brachte es nicht über sich mit Marie zum Notar zu gehen.

„Er bringt zu Antonín Hůlovec auch alte Zeitungen. Ich habe sie auf dem Boden seines Traktors gesehen. Sie kennen Hůlovec, die Landwirtschaftlichen Zeitungen sind ein Schatz für ihn.“

Er wusste nicht, ob Marie ihm zuhörte, aber plötzlich erinnerte er sich an den alten Herrn Mošna, der vom Gasthaus zum Grab seiner Frau getaumelt war.

„Haben Sie die Blumen auf Ihrem Grab gesehen? Ich glaube, dass Nenadál sie dorthin gebracht hat, denn keine Frau würde jemals einen solch hässlichen Blumenstrauß dorthin legen. Er ließ sich Schlüssel von Ihrem Haus machen. Er kümmert sich darum.“

Es ist nicht ihr Haus, dachte er.

„Und den Brunnen reinigt er auch.“

Er sehnte sich danach, Marie von einem Helden zu erzählen. Wahrscheinlich brauchte er das nach all den Jahren, in denen er in seiner Stammkneipe in Winterberg höchstens davon schwafelte, wer die größten Gauner in der Stadt waren und welche Schurkereien sie verübt hatten.

„Nenadál hat versucht, Sie in Dobřany anzurufen. Die Leute hier haben Sie nicht vergessen. Frau Přerostova hat nach Ihnen gefragt und Frau Markova, die damals im Rathaus arbeitete, hat Ihre Taufscheine aufbewahrt. Sie konnte sie nicht wegwerfen und hat nie vergessen, dass Sie ihr ein Kleid genäht haben. Und da ist noch etwas anderes: Nenadál wollte es Ihnen selbst sagen."

Er erzählte von den Kindern aus Prag, die Nenadál in ihr Haus gebracht hatte, und als er geendet hatte, traute er seinen Augen nicht: Marie lächelte, aber es war nur die Andeutung eines Lächelns, eine winzige Straffung ihrer Falten und ein Ziehen ihres Mundes.

„Ich weiß, dass er sie dorthin gebracht hat." Ihre Stimme klang plötzlich wie die eines jungen Mädchens.

„Ihn würde interessieren, ob Sie ihm verzeihen können."

Sie blickte ihn verblüfft an. „Ich war nie böse auf ihn. Und wären Sie so liebenswürdig, ihm das auszurichten."

„Gut", sagte er, und dann tauchte Dobřany vor ihnen auf, eine verschlafene, unauffällige Kleinstadt, nur etwas größer als Čkyně. Marie holte eine Flasche aus dem Korb, drehte sich zu Sejkora um und sagte etwas.

Er verstand nicht was, also wiederholte sie es:

„Würden Sie bitte zum hinteren Tor fahren?"

„Warum?"

„Ich muss das Wasser für František verstecken."

„Wir gehen durch den Haupteingang. Ich lasse Doktor Kraus anrufen und erkläre ihm, dass Sie das Wasser brauchen."

„Bevor ich zu František komme, werden die Frauen es mir wegnehmen."

„Werden sie nicht." Er atmete hörbar ein. „Hören Sie, niemand im Sanatorium hat Ihre Flucht gemeldet. Niemand sucht Sie. Wenn Sie fliehen wollen, kann man das arrangieren."

Sie blickte ihn entsetzt an, als ob ihr der Gedanke Angst einjagte.

„Hören Sie, Marie..." Es war das erste Mal, dass er sie beim Namen nannte. „Sie können bei uns bleiben."

Er wusste nicht, was über ihn kam, aber er sah, wie sie die Äpfel ihres Vaters in kleine Stücke schnitt. Irgendetwas hatte sie mit Vater angestellt, deshalb war mein Vater heute Morgen so freundlich zu mir. Er hatte mich sogar angelächelt. Und was hatte er gesagt? Gegen diesen Hahn haben wir zusammen gekämpft ...

Sie würde sich um Papa kümmern. Dieser würde nicht mehr weglaufen, und Dr. Fabiánova würde ihn nicht in die Klapsmühle schicken. Und da ich ihren vorläufigen Ausweis habe, könnte sie wiedergeboren werden.

Sie wird mit seinem Papa beim Walnussbaum sitzen. Wenn sie die Wiese und den Brunnen vermisst, wird sie mit Vater zum Brunnen oberhalb vom Brantl-Hof spazieren gehen. Und ich werde ihr ein Schaf kaufen. Dann brauche ich das Gras nicht zu mähen und Marie weiß, wie man es pflegt. Sie ist eine Bauerntochter, das liegt ihr im Blut.

Plötzlich sah Sejkora es im Geiste vor sich: Ruhe. Frieden. Späte Gerechtigkeit, die er selbst erdacht und vollzogen hatte.

„Ich muss zurück nach Dobřany“, sagte Marie.

„Warum?“

„František einen Schluck Wasser aus unserem Brunnen geben um ihn zu heilen.“

„Na ja, wie Sie wollen. Es ist nur so, dass ...“, er hätte fast gehustet.

Dann umklammerte er das Lenkrad mit beiden Händen und platzte heraus:

„Marie, ich weiß, wer Sie angezeigt hat.“

Dringender Fall

Die Irrenanstalten, die Sejkora kannte, waren ursprünglich Gehöfte oder Schlösser wie Hrabitz oder Schüsselburg in der Nähe von Strakonitz. Aber die Anstalt in Dobřany verschlug ihm den Atem, sie war wahrscheinlich größer als die riesige Kaserne in Winterberg. Der endlose Raum, der den Narren zugestanden wurde, war nicht zu begreifen.

Sind so viele unserer Mitbürgerinnen und Mitbürger verrückt geworden?

Und Dr. Fabiánova wollte seinen Vater hierher schicken!

In der Vitrine vor dem Eingang wurde Vladimir Remeks Flug ins Weltall gefeiert: vielleicht hat er für die Tschechoslowakei im Weltall einen Raum gefunden, um immer mehr Patienten hineinzustopfen.

Marie schenkte unseren ersten Kosmonauten keinen einzigen Blick.

Weiß sie überhaupt, dass die Tschechoslowakei einen Kosmonauten hat? Weiß sie, was ein Kosmonaut ist?

Er könnte sie noch irgendwohin mitnehmen. Bei der Ankunft hatte er die Turmspitze der örtlichen Kirche bemerkt. Auf dem Marktplatz wird es eine Konditorei geben. Oder er nimmt sie mit zum Einkaufen in die Drogerie, hier drinnen könnte sie einiges gebrauchen. Aber, dachte er erleichtert, Eva hat Marie vieles, das sie hier braucht, in den Korb gelegt.

Eine grauhaarige Rentnerin hinter der Glasscheibe des Pförtnerhauses erklärte einer schlanken Dame mit Kopftuch etwas, hinter der ein großer Mann mit einem Netz in der Hand stand. Niemand von den beiden sah wie ein Narr aus, aber wer weiß, dachte Sejkora.

Er ging auf die Bank zu und Marie setzte sich neben ihn.

„Sie werden wissen wollen, aus welcher Abteilung Sie sind."

„Ich bin von keiner Abteilung."

„Wie das?"

„Ich nehme mir immer irgendwo ein gerade freies Bett."

„Und wo haben Sie zuletzt geschlafen?"

„Im Pavillon zwölf."

„Und in welchem Pavillon ist František?"

„Im Dreizehner."

„Warum sind Sie erst jetzt weggelaufen? Ich meine, nach so langer Zeit?"

„Jemand hat mich angerufen. Mit diesem Telefon hat es angefangen. Aber dann hat sich eine andere Stimme gemeldet."

„Welche Stimme?"

„Ich weiß es nicht. Sie hat mir immer wieder gesagt, dass ich weglaufen soll."

Marie seufzte schwer.

„Und sie sagt mir ständig, was ich tun soll. Es ist wahrscheinlich nur eine Stimme in meinem Kopf, das ist alles."

Sie starrte geradeaus, mit einem fast leeren Gesichtsausdruck, und Sejkora war plötzlich unendlich erleichtert. Die Frau ist verrückt und wird sich in Dobřany wohlfühlen. Was hat ihn dazu bewogen, damit herauszuplatzen, dass sie in seinem Haus wohnen würde?

Es war an der Zeit, dieser Scheiße ein Ende zu setzen. Er stand auf, ging geradewegs an der Schlange vorbei zur Pförtnerloge. Seine Uniform sicherte ihm allgemeinen Respekt zu.

„Wir haben einen dringenden Fall. Da ist Ihre Patientin Marie Jandová", zeigte er auf Marie, die auf der Bank sitzen blieb. „Sie hat uns bei einem Fall geholfen, ich habe sie am Montag bei Ihnen abgeholt", berichtete er zuversichtlich, obwohl er keine Ahnung hatte, wann Marie beschlossen hatte, wegzulaufen.

„Jandová, Jandová ..." Die Pförtnerin fuhr mit dem Finger auf der mehrseitigen Liste hin und her. „Aus welcher Abteilung kommt sie?"

„Pavillon Zwölf. Ich habe das Annahmeformular unterschrieben. Da war Ihr Stempel...", er hat sich das alles ausgedacht, denn wenn er etwas erreichen wollte, musste er sich erst einmal glaubwürdig beschweren. „Und ich habe klar und deutlich gesagt, dass ich sie heute abliefern werde."

Er warf einen Blick auf seine Uhr. „Zehn Uhr morgens. Da sind wir also. Auf die Minute genau. Sie haben keine Aufzeichnungen darüber? Das ist ja ein schöner Saustall."

„Jandová. Jandová ..."

„Und ich sage Ihnen gleich, dass es sich nicht um die Drogenabhängige aus Pilsen oder die Kleptomanin aus Prag handelt, weil Sie sie am Montag nicht finden konnten. Das ist Marie Jandová aus der Ortschaft *Sieben Diebe* bei Čkyně."

Die Frau sah zunehmend hilflos aus.

„Hören Sie“, schlug er schließlich vor, „ist Dr. Kraus oder Frau Dr. Krausova hier? Die wissen alles über sie.“

„Sicher, ich rufe die Genossin Doktor an!“, rief die Frau erleichtert.

Er kehrte zu Marie auf die Bank zurück. Er konnte nicht sagen, ob sie froh war, wieder da zu sein. Ihr Gesicht schien irgendwo verschwunden zu sein. Wahrscheinlich lauschte sie der Stimme, die in ihrem Kopf herumspukte.

Wenn eine Stimme mir Befehle gegeben hätte, hätte ich sofort gewusst, dass sie der Chef ist, und ich hätte mich selbst nach Dobřany gemeldet.

Plötzlich fühlte er sich furchtbar erschöpft. Das lag wahrscheinlich an dieser deprimierenden Pförtnerloge.

Und er hat noch keine echten Narren gesehen.

„Warum nennt man Ihre Einöde *Bei den Sieben Dieben*?“

Marie hörte ihm nicht zu. Er wiederholte die Frage und sie kam wieder zu sich.

„Ich glaube, wegen uns. Meine Großmutter liebte es, Karotten zu knabbern, als sie ein Mädchen war, Anna hat es ihr nachgemacht, und als die Schneemänner in der Nachbarschaft anfingen, ihre Nasen zu verlieren, wurde gemunkelt, dass sie sie stiehlt, und da wir damals sieben in unserer Familie waren, sagte die Nachbarschaft, dass wir die sieben Diebe sind.“

Sie lächelte nervös.

„Danken Sie Ihrer Frau, dass sie mir die Äpfel und Flaschen gegeben hat. Und auch Ihnen danke ich.“

„Mir?“, platzte er erschrocken heraus.

„Für die Kümmelsuppe. Sie haben mich zum Friedhof gebracht. Sie haben alles erfüllt, was Sie mir versprochen haben.“

Sie blickte dankbar zu ihm auf und schien wieder wie verwandelt, ihr Gesicht war voller Licht und Freude. Aber er hatte sich schon daran gewöhnt, dass Marie Jandová den anderen ständig den Atem raubte.

Wenn dieser Regisseur Troška einen Film über sie drehen würde, bräuchte er mindestens zwei Schauspielerinnen.

„Ihr Vater hatte Recht", sagte sie. „Das Wasser wirkt Wunder. Ich weiß, dass ein Wunder geschehen wird."

Das waren die letzten Worte, die sie zu ihm sagte, denn in diesem Moment rief die Pförtnerin:

„Die Genossin Doktor sagte, sie käme gleich!"

Sejkora stand auf und ging zu ihr.

„Auf welcher Station liegt Krymus? Er ist auch aus Winterberg, wir haben ihn am Montag hergebracht."

„Krymus...", wiederholte die Pförtnerin verwirrt.

„Wissen Sie, auf welcher Abteilung er liegt?"

„Nein."

„Suchen Sie ihn. Es ist sehr wichtig. Sie haben vielleicht in den Unterlagen, dass er aus Winterberg kommt."

In diesem Moment fiel ihm ein, dass er sich nicht an den Vornamen von Krymus erinnerte. Vielleicht hatte er ihn noch nie gehört, für die Winterberger war er einfach Krymus.

Die Pförtnerin griff erneut nach dem Hörer.

„Marie!"

Eine bebrillte Frau in einem weißen Mantel und mit einem Schopf grauer Haare kam aus dem Hauptgebäude. Sejkora stellte sich vor. „Sie müssen wissen, Frau Doktor, dass Marie sich freiwillig gemeldet hat, um uns bei einem alten Fall zu helfen. Sie hat zwei Flaschen mit Wasser, das sie für František mitgebracht hat, und sie hat Angst, es zu verlieren."

„Ja, natürlich. Ich werde ein Auge auf sie haben."

Die Ärztin sah ziemlich überrascht aus, legte aber freundlich den Arm um Maries Schultern. Er konnte nicht sagen, ob sie etwas von dem glaubte, was er ihr gesagt hatte. Marie warf ihm einen kurzen Blick zu und ging mit Dr. Krausova den Korridor entlang.

„Genosse Krymus liegt im Pavillon achtzehn", teilte ihm die Pförtnerin mit.

Plötzliche Panik

Vom Fenster des Instituts aus riecht das Gras ganz anders als am Waldrand. Ich bin wieder in der muffigen Luft und rieche bald Pillen, Schweiß, Urin und Desinfektionsmittel. Aber der Wald gibt nicht auf, die Mückenstiche fangen an zu jucken, die Schrammen von den Brombeerstauden an meinen Waden färben sich rot. Es sind Andenken, die ich von meinem Ausflug zu den Sieben Dieben mitbringe. Lange knochige Finger von Ästen strecken sich aus dem Garten und tasten sich zum Fenster, weil sie den Duft der Wildnis an mir riechen.

Am Eingang steht ein Turngerät aus Rohren, die die Arbeiter von einem Gerüst demontiert haben, an dem nie etwas repariert wurde. Es stand dort etwa ein Jahr, dann kletterten zwei Mädchen daran hoch und sprangen in ihrer Verzweiflung Hand in Hand hinunter.

„Marie", wendet sich Frau Doktor Krausova an mich, sobald wir aus dem Pförtnerhaus kommen, „sind Sie noch immer hier?"

Sie hat mich vergessen. Aber Karel Šebek sagte, sie hätten 3.000 Patienten, wie könnte sie sich da an jeden einzelnen erinnern?

Sie ist die netteste Ärztin in der Anstalt, und ich bin froh, dass sie mich nicht vergessen hat.

„Sie haben ihnen bei dem Fall geholfen?"

„Ich bin nach Hause zurückgekehrt", sage ich, weil ich Dr. Krausova nicht anlügen will. Sie mustert mich forschend, wahrscheinlich überlegt sie, wie weit sie sich erkundigen darf.

„Gut", sagt sie schließlich, und ich bin so froh, dass sie nicht weiter fragt, weil ich fast weine. Aber ich erhole mich, greife in den Korb und ziehe meinen Schatz heraus.

Sie sieht mich, die Äpfel und die Wasserflaschen erstaunt an und denkt, ob sie mich weiter ausfragen soll.

„Ich habe sie für František mitgenommen", erkläre ich. „Könnten Sie sie bei sich behalten? Ich brauche einen

Beweis, dass ich seine Schwester bin, und man würde sie mir in meinem Zimmer wegnehmen."

Ich bete, dass sie es versteht und mich nicht im Stich lässt.

Sie nickt kurz. „Das haben Sie gut gemacht, Marie."

Sie versteckt meinen Schatz zwischen ihren Akten, und ich weiß, dass er bei ihr sicher ist.

„Von Ihrer damaligen Ankunft ist hier nicht viel übrig geblieben", sagt sie, „aber ich werde versuchen, Ihren Aufnahmebericht zu finden. Wo ist František?"

„Auf dreizehn."

„Und Sie?"

„Ich warte immer nur darauf, wo es ein freies Bett gibt."

Ich weiß, dass sie mir in dieser Sache vertraut. „Ich werde Ihnen etwas besorgen, das so nah wie möglich an František dran ist. Warten Sie bei ihm."

Ich nicke, und sie verschwindet so schnell durch die Tür, wie es nur Ärzte können. Ich kann ihr nicht mehr sagen, dass unser Aufnahmebericht, falls er noch existiert, nur ein Stück abgerissenes, kaffeebespritztes Papier ist, weil sie so schnell verschwunden ist.

***

Unter einem weißen, schmutzigen Laken am Ende des Korridors liegt ein toter Mann auf einer Bahre. František? Das ist die Strafe für mein Weglaufen. Zum Glück hat der Tote einen dicken Bauch und graue Haare. Dann sind Stimmen zu hören, und für einen Moment scheint es mir, als würden sich Anna und Lida um einen Kamm streiten.

„Marie!", ruft Schwester Svetlana mir zu. Das lange, schöne Haar ist weg. Das machen Schwestern so, wenn sie etwas ändern wollen, und dann sagen sie mir, dass es so nicht mehr weitergehen konnte. „Wie bist du zurückgekommen?

„Ich wurde von einem Polizisten gebracht."

Svetlana wird blass. „Hat dich die Polizei erwischt?"

„Ja."

„Was hast du ihnen gesagt?", ruft sie entsetzt aus.

„Nichts, es war nur einer und er wird nichts sagen.“

„Er wird nichts untersuchen?“

„Nein, ich kenne seinen Vater, er kam immer zu uns nach Hause.“

Svetlana ist sichtlich erleichtert. „Die Hauptsache ist, dir ist nichts passiert.“

Sie umarmt mich, und ich bin froh, dass mir die Frau des Polizisten das Badezimmer gezeigt hat, denn ich stinke nicht und Swetlana umarmt mich und wieder strahlt sie die Gewissheit aus, dass alles in Ordnung sein wird.

„Ich weiß, du wolltest Michals Mutter helfen und er hat dich da sitzen lassen und ist in die Kneipe gegangen! Du hast dort unglücklicherweise auf seinen tollen Kumpel gewartet, und als die Mutter eingeschlafen ist, wusstest du nicht, was du tun solltest, hast Panik bekommen, bist losgegangen, um Hilfe zu holen, und dann hast du dich verirrt, richtig?“

Ich sehe sie erstaunt an und nicke, denn sie scheint sich dabei gut zu fühlen.

„Michal hat mich ganz schön verärgert. Er benimmt sich wie ein verzogener Bengel.“

Swetlana gibt mir an nichts die Schuld. Vielleicht ahnt sie gar nicht, dass ich mich selbst zur Flucht entschieden habe. Oder dass mir das eine innere Stimme befohlen hat.

Sie sieht mich wieder an, als erwarte sie, dass ich ihre Worte bestätige, aber was soll ich sagen? Das geht mich nichts an!

„Ich bin froh, wieder da zu sein“, sage ich. Es ist die Wahrheit, und die kann niemandem wehtun.

Sie umarmt mich wieder. Es ist so gut ausgegangen, wie es nur ausgehen konnte. Sie hat sich Sorgen um mich gemacht, ich habe mir Sorgen um sie gemacht, und jetzt sind wir wieder zusammen.

„Hast du einen Platz zum Schlafen heute Nacht? Ich werde dir etwas besorgen.“

„Frau Dr. Krausova wird mir ein Bett besorgen, das so nah wie möglich bei František steht.“

„Du bist zur Krausova gekommen?“

„Nicht ich, der Polizist.“

„Oh ja, die kommen überall hin. Stell dir vor, Alena wurde gefeuert, die Ärzte haben herausgefunden, dass sie Toilettenpapier und Handtücher klaut.“

Manchmal, denke ich, offenbart sich das Böse ganz von selbst.

Und ein anderes Mal erfährt niemand etwas davon.

„Wie geht es František?“, flüstere ich.

Geschorener Zwerg

Sejkora war erleichtert, als er die mit Nummern gekennzeichneten Pavillons sah, denn als er sich als Junge im Krankenhaus von Winterberg verirrt hatte, fürchtete er, nie wieder herauszukommen. Vor den Fenstern standen überall Fichten, und die endlosen Gänge waren gespenstisch dunkel.

Nun betrat er neugierig den Pavillon siebzehn. Er war überrascht, dass die Tür offen war, denn er hatte sich den Eingang vergittert und verschlossen vorgestellt. Der Flur war lichtdurchflutet und die Zimmertüren standen weit offen. Eine Krankenschwester in Hellblau fütterte gerade einen Patienten im Rollstuhl. Geduldig erzählte sie ihm etwas und Sejkora erinnerte sich an seinen Vater und Marie.

Ich werde seine Äpfel in kleine Stücke schneiden und ihn nicht anschnauzen, dachte er. Direkt hinter ihm ging ein Raunen durch den Raum.

„Servus, Junge“, begrüßte ihn eine stämmige Frau in den Fünfzigern, deren Gesicht so knallrot war, als hätte die Sonne es verbrannt. Sie trug Sandalen an den Füßen, einen zerfledderten Rucksack auf dem Rücken und hielt einen Becher mit Kaffee in der Hand, den sie im Gehen umrührte, auch wenn der Kaffee auf den Boden tropfte.

„Servus“, antwortete Sejkora und beobachtete, wie die Frau an ihm vorbeiging.

Hinter diesem Pavillon sah er einen weiteren, der mit achtzehn gekennzeichnet war. Im ersten Zimmer dort lag ein kahl geschorener Mann, den sie wohl erst vor einer Stunde so zugerichtet hatten, wie man an den Fäden des eintrocknenden Blutes sehen konnte. Allerdings hatte man ihm den Bart gelassen, der ihm bis zur Taille ging. Etwas ähnliches hatte Sejkora noch nie gesehen. Einfach verrückt, dachte er und versuchte es mit dem nächsten Zimmer, in dem ein weiterer kahlköpfiger Patient schnarchte, der seinen Bart bereits verloren hatte.

Die anderen drei Betten waren leer. Sejkora drehte sich um, um es in dem Zimmer am Ende des Ganges zu versuchen, erstarrte aber an der Tür, als er erkannte, wer sich in dem Raum befand.

Der kahlköpfige, bartlose Patient war Krymus, wahrscheinlich durch Tabletten ruhig gestellt. Unter seinen Augen hingen dunkle Ringe, und die Haut in seinem Gesicht und an seinen Händen hatte einen grünlichen Schimmer. Sie haben Krymus nicht nach Dobřany geschickt, um hier neue Pavillons zu bauen, sondern um ihn zu töten.

Nach nur drei Tagen ist er ein bereits ein Wrack.

Er ist wie ein Zwerg geschrumpft, und ist nicht mehr der Riese, der zwei Kisten Bier, zwanzig Dosen chinesisches Schweinefleisch und einen Laib Brot tragen konnte.

„Krymus, leider habe ich dich nicht gerettet“, flüsterte er, und ihm war wirklich elend zumute.

Verlorene Schokolade

Im Raucherzimmer unterhalten sich die Frauen angeregt. Sie haben sich nebeneinander über den Tisch gebeugt, damit sie nichts verpassen. Ich schleiche mich auf dem Flur direkt an ihnen vorbei und sie tuscheln weiter. Das bedeutet, dass sie gar nicht bemerkt hatten, dass ich geflohen bin, sonst würden sie fragen, ob noch Polizisten die Bahnhöfe bewachen und wie viel Bier und Zigaretten da draußen kosten.

Die Patienten liegen im Sommer auf dem Rasen vor den Fenstern und starren in den Himmel. Karel Šebek raucht am Zaun. Die fettigen Flecken auf seiner Brille helfen ihm, nicht zu sehen, dass hinter der Irrenanstalt der Turm des Panzerübungsplatzes steht.

„Karel, hier ist ein Geschenk für dich, weil du dich um František gekümmert hast."

Ich weiß nicht einmal, ob er sich gekümmert hat, aber ich bin dankbar, dass ich jemanden hatte, der sich um ihn kümmern konnte. „Dein Klassenkamerad B. T. hat sie mir gegeben, ich habe seinen Namen vergessen."

„Béďa Trnka", antwortet Karel und sieht sich die Zigarettenschachtel an. Dann steckt er sie in seine Tasche. Was ist mit den Stimmen? Hast du nicht manchmal das Gefühl, dass du das nur zu dir selbst sagst?"

Ich schüttle den Kopf und er schnippt die Asche ab. Seine Finger sind so gelb vom Rauch, dass sie wie Sonnenblumenpollen aussehen, die ihm der Wind unter die Haut geweht hat.

„Es könnten Gedanken sein, die du so lange wiederholst, bis sie wie Stimmen klingen."

Ich kann nicht widersprechen, nicht einmal, wenn mir jemand beschreibt, was in meinem Kopf vorgeht.

„Sie haben dir einmal Morphium gespritzt. Vielleicht meldet es sich so, will eine weitere Dosis."

Das Morphium hat nichts mit dieser Stimme zu tun, denke ich, und Karel fängt an, an seinem Ohr zu zupfen, und ich weiß, dass er mir nicht mehr zuhört. Die alte Frau Vrábelová legt einer zerzausten Oma in ihrem Zimmer die Karten und wiederholt wahrscheinlich, was sie den Mädchen sagt: Der Kommunismus wird in ein paar Jahren fallen. Ich frage mich, ob das irgendjemand glaubt, oder ob alle nur hören wollen, dass sie irgendwann wieder nach Hause kommen werden.

Ich passe nicht auf, und eine neue Krankenschwester, die ich noch nie gesehen habe, entdeckt mich auf dem Flur. Ihre Augen sind von dem Wunsch erfüllt, jeden, der ihr begegnet, in Stücke zu reißen. Sie macht sich schon auf den Weg zu mir, aber jemand schreit unmenschlich aus dem Nebenzimmer und ich biege in den nächsten Flur ein, wo ich zu Pavillon dreizehn laufen kann, um František zu sehen.

Und plötzlich werden alle meine Alpträume auf einmal wahr.

„Was ist in deinem Korb?“, schreit die Witwe Gagarin.

Ich erstarre und sie reißt ihn mir aus der Hand.

Was soll ich tun? Von Stimmen sprechen? Schließlich hat sie sie auch gehört. Sie haben ihr gesagt, dass Juri Gagarin nicht aufhören würde, sie zu lieben, aber wie ist es ausgegangen?

Sie wühlt in dem Korb und ich sehe erst jetzt, dass die liebe Frau des Polizisten auch eine Milchschokolade für František eingepackt hat. Hat František jemals Schokolade gegessen?

Aber das ist egal, die Schokolade verschwindet in der Tasche von Witwe Gagarins Schürze und die Äpfel auch.

Aus der Tür am Ende des Flurs tritt Turzovka.

„Es ist Wasser aus der heiligen Quelle!“, schreie ich mit allen Kräften, damit sie mich hört. „Vom Brunnen unserer Böhmerwald-Madonna!“

Turzovka dreht sich um und kommt auf uns zu. Sie ist zwei Köpfe größer und 20 Kilo schwerer als Witwe Gagarin.

„Lass sie in Ruhe!“, ruft sie aus, greift nach der Flasche, öffnet sie, schnuppert, nimmt einen kleinen Schluck und grinst theatralisch.

„Das ist kein Weihwasser.“ Sie gibt mir die Flasche zurück. „Weißt du, was mich beunruhigt? Dass wir nur das Versprechen haben, dass Jesus sich um uns kümmert, sonst nichts.“

Sie erwartet wahrscheinlich, dass ich ihr bei diesem Rätsel helfe. Dann platzt sie heraus:

„Weißt du was? Könntest du den anderen sagen, dass ich ein bisschen wie die Prophetin Libuše aussehe?“

Sie verstummt, starrt die Wand an, und hinter ihrem Rücken droht mir Witwe Gagarin mit der Faust.

Ich habe noch zwei Flaschen in meinem Korb. Jetzt beachten sie mich nicht mehr. Ich atme laut aus; bald werde ich bei František sein und ein Wunder wird geschehen.

Ramponierter Blecheimer

Der Anblick von Krymus hat Sejkora so verstört, dass er den Pavillon durch die falsche Tür verließ. Durch diesen Garten ist er sicher nicht gekommen. Rechts glitzerte ein Gewächshaus im Sonnenlicht, links eine Reihe eiserner Gestelle zum Wäschetrocknen, dahinter ein paar Plastikstühle und ein Tisch mit einem Aschenbecher. Ein gepflasterter Weg führte zwischen dem Gewächshaus und den Gestellen hindurch. Er schlug ihn ein, weil er nicht zurück konnte. Die Vorstellung, dass Krymus die Augen öffnen könnte, gerade als er vorbeiging, ängstigte ihn.

Was sollte er tun?

Sich wortlos an Krymus vorbeischleichen und diesen Moment dann nie wieder aus dem Kopf bekommen? Ein Winterberger hat einen anderen Winterberger verraten. Und das in der Irrenanstalt Dobřany.

Der Fußweg hat sich wieder geteilt. Er drehte sich um und versuchte, die Pforte zu finden, aber vor ihm erstreckten sich nur weitere Pavillons. Ich hätte gar nicht erst herkommen sollen. Man hat eine natürliche Angst vor den Orten, an denen man landen wird. Aus demselben Grund besuchte er auch nie die Entzugsklinik in Rothof bei Krumau und war immer froh, wenn Pfleger kamen, um irgendeinen bedeutenden Trunkenbold aus Winterberg abzuholen.

Was wenn jemand denkt, dass er ein Verrückter im Polizeikostüm ist?

Ein Mann im dunklen Hemd und einer Arbeitshose kam aus dem Pavillon auf der rechten Seite. In der einen Hand hielt er einen mit Gras und Unkraut gefüllten Blecheimer, in der anderen eine Hacke. Woran erkennt man, ob es ein Pfleger oder ein Patient ist?

„Entschuldigen Sie, wo ist der Ausgang?“

Der Mann erstarrte.

„Ich frage, wo der Ausgang ist“, wiederholte Sejkora recht freundlich.

„Sie werden mich ins Gefängnis bringen“, flüsterte der Mann, dessen Augen auf seine Uniform gerichtet waren und dessen Hände so stark zitterten, dass das Unkraut auf den Boden fiel.

„Nein, ich habe jemanden gebracht. Er brauchte Hilfe.“

Es klang hohl und verlogen.

Der Mann zeigte direkt hinter Sejkora.

„Der Ausgang ist dort.“

Sejkora drehte sich ungläubig um, weil er gewettet hätte, dass die Pforte irgendwo zu seiner Rechten ist. Was, wenn sie ihn hier von Pontius zu Pilatus schicken?

Was, wenn er hier endet wie Krymus?

Ewiges Leben

In Františeks Zimmer liegen zwei Männer, die wohl eine hohe Dosis abbekommen haben. Einer starrt regungslos auf die Tür, der andere auf die Wand. Es dauert nur ein paar Tage, dann werden die Patienten verlegt, aber sie lassen František hier, weil die Toilette direkt neben der Tür ist, so dass sie ihn nicht weit schleppen müssen.

Auf dem Tisch liegt ein Zettel von Dr. Krausova, sie hat mir die 14 besorgt, also werde ich neben dem Pavillon schlafen, in dem František liegt.

Er ist ganz weiß und erschreckend abgemagert. Sein Mund ist offen und seine Augen sind aschgrau, als wären sie ausgebrannt.

Schuppen und Essensflecken verunzieren sein langes Hemd. Es riecht säuerlich. Ich kann ihn nicht umdrehen, sondern muss warten, bis die Pfleger ihn herausnehmen und dann schnell seinen Rücken und seinen Hintern auf Wunden vom Liegen untersuchen. Niemand hat ihm die Zehen- oder Fingernägel geschnitten.

„František“, flüstere ich.

Sein Kopf bewegt sich nicht.

Soll ich ihm sagen, dass ich Schokolade und Äpfel für ihn hatte? Aber ich habe noch etwas mitgebracht, was Witwe Gagarin nicht wollte.

Zweige aus unserem Wald, die ich als Kreuz an sein Bettgestell hängen werde.

„Ich war zu Hause, František. Ich habe Mutter, Großmutter und dem Großvater Kümmelsuppe gebracht, und sie hat ihnen sehr gut geschmeckt."

Und dann erzähle ich schweren Herzens, weil ich es selbst nicht verstehe, wie die Stimme mir sagte, ich solle weglaufen, unser Haus verkaufen, und auch, was ich tat, als der Polizist von der Straße nach Dobřany abkam, um im Wald vor Jettenitz pinkeln zu gehen.

Ich wartete im Auto und sah den Umschlag in der Tasche auf dem Boden, den er nach seiner Rückkehr vom Notar dorthin gelegt hatte.

Und da habe ich mir gedacht: Wie kann ich uns retten?

Ich öffnete den Umschlag, nahm den Taufschein von František und mir heraus und ließ alle anderen Dokumente drin.

Und dann habe ich Dr. Krausova gebeten, unseren Schatz zu verstecken, und sie war einverstanden.

„Verstehst du, František? Ich bin wieder bei dir, und jetzt wird uns niemand mehr trennen."

František starrt an die Decke.

„Erinnerst du dich an Manka, den Verrückten, der in der Welt herumvagabundierte, und als er krank wurde, schickten sie ihn von Wien nach Čkyně, weil das seine Heimatgemeinde war? Die Hauptsache ist, dass man ein Papier hat, dass beweist, dass man irgendwo zu Hause ist, und das haben wir jetzt! Und weißt du was? Am Ende bin ich ein Dieb geworden", gestehe ich mir selbst ein.

„Wie auch anders, wenn ich von den Sieben Dieben bin. Ist es nicht komisch", füge ich hinzu, „dass ich das einzige Papier, das beweist, dass wir überhaupt existieren, von einem Polizisten klauen muss?"

Letzte Spur

Hinter dem Tor der Irrenanstalt atmete Sejkora erleichtert auf und holte tief Luft. Im Schatten der Lindenbäume brannte zwar die Sonne nicht auf seinen Kopf, aber er war von einem grausamen Durst erschöpft.

Er ging auf den Dienstwagen zu und schaffte es in kürzester Zeit nach Hause. Im Kühlschrank ist noch Hackbraten, er wird ein Nickerchen machen, und am Abend fährt er dann ins Hotel, um die Winterberger vor der Anstalt in Dobřany zu warnen. Er würde ihnen einen Vortrag halten, damit sie aufhören, durchzudrehen, solange es noch geht.

Er schloss das Auto auf und wollte gerade einsteigen, aber die Aktentasche stand auf dem Boden wie eine Kobra, die jeden Moment angreifen kann.

Eine letzte Aufgabe blieb.

Er zog den Umschlag heraus, der einen vorläufigen Personalausweis auf den Namen Marie Jandová und die Taufscheine der Familie Janda enthielt, und sah aus dem Fenster. Ein Stück von der Vitrine mit dem Kosmonauten entfernt stand eine Reihe von verbeulten Mülltonnen.

Es wäre besser, wenn er die Dokumente hier loswerden würde, denn in Winterberg würde er sie wahrscheinlich auf dem Schreibtisch liegen lassen, und wenn der Chef sie sehen würde, würde er die Nerven verlieren.

Er stieg aus dem Auto aus und hob den Deckel des Mülleimers an. Zwei Wespen labten sich an Eisverpackungen und schwirrten um seinen Kopf herum.

Er ist fertig mit den Jandas hier.

Aber Marie weigerte sich, die Existenz in seinem Kopf aufzugeben. Ich kann dafür sorgen, dass sie in Čkyně einen Platz im Pflegeheim bekommt. Und František auch. Warum bin ich erst so spät darauf gekommen?

Oder hat sich Krymus in meinen Kopf gezwängt, den ich verraten habe? Marie ist eine von uns, sie wurde im Böhmerwald geboren. Soll sie den Rest ihres Lebens in diesem höllischen Elend eingesperrt verbringen?

Es ist noch Zeit. Ich kann zurück in die Anstalt gehen und mit der einzigen Ärztin sprechen, der ich vertrauen kann.

Nein, ich habe für Marie getan, was ich konnte. Ich half ihr mit dem Wasser aus dem Brunnen, brachte sie zum Friedhof, fuhr sie hierher und holte Dr. Krausova. Im Irrenhaus findet Marie ihren Frieden. Und vielleicht geschieht ja das Wunder, von dem sie gesprochen hat.

Der Chef hatte Recht: Es darf keine einzige Spur von unserer Aktion geben.

Ohne ihn zu öffnen, zerriss er den Umschlag mit dem provisorischen Personalausweis und den Taufscheinen und warf die Fetzen in die Mülltonne zwischen die Eisverpackungen.

„Auf Wiedersehen, Marie“, flüsterte er, sicher, dass sie ihm auch jetzt nicht antworten würde.

Ewiger Brunnen

Die Sonne ist hinter den Wolken verschwunden. Die Patienten erheben sich vom Rasen und trotten zurück in ihre Zimmer. Die Dämmerung bricht an, und ich sammle den Mut für ein Wunder.

Deshalb bin ich weggelaufen.

„František, noch ein paar Jahre und die Welt wird sich verändern. Das ist es, was die Muttergottes in Medjugorje gesagt hat.

Dann gehen wir wieder nach Hause und vielleicht stecken sie uns mit unseren Taufscheinen in das Pflegeheim. Ich werde Hemden nähen und manchmal gehen wir zu den Sieben Dieben, um beim Brunnen zu sitzen.“

Ich drücke seine Handfläche. Sie ist kalt und klebrig, aber es ist die letzte Hand meiner Familie, an der ich mich festhalten kann.

„Weißt du noch, als die Heger Fučík und Sejkora einmal zu uns kamen? Wir haben dann die genau deren Worte für unsere Puppen benutzt: *Mädel, wenn ihr brav seid, erzählen wir euch wieder Märchen über Hilda, die Prinzessin von Luxemburg und die Fürstin von Schwarzenberg.*

Und die beide Männer erinnern sich an unser Wasser. Sie wissen, dass es heilig ist."

Jetzt, denke ich mir, jetzt ist der Moment endlich gekommen. Es wird ein Wunder geschehen. Das habe ich gefühlt, seit meine Irrfahrt begann.

„František, ich war bei unserem Brunnen. Vašek Nenadál kümmert sich immer noch um ihn. Er ist sauber und das Wasser riecht und schmeckt immer noch nach Eisen. Ich weiß, dass es dich heilen wird."

Es ist, als ob er zittert.

Es ist, als hätte er mich gehört!

Ich lasse seine Hand los. Ich öffne die Flasche, führe sie an seine Lippen und gebe ihm einen Schluck.

Und stellen Sie sich vor, er fängt an zu schlucken, und das Licht kommt zurück in seine Augen.

Ich kann es nicht glauben!

Das ist das Wunder, das ich mir mein ganzes Leben lang gewünscht habe! Wie die Schwalbe, die in meiner Tasche in der Kirche in Čkyně zum Leben erwachte.

Deshalb bin ich weggelaufen.

Ist das überhaupt möglich?

Ich schaue František wieder an.

Seine Augen sind leer, es sind Augen ohne Licht.

Nein, bitte nicht!

Wie kann ich mich so sehr an diesen Träumen berauschen?

Tränen steigen mir in die Augen.

Ich werde František niemals heilen können.

Warum empfinde ich immer noch so viel Hoffnung, wenn sie mir überhaupt keinen Nutzen bringt?

Nüchterne Mannschaft

Sejkora wärmte sein verspätetes Mittagessen auf, machte ein ausgiebiges Schläfchen, und nun saß er im Hotel und trank sein zweites Pilsner. Und wie Karel Hrůša aus Winterberg in der Schankstube einmal verkündete:

Nach zwei Pils beginnt dein wahres Leben. Den ganzen Tag versuchst du vergeblich, dich wie nach zwei Pils zu fühlen.

Und so fühlte sich Sejkora – er lebte wieder. Und das Hotel mit ihm.

Nach seinen Erfahrungen in Dobřany beschloss er, den Winterbergern einen Vortrag über die Prävention überflüssigen Wahnsinns zu halten, aber im Salon feierten Jäger, von denen der Vater einige unflätig öffentlich verfluchte. Wie auch immer, morgen wird er in aller Ruhe selbst zu ausgewählten Bürgern sprechen. Zum Beispiel mit Matějka, der in seiner Jagduniform wie üblich Bier, Rum, Kaffee, Salzstangen und Chips in der Bar bestellte. Sejkora sah, wie er mehrmals alles auf einmal in sich hineinstopfte.

Matějka muss das Grauen von Dobřany erfahren.

Aber Vorsicht, dachte Sejkora, Matějka wohnte in der Nähe von Hrabitz, und er konnte seinen Vater sehen, wenn er mit Fučík, dem Heger unterwegs war, denn er wohnte am Wald und schaute, wie jeder pensionierte Heger, immer aus dem Fenster oder lümmelte auf der Bank vor dem Haus.

Was, wenn er mich damit erpresst, es Doktor Fabiánova zu petzen? Ich werde ihn im Moment lieber in Ruhe lassen.

„Servus", riss ihn Cívka aus seinen nicht sehr durchdachten Plänen.

„Servus, was gibt es Neues?"

„Stell dir vor, der Leiter der Geheimpolizei war mit seiner ganzen Delegation in Čkyně, um sich ein Haus anzusehen, und kam völlig verzückt zurück. Weißt du, was da los ist?"

„Wir werden das besprechen, wenn Kaňka eintrifft."

„Der Chef sagt, dass es so ein Knaller für die Prachatitzer Geheimpolizei war, dass du sofort einen neuen Auftrag hast: nach weiteren Häusern zu suchen."

„Klar", sagte Sejkora. Am Ende einer schwierigen Woche und beim zweiten Pils war es ihm egal, wie sein Vorgesetzter sich vorstellte, was er zu tun hatte.

„Sie fangen mit dem Haus von Krymus' an, und alle im Bezirk sind überzeugt, dass du der Erfinder der ganzen Aktion bist, bei der Immobilien von Patienten aus Irrenhäusern beschlagnahmt werden."

Sejkora nahm lieber einen großen Schluck.

„Aber sonst", fuhr Cívka fort, „war es Mist. Wenn der Chef gute Laune hat, ist es noch schlimmer als wenn er jammert. Gut, dass du ihn nicht gehört hast, er redet wie unser Präsident Gustav Husák im Fernsehen, er sagt sogar zwei ganze Sätze auf slowakisch!"

„Hat er gesagt, dass wir die beste Dienststelle sind?"

„Zum Glück hat er dann wieder auf Tschechisch umgeschaltet."

„Sind die Schwuchteln aus Prachatice schon weg?"

„Nein, die hocken auf der Dienststelle über den Karten, arbeiten deine nächste Aktion aus und ihre Augen leuchten wie bei den Slavia-Fans, wenn sie zu Hause ein Unentschieden erreichen."

„Kommen sie hierher?"

„Sie haben den Krug des Chefs mit Pflaumenschnaps gefüllt, also vielleicht nicht."

Sejkora wollte Maruška gerade zuwinken, um ein drittes Bier zu bestellen, als er den Genossen Antonín Wenzel, den Kommandeur der örtlichen Miliz, den Korridor zum Salon entlang schreiten sah, nicht in seiner schlammigen Uniform, sondern in einem gebügelten Jagdmantel, denn ein Mann wie Wenzel muss überall Eindruck machen.

„Was will der Wichser hier?", fragte Cívka.

Sejkora stand auf.

„Jetzt schau mir zu", sagte er.

Heilige Grube

Ich setze mich kurz zu den Alkis, um zu sehen, ob sie eine brandneue Flasche auf den Umschlag der Zeitschriften gezeichnet haben. Ich hätte ihnen wenigstens ein Bier mitbringen können, das wäre für sie ein Fest gewesen.

Ich stehe besser auf, denn es gibt zwei von ihnen, die ich noch nicht kenne. Ich frage mich, ob eine von ihnen mich morgen früh abfangen und mir erzählen wird, wie froh ihre Verwandten sind, sie los zu sein. Es wird um das Haus oder das Erbe gehen und das würde mich wirklich umhauen.

Würde irgendjemand eine Stimme hören, die ihm sagt, dass er sein eigenes Haus umsonst loswerden kann?

Ich bin so kaputt, dass ich mich wie ein Schatten durch den Flur schleppe. Die Tür der Putzkammer ist unverschlossen, und ich verkrieche mich zwischen Lappen und Eimern. Und sobald ich die Tür hinter mir schließe, werde ich wieder wie ein kleines Mädchen weinen.

František wird sich nie wieder erholen.

Was soll ich nur tun? Plötzlich dämmert mir, wie sehr ich die Stille im Wald und das Zwitschern der Vögel über mir vermisse.

Für immer.

Wahrscheinlich bin ich kurz eingeschlafen, denn ich weiß überhaupt nicht, wo ich bin. Aber ich rapple mich auf und krieche aus der Kammer. Wenn ich hier einschlafen würde, würden mich die Putzfrauen glatt einschließen, wie es Turzovka passiert ist. Als ihr Ratten über die Beine liefen, schrie sie um ihr Leben, aber es dauerte eine Stunde, bis es jemand hörte. Meine Knie, Knöchel, mein Rücken und mein Nacken schmerzen, aber ich muss noch einen letzten Besuch machen, also stapfe ich bis ans Ende der Anstalt zu einer Grube, die vor Jahren mit Bauschutt aufgefüllt wurde.

Hier gibt es kein rostiges Tor, das klagt, wenn ich es öffne, auch keine bewaldeten Hügel hinter der Mauer, die wie Wellen der Ewigkeit gegen die Berge aufsteigen und Holzkreuze entblößen.

Auch keine schöne Erinnerung, denn ich habe hier keine Schwalbe gefunden, die ich in die Kirche mitnehmen könnte.

Schmetterlinge und Bienen fliegen nicht hierher, im Gras kriechen keine Schnecken wie bei uns in Čkyně, nein, übrig geblieben sind nur zertretene, von der Sonne ausgebleichte Schalen zwischen Scherben, Kippen und Ziegelstücken.

Niemand bringt hier Blumen her, nur Jugendliche rauchen, trinken und nehmen Drogen.

Ich bleibe vor dem Schutthaufen stehen. In der Ferne, an der Straße nach Klattau, ist der Anstaltsfriedhof zu sehen, der vor Jahren aufgelöst wurde. Meine Familie und das Grab? Hier?

Wir verschwinden spurlos, wie Schafe, die im Wald grasen.

Vergessene Anfrage

„Ehre der Arbeit", begrüßte der Milizionär Wenzel Sejkora. „Der Feuerwehrchef hat mir erzählt, dass du der Erste warst, als es bei unserer Hütte geknallt hat."

Sejkora nickte.

„Und du hast ihm dort Kisten mit Munition und Knallkörpern hinterlassen."

„Ja, das habe ich."

„Woher kommen die Böller, Alter?"

„Das weiß ich nicht", sagte Sejkora.

„Und das soll ich dir glauben? Und selbst wenn du es nicht wüsstest, du hättest sie doch verschwinden lassen können, oder? Das macht man doch nicht, Freunde da reinzuziehen. Das Feuerwehr-Arschloch weiß nicht mal, was er mit den Kisten machen soll."

„Das ist ganz einfach, er muss sie melden."

„Du weißt ganz genau, dass ich keine Feuerwerkskörper in der Hütte gelagert habe. Und ich weiß, wer mich reingelegt hat. Wenn es nötig ist, werde ich das im Bezirk zur Sprache bringen."

Er blickte Sejkora bedrohlich an, der ahnte, was Wenzel dachte.

Ich war zuerst in der Hütte, also habe ich das Feuerwerk vorbereitet und gezündet, um es seinem Sohn unterzuschieben, der meinen Platz auf der Dienststelle will. So sieht die Version von Wenzel aus.

„Unter uns gesagt“, wandte Sejkora ein, „ich war auf dem Friedhof, als der erste Knallkörper losging.“

„Ja?“

„Ich habe zuverlässige Zeugen, zum Beispiel Frau Hojdarová, die war auch da.“

Das bringt Wenzel ganz aus der Fassung und er ändert das Konzept. „Was wäre, wenn du sagst, die Patronen, die du in der Hütte gefunden hast, gehören dir?“

„Also, dass ich Munition von unserer Dienststelle bei euch in der Hütte gelagert habe?“

„Ja, ich brauche Hilfe, ich möchte nicht, dass die Sache zu sehr breitgetreten wird.

„Das wird keiner glauben.“

Wenzel seufzte. „Also ziehst du mich in so eine Scheiße rein und hilfst mir dann nicht mal?“

„Ich habe Sie in nichts reingezogen.“

„Weißt du, was die Feuerwehrleute gesagt haben? Dass du eine Kiste mit unserer Munition und auch einige Knallkörper mitgenommen hast - warum?“

Sejkora antwortete nicht.

„Worauf willst du hinaus, Klugscheißer? Nur, weil mein Sohn deinen Platz einnehmen wird?“

„Es geht darum, was ich in Ihrer Werkstatt gefunden habe.“

Sejkora griff in seine Tasche und holte ein Dokument heraus, das in einem Schuhkarton am Boden von Wenzels Kiste gelegen hatte.

Das Verzeichnis der von den Milizionären so begehrten Wiesen und Aufklärungsobjekte umfasste nicht nur die Wiese, auf der Meister Johann Hus gepredigt und der alte

Wenzel seine schlammige Fahne geschleppt hatte, sondern auch eine Einöde, auf die Seite 53 hinwies - und die hielt Sejkora gerade in der Hand.

Er las laut vor: „Im Juni 1960 wurde nach Absprache mit Dr. Kreisa ein Antrag auf Beschlagnahme eines bewohnten Gebäudes in der Gemeinde Čkyně gestellt. Es handelte sich um ein Gebäude in der Nähe der örtlichen Straße, das eine große Wiese, eine Zufahrt und Zugang zu einer Wasserquelle bot. Die derzeitigen Eigentümer sind Kulaken und geistig verwirrte Menschen. Der verwahrloste Gesundheitszustand ihres Sohnes František und das gefährliche Verhalten der gesamten Familie waren den Behörden bereits in einer Meldung von Anfang Juni 1960 zur Kenntnis gebracht worden, in dem es hieß, er müsse von Ärzten und Psychiatern betreut werden."

„Und was soll dieser Kram bedeuten?"

„Dass Sie die Familie Janda aus Dobrá Voda angezeigt haben."

„Ich kenne keine Jandas, und du hast mir das auch noch eingebrockt. Du glaubst, du kannst mich überrumpeln? Ich habe Freunde im Bezirk ..."

„Sie erinnern sich nicht einmal daran, dass Sie sie angezeigt haben?"

„Ich habe niemanden angezeigt. Steht mein Name darauf? Hier steht eindeutig: Es wurde ein Antrag gestellt."

Natürlich, dachte Sejkora, hat niemand den Antrag geschrieben. Und er glaubte Wenzel sogar, dass er sich nicht daran erinnerte, die Jandas angezeigt zu haben. Schließlich hatte er viele ähnliche Anträge und Mitteilungen an die Behörden geschickt.

Sejkora wandte sich dem Fenster zu, das zur Polizeiwache führte.

„Sehen Sie die Autos in unserem Hof?", fragte Sejkora.

„Ja, der schwarze Tatra gehört dem Leiter der Prachatitzer Geheimpolizei. Und ich kenne ihn persönlich."

„Eine große Delegation aus dem gesamten Bezirk ist gekommen. Ich werde ihnen gleich die Kiste mit der

Munition und den Böllern zeigen, die Sie aus dem polnischen Lkw gestohlen haben."

Wenzel sah ihn fassungslos an.

„Das machst du nicht."

„Ich denke, die Hälfte der Leute dort mag Sie nicht besonders und es wird sie interessieren, wie Sie sie hinter ihrem Rücken bestehlen. Ich zeige ihnen auch die geheimen Dokumente mit der Anzahl der Maschinenpistolen und der Menge an TNT und melde, dass Sie senil sind, die Sicherheit des Bezirks und der Grenze gefährden und dieser Arbeit nicht mehr gewachsen sind."

„Du bluffst. Du hast die Kisten nicht hier."

Sejkora drehte sich um und zeigte auf den Hof des Hotels, wo er geparkt hatte.

Wenzel wurde bleich.

„Das kannst du ja mal versuchen, du Dreckskerl, und du wirst sehen, was du davon hast!"

Sejkora wollte endlich die blöden Böller und Granaten loszuwerden, und ließ Wenzel fluchend im Gang stehen. Eigentlich wollte er gar nicht zu den Geheimpolizisten, er hätte in dieser Stimmung gerne noch mindestens drei Pils mit den Jungs getrunken. Aber er musste zur Polizeiwache, denn in einigen Wochen würde der junge Wenzel wieder Mut fassen und mit seinem Vater versuchen, sie erneut von der Dienststelle zu verdrängen.

Er holte tief Luft, packte die Kiste aus dem Auto, überquerte die Straße und bereitete sich auf Schulterklopfen und viele Trinksprüche mit lauwarmem Slivovitz vor.

Flüchtiges Spinnennetz

„Papa, Anna und Lida, ich weiß, dass ich lange gebraucht habe, um zurückzukommen, aber ich bin hier. Ich vermisse euch und denke immer an euch", sage ich über den Schutthaufen hinweg.

Ich sage das schon seit Jahren, habe es fast auswendig gelernt, weil ich etwas brauche, worauf ich mich stützen kann, wenn mir die Kraft ausgeht. Und das kommt schneller, als ich dachte, denn ich bin am Ende meiner Kräfte. Ich möchte nicht in ein paar Jahren hilflos dastehen und nicht wissen, was ich sagen soll.

Der Himmel über mir ist wie eine riesige blaue Fläche, auf der kein weißes Schaf, keine Ameise und kein Eichhörnchen geboren werden kann.

„Ich werde versuchen, euch morgen etwas Suppe zu bringen, zumindest ein paar Löffel."

Ob ich das überhaupt glaube? Plötzlich träume ich wieder: Ich male mir aus, wie es wäre, wenn ich die Studentenblume über ihren Köpfen einpflanzen und ihnen einmal im Monat drei Teller Kümmelsuppe in einem Blechbehälter bringen würde. Es würde herrlich duften, wenn die Sonne auf dem Metallbehälter glitzert und die Toten begrüßt.

„Es gibt immer noch einige angeschlagene Tassen mit Kornblumen-Dekor an unserem Brunnen. Daran erinnert ihr euch doch, oder? Es ist nur ...", ich schlucke unwillkürlich, „... der Brunnen gehört uns nicht mehr."

Ich erzähle, was die Stimme mir zugeflüstert hatte.

„Auf dem Friedhof in Čkyně erzählte ich meiner Mutter, meiner Großmutter und meinem Großvater, was ich getan hatte, und sie waren bei mir, sie schickten mir ein Spinnennetz auf unserem Grab. Ich habe ihnen Suppe gebracht und wir waren alle wieder zusammen.

Was ist mit euch?"

Es herrscht eine lange Stille.

„Könnt ihr mich hören?

Bist du hier, meine Familie?"

Hervorragende Mannschaft

Sejkora versuchte die Geheimpolizisten vergeblich davon zu überzeugen, dass er zu einer Familienfeier müsse, aber schließlich ließen sie ihn gehen, weil sie nach Prachatitz fahren mussten.

Er kehrte ins Hotel zurück, wo Kaňka bereits wartete. Die Bar und das Restaurant waren bis auf den letzten Platz gefüllt. Die bunte Gesellschaft bestand aus Holzhauern aus den umliegenden Wäldern, alten deutschen Glasmachern, deren Stammkneipe vor Jahren geschlossen wurde, Kanalarbeitern und sogar aus finsteren Gestalten vom Landschaftsschutzgebiet Böhmerwald, die niemand ernst nahm. Und um die Liste der Trinker zu vervollständigen, musste man einen Blick hinter die Tür mit der Aufschrift „Küche nicht betreten“ werfen, hinter der die Angestellten soffen.

Die Einheimischen wirkten ruhig, als hätten sie eine Katastrophe überlebt, etwa einen Flugzeugabsturz, bei dem sie alle zusammengesessen hatten, und nun merkten sie, dass sie noch am Leben waren.

Vielleicht hören sie für eine Weile auf zu spinnen, dachte er. Sie werden schon irgendwie überleben, auch wenn ich sie nicht vor der Irrenanstalt in Dobřany warne.

Sejkora sah sich nach dem Kellner um, denn er wollte den lauwarmen Pflaumenschnaps mit einem eiskalten Pils herunterspülen.

„Heute zahle ich alles“, beschloss er.

„Ja? Und was ist passiert, dass es Freibier gibt?“, fragte Kaňka.

„Dank dir sind wir der beste Dienstelle im Böhmerwald, vielleicht sogar im ganzen Land!“

„Dank mir?“, wunderte sich Kaňka.

„Sei nicht so bescheiden, Kumpel, es liegt alles an dir.“

Kaňka starrte Sejkora genauso überrascht an wie Cívka, also fügte Sejkora hinzu: „Du verdienst eine Auszeichnung, und es tut mir wirklich leid, dass du nichts bekommst, aber wie gesagt, ich würde sie dir gerne auf der Stelle anheften. Zum Beispiel den Orden des Goldenen Feuerwerksböllers.“

Kaňka schaukelte unbeholfen in seinem Stuhl und nahm einen Schluck vom Bier.

„Es ist krass“, fuhr Sejkora fort, „dass du dieses Milizschwein versenkt hast.“

„Wie habe ich ihn versenkt?“

„Am Ende hat sich herausgestellt, dass deine Idee, Feuerwerkskörper in der Hütte zu platzieren, uns allen die Haut gerettet hat und wir die Denunzianten losgeworden sind."

„Ich habe keine Feuerwerkskörper gezündet", verteidigte sich Kaňka.

„Kumpel, sag einfach nichts. Ich will dich loben! Ich weiß, dass ich dir die Idee ausgeredet habe. Und es ist in Ordnung, dass du nicht auf mich gehört hast. Wir sind eine Mannschaft. Du kannst gerne kreativ werden."

Kaum hatte Sejkora das gesagt, bekam er eine Gänsehaut. Untergebene können nicht machen, was sie wollen. Das nächste Mal wird Kaňka auf jeden Fall Mist bauen.

„Sonst war es aber ziemlich riskant, oder?", fragte Sejkora nach.

„Das würde ich nicht sagen", prahlte Kaňka.

„Ich sage nur, dass bei der Trockenheit auch die ganze Stadt hätte Feuer fangen können, Mann!"

„Keine Sorge! Deshalb habe ich dich angerufen, damit du früher kommst, und ich wusste, dass Eva dir das ausrichten würde. Ich weiß, was ich tue", prahlte Kaňka weiter. Er war sehr selbstsicher, wenn es um Böller und Sprengstoff ging, also seufzte Sejkora nur wieder. Jetzt musste er ständig aufpassen, dass Kaňka der Ruhm nicht in den Kopf stieg und er nicht anfing, all ihre Probleme mit Sprengstoff zu lösen.

„Haben dich Wenzels Sohn oder die Nachbarn heute Morgen bei der Hütte gesehen? Oder in der Nähe vom Friedhof?"

„Ich ging in der Dunkelheit hinein und bereitete alles vor. Der Junge schlief und die Nachbarn auch. Ich zündete das Feuerwerk, kletterte über den Zaun und ging durch das Gebüsch um die Straße herum."

„Hast du ein Alibi?"

„Ja, da hat der Eismacher Héra geangelt. Er war ziemlich betrunken, aber er wird sich an mich erinnern, und auch der neue Heger von Rabitz ist dort vorbeigekommen."

„Haben die Fische gebissen?"

„Nein."

„Nächstes Mal fängst du was, Kumpel", wünschte ihm Sejkora herzlichst.

„Keine Sorge, Chef", antwortete ihm Kaňka.

„Na gut. Wir haben uns den jungen Wenzel vom Hals geschafft, niemand wird einen Polizisten aus ihm oder seinen Kumpanen machen."

„Das ist großartig!", rief Cívka erleichtert aus. Er war froh, dass er sich nicht zu den Bäckern gesellen musste.

„Wir gehen also feiern, und du bezahlst dafür?", vergewisserte sich Kaňka.

„Ja!"

„Gut", sagte Cívka, „und warst du heute in der Klapsmühle?"

„Ja, da war ich."

„Wie ist es da drinnen?"

„Erschütterndes Elend, Leute, das könnt ihr euch gar nicht vorstellen."

„Was ist mit Krymus?"

„Den habe ich nicht gesehen."

Cívka war bei der Verhaftung von Krymus dabei, und Sejkora wollte nicht, dass er unnötige Gewissensbisse bekam, wenn er erfuhr, wie schnell und zuverlässig der verrückte Krymus ausgeschaltet wurde. Es reicht, wenn Krymus mich in den Schlaf verfolgt. Denn ich weiß, wie unsterblich die hiesigen Verrückten sind.

„Verdammt, wo ist das Bier?", wetterte er.

„Da kommt Maruška schon", antwortete Cívka.

„Was ist denn mit dem los? Er schleppt sich ja daher wie ein Lahmer", wunderte sich Sejkora. „Was ist los mit dir, Maruška?"

„Oh, meine Gelenke tun weh", klagte er.

„Ach, es tut uns wirklich leid, dass wir dich heute hin und her jagen müssen."

Maruška seufzte und humpelte zurück zum Ausschank.

„Hört zu“, sagte Sejkora, „da ist noch etwas anderes.“

Er begann, in groben Zügen über Hůlovec zu sprechen, denn er wollte, dass seine Männer wussten, dass er ihn gerettet hatte und dass er eine schützende Hand über ihn hielt, und er betonte, wie er heldenhaft die Ansichtskarte mit dem Schauspieler Juraj Kukura verbrannt hatte, wobei er unangenehme Details ausließ, wie die Tatsache, dass die ganze Hütte fast Feuer gefangen hätte, und zu dem Moment kam, als er die Feuerwerkskörper und die Schachtel mit den Milizpapieren entdeckte. Und dass sich darunter die Anzeige gegen die Familie Janda befand.

„Glaubt mir, ich war auch überrascht über diese Anzeige. Und wisst ihr was? Als wir nur noch ein paar Kilometer von Dobřany entfernt waren, zeigte ich Marie das Papier.“

„Na und, war sie wütend?“

„Sie wollte die Papiere nicht sehen.“

„Sie wollte nicht wissen, wer sie angezeigt hat?“

„Nein.“

Sejkora erinnerte sich an das erstaunte Gesicht von Marie Jandová.

„Erinnert ihr euch an die alte Frau Voldřichová, als der verrückte alte Narr Kalandra ihr Häuschen in Obermoldau in Brand steckte? Es brannte bis auf die Grundmauern nieder, und sie saß am Morgen neben einem Haufen Asche. Als ich ihr sagte, wir hätten Beweise, wer es getan habe, zuckte sie nur mit den Schultern. *Was soll mir das bringen? Ihre Beweise werden mir mein Häuschen nicht zurückbringen.* Sie hat ihn nicht einmal verklagt, sondern ist zu ihrer Schwester nach Strakonitz gezogen.“

„Manche Frauen kann man einfach nicht verstehen. Aber das Wichtigste ist, dass wir diese Schlange Wenzel versenkt haben.“

„Genau.“

Die Polizisten hoben ihre Biergläser.

„Also auf uns!“

„Auf uns, Männer!“

So sieht also unsere Arbeit aus, dachte Sejkora. Der junge Wenzel verpfeift uns, wir regeln das auf unsere Weise. Wir stoßen auf einen Fall an, mit dem niemand etwas anfangen konnte. Den knacken wir dann direkt. Das ist doch eine großartige Ermittlungsmethode! Schade, dass dieser Fall niemanden interessiert und niemand dafür ins Gefängnis gehen muss.

„Wir haben uns immer wieder gefragt, wer uns aus diesem Schlamassel herausholen wird, und am Ende war es Marie Jandová", sagte er. „Die Tatsache, dass sie aus der Klapsmühle entkommen ist, hat uns die Haut gerettet. Dank ihres Auftauchens mussten wir den armen alten Hůlovec nicht opfern und hatten trotzdem ein Druckmittel gegen Wenzel."

Ja, dachte er zufrieden, ich habe Hůlovec und seinen verrückten Bauernhof gerettet. Ich habe Papa vor der Narranstalt Dobřany in Sicherheit gebracht, das heißt, zumindest bis er wieder etwas anstellt. Keiner meiner Jungs hat seinen Job verloren. Die Mannschaft, die ich zusammengestellt habe, wird weiter zusammen unter mir arbeiten und die Milizionäre können Schlittschuh laufen.

Wir werden wieder faulenzen, wie wir wollen und keiner kann uns daran hindern. Die Blasen des Pilsners stiegen ihm zu Kopf und erfüllten ihn mit so viel Stolz, dass das ganze Hotel für einen Moment vor seinen Augen verschwamm und dann wieder seine schöne Form annahm.

„Sollen wir noch einen Schnaps trinken?", sagte Kaňka erneut.

„Ja, aber lasst mich euch noch etwas sagen! Diese Jandová, Jungs, und merkt euch das", rief Sejkora begeistert, „wurde uns vom Himmel selbst geschickt."

Endgültige Antwort

Zum ersten Mal in meinem Leben hängt mein Name über dem Bett, das Dr. Krausova mir im Pavillon 14 besorgt hat:

Marie Jandová

Vielleicht wird die Ärztin morgen so nett sein und ihn auch über Františeks Kopf hängen lassen.

František Janda von den Sieben Dieben

Allerdings würde das die Leute stutzig machen.

Aber sollte man sich für sein Zuhause schämen?

Das Bett ist bequem und sauber, und wenn ich mich nicht irre, ist dies das Zimmer, in das sie uns in der ersten Nacht, in der sie uns nach Dobřany brachten, steckten. Hier haben wir ein ganzes Jahr lang zusammen geweint, uns an die Wand gekauert wie Eidechsen, die vergeblich nach einem Rest von Wärme auf einem Stein suchen.

Dort liegen drei Frauen, eine seufzt, eine schnarcht und eine schweigt. Sie ist wahrscheinlich neu, schluckt ihre Tränen herunter und hofft, dass sie niemand hört. Es gibt viele Patienten, die so leise weinen, dass es niemand bemerkt, wie ein Brunnen im Wald, der so leise verrinnt, dass ihn niemand finden kann.

Aber die Nachbarn werden sich um unseren Brunnen kümmern. Vašek Nenadál, Antonín Hůlovec, vielleicht sogar derjenige, der das Haus gekauft hat. Vielleicht bringen sie wieder Leben in unsere Einsamkeit.

Was weiß ich schon?

Ich seufze, und dann denke ich: Dieses Bett wird mein letztes Zuhause sein. Also werde ich beten, dass es bei mir bleibt, bis ich sterbe, auch wenn es möglich ist, dass mich morgen früh eine neue Krankenschwester rauswirft.

Die Luft ist schwer, auch wenn ich am Fenster liege, das ich heimlich geöffnet habe. Es ist Mitternacht und ich kann nicht schlafen, obwohl ich furchtbar müde bin.

Ich beschließe, noch einmal in Gedanken durch unser Haus zu gehen. Es ist heute immer noch leer, und ich bin mir sicher, dass es traurig ist, weil ich es gegen Wasser für František eingetauscht habe.

Ich stehe auf der Türschwelle meines Elternhauses. Ich halte die Türklinke fest und bin froh, dass nicht eine tote Matilda vor der Tür liegt. Aber die Mäuse sind da, und niemand kann sie loswerden. Nachts werden sie überall im Haus sein, und morgens werden sie unermüdlich kleine Gänge im Gras und auf der Veranda bauen.

Meine Hände riechen nach Wasser, Eisen und Holz.

Und das bedeutet, dass ich bei unseren Brunnen gewesen bin.

Ich gehe nach oben in mein Zimmer. Es ist Nacht, Anna hat schon ihre Möhren aufgegessen und Lida schläft auch. Der Mond scheint durch das Fenster und die Bäume rauschen. Ich sinke ins Bett und schließe meine Augen. Am Morgen stehe ich auf, lächle die Welt an, genieße die Wiese, den Wald und den Himmel, die Kuh muht aus dem Stall, die Schafe blöken, die Vögel singen, Anna und Lida fangen an, mir zu erzählen, was sie geträumt haben, und Mama und Papa begrüßen mich am Küchentisch.

Es wird draußen regnerisch werden. Ich stelle mir vor, wie schön es ist, zu Hause zu sein und den Regen in den Baumwipfeln rauschen zu hören. Die Wolken am Himmel sind unsere Schafe und der Bach schlängelt sich durch das Gras. Ich kenne ihn so gut, dass ich weiß, wann seine Farbe von hellgrün zu dunkelblau wechselt.

Wir stehen alle am Fenster und schauen hinaus. Der Wald ist so grau wie unsere Kühe und der Regen bläht die Wolken auf, als würden sie kalben. Wir freuen uns darauf, nach dem Regen aus dem Haus zu gehen und die Pfützen glitzern überall wie Seerosen in einem endlosen See aus Gras.

Und dann setzen wir uns auf eine Bank und sehen zu, wie die Wolken aufbrechen.

Was bedeutet all mein Träumen? Plötzlich wird mir klar, dass ich die ganze Zeit nur Hunger hatte.

Hunger nach Zuhause.

Und dann ist plötzlich das Rauschen des Regens in meinem Kopf verschwunden. Ich höre nur noch das Schnarchen der Frau in der Zimmerecke, und dann ist es auf einmal still.

Totale Stille.

Diese Stimme ist bei mir, auch wenn sie schweigt, sie ist bei mir, so wie Sie jetzt bei mir sind.

Zumindest haben Sie jetzt endlich eine Vorstellung davon, wie ich mich fühle und warum diese Stimme mich so gut kennt.

Was will sie noch von mir?

Kam sie, um mir zu sagen, dass ich nichts erreicht habe und es kein Wunder gab?

Aber so spricht sie nicht mit mir, die Stimme macht mir keine Vorwürfe.

Immerhin habe ich etwas geschafft, ich habe unsere Geburtsurkunden mitgebracht. Bei Frau Doktor Krausova sind sie sicher und ich werde mich um František kümmern, solange ich kann.

Vielleicht will die Stimme, dass ich für all diejenigen bete, die mir geholfen haben. Wie der Typ mit den Hühnern und der Flasche, der anhielt und mir Zigaretten für Karl übergab.

Ich spreche Gebete, aber die Stimme wartet immer noch auf etwas.

„Wer bist du?“, flüstere ich, aber natürlich kommt keine Antwort.

„Warum redest du ständig mit mir?“, sage ich nach einem Moment wieder. Ich möchte unbedingt, dass die Stimme mich endlich wahrnimmt, und es ist mir egal, ob mich jemand hört oder nicht.

Damit
du
das
weißt.

„Was soll ich wissen?“ flüstere ich.

Wer
du
wirklich
bist.

Das ist lustig, denke ich.

„Ich bin Marie Jandová!“, rufe ich aus, so steht es in meinem Taufschein. Wieder habe ich das Gefühl, dass ich meinen Verstand verliere.

Das
bist
du
nicht.

Die Stimme ist so klar, als stünde sie neben meinem Bett. Ich hebe den Kopf: Natürlich ist niemand da.

„Nicht?“, rufe ich.

„Wer bin ich denn dann?“

Du
bist
Jungfrau
Marie

von
den
Sieben
Dieben.

Klar, geht es mir durch den Kopf.

„Und wer bist du?“, frage ich deutlich, wobei es sich so anhört, als ob die Stimme wieder mir gehört. Es ist die neugierige und unbezwingbare Stimme eines Mädchens, das sich vor nichts fürchtet.

Endlich antwortet mir die Stimme:

Ich
bin
das
Licht

der
Welt,
ich
bin

doch
der
Heilige
Geist.

ENDE

Lageplan Dobřany – Pilsen – Čkyně

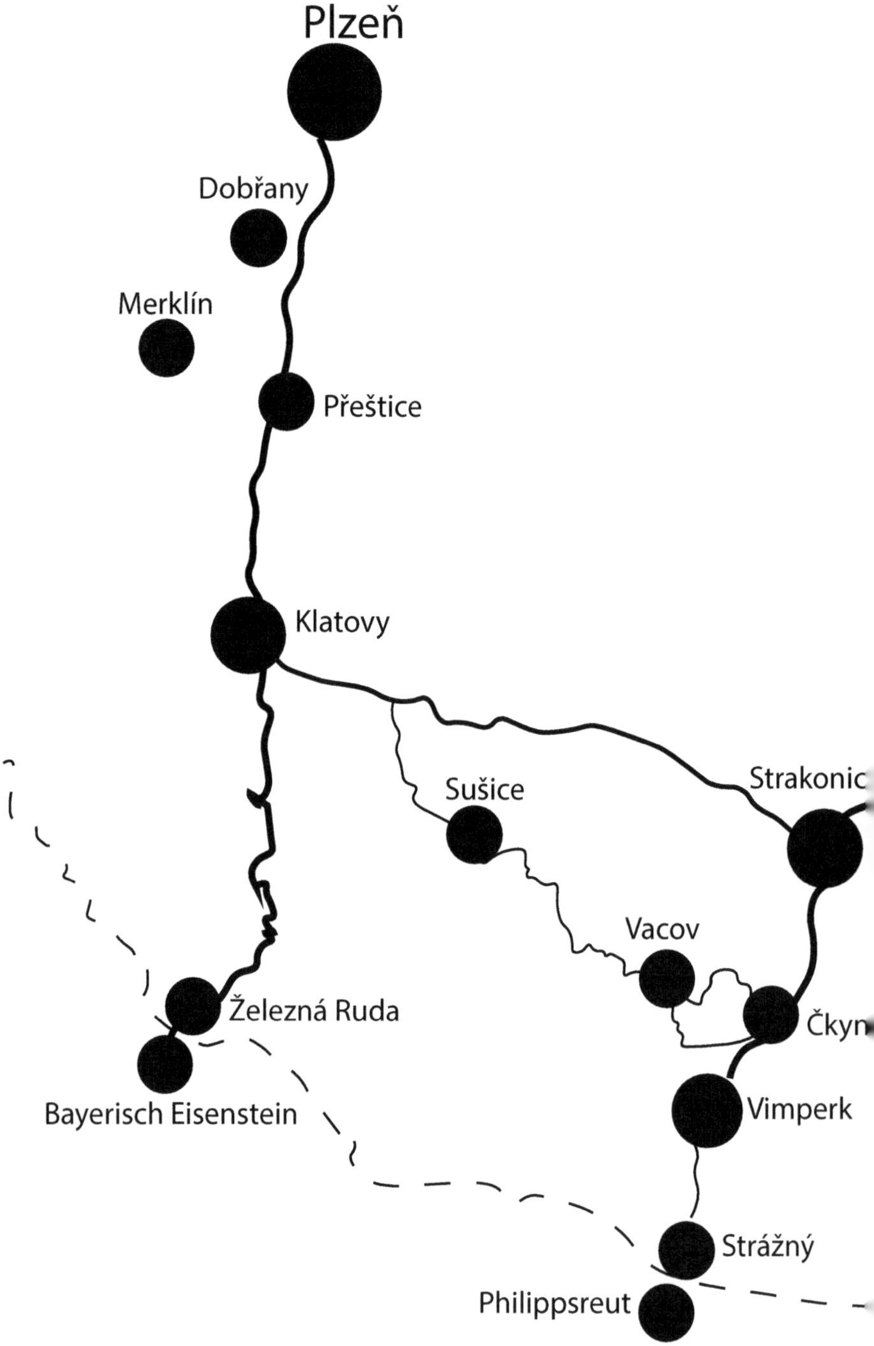

Martin Sichinger

Martin Sichinger wurde im Jahre 1967 in Vimperk/Winterberg geboren. Er studierte an der Pädagogischen Fakultät der Westböhmischen Universität Pilsen. Seine Romane spielen im Gebiet des Böhmerwalds.

Martin Sichinger lebt in Prag, ist verheiratet, hat drei Kinder und arbeitet als Lehrer.

Die tschechische Originalausgabe seines Buches Meyrs Glas erhielt 2015 beim Böhmerwald-Literaturfestival Šumava Litera in Vimperk den 1. Preis. Dieses Buch wurde 2017 in die deutsche Sprache übersetzt.

Er hat für den Ohetaler-Verlag das Buch Verschwundener Böhmerwald, Band 3 (2024), in die deutsche Sprache übersetzt.

Lageplan „Die Sieben Diebe“

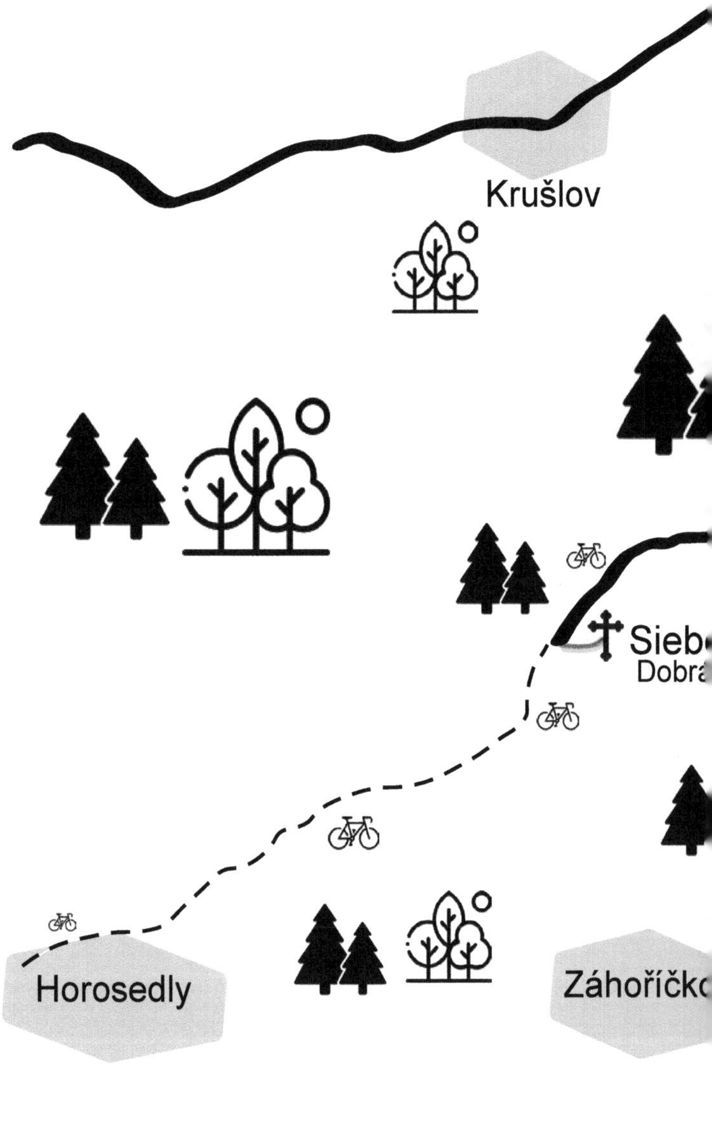

Nahořany
e
Čkyně

Sollten Sie auch kennen ...